绝地勘探

南派三叔 著

北京联合出版公司
Beijing United Publishing Co.,Ltd.

目录

目录

前言

在写下这一切之前，我考虑了很久，因为很多东西，并不是三言两语就可以说清楚的，有的，到了现在我都不清楚到底是怎么回事，更有很多东西，不符合当时的世界观，本身就不应该流传后世。

而最后之所以决定记述下来，是因为我感觉这样的事，如果我不说出来，实在是一个遗憾，也是对某些人，甚至可以说是对历史的不负责任。

我是一个已经退休的地质勘探队队员，曾经隶属解放军地质勘探工程连，穿行于中国的大山河川之中，寻找那深埋在地底的财富。在长达二十年的勘探生活中，我们穿过了中国 80% 的无人区域，经历了极端的枯燥与艰苦，也遇到过许多匪夷所思、惊骇莫名的事情。而这些事，你永远也不可能在档案资料中看到，那都是一些“不应该存在”的事实，被永远封存起来了。

这些事情，有些是我亲身经历的，有些是我从老一辈的同志那儿听来的，我们之中的很多人遵守着当年自己的誓言，没有把这些东西公布于众。我现在也不可能使用报告文学的方式来阐述它。

第一章 当年的七二三工程

我的地质勘探生涯延续了二十年，经历了数百次可能危及生命的情况，但是在我早年的记忆中，最致命的东西，却不是天涧激流，而是那无法言喻的枯燥。曾经有很长一段时间，我看到连绵不绝的大山和丛林，都会有一种窒息的感觉，想到我还要在这里面穿行十几年，那种痛苦，不是亲身经历的人，真的很难理解。

但是这样的感觉，在 1962 年之后的那一次事件后，就消失得无影无踪了。因为那次事后，我知道了，在这枯燥的大山之内，其实隐藏着很多神秘的东西。有一些，就算你穷尽大脑的想象力，也无法理解。同时我也理解了那些老一辈勘探队队员说过的那些对于大山表示敬畏的话语，并不是危言耸听。

1962 年事件的起因，很多做勘探工作的老同志可能知道，如果年轻的读者有父母从事勘探工作的，也可以问问，当时有一个十分著名的地质工程，叫作“内蒙古七二三工程”。那是当年在内蒙古山区寻找煤矿的勘探部队行动的总称，工程中有三支勘探队进入内蒙古的原始丛林里，进行区块式的勘探。在勘探工作开始两个月之后，七二三工程却突然停止了。同时工程指挥部开始借调其他勘探队的技术人员，一时间，基本上各地勘探队所有排得上号的技术骨干，都被摸底了一遍，写表格的写表格，调档案的调档案，却没有一个人知道那些表格和档案最后是被谁收去了。

最后，确实有一批勘探技术人员，被挑选借调入了七二三地质工程大队。

当时事情闹得沸沸扬扬，很多人传“七二三”在内蒙古挖到了什么了不得的东西。至于挖到了什么，却有十几个版本，谁也说不清楚。而1962年事件之外的人，往往了解的到这里也就结束了，其后面的事情也没人再去理会。那批被卡车送入大山里的技术人员，也很快被人遗忘了。

当时的我，就在这批被遗忘的地质工程技术兵之中。据我后来的了解，“七二三”总共挑选了二十四个人，都是根据军区的调令，从自己当时工作的地质勘探队出发，坐火车在佳木斯集合，也有少部分直接到齐齐哈尔。在那两个地方，队员们又直接被装上军车，晃晃悠悠地从黑龙江到了内蒙古。早先军车还开在公路上，后来就越开越偏，最后的几天路程，几乎都是在盘山公路上度过的。在去之前，我一点也不知道那里到底发生了什么事情，但是听了几耳朵一路上同行人员的说辞，也感觉到了，山里发生的事情，确实可能不太正常。

不过那时候我们的猜测，还是属于行业级别的，大部分人认为可能是发现了大型油田。其中有一些参加大庆油田勘探的老同志还说得绘声绘色，说大庆油田被发现的时候，也是这样的情况，从全国调配专家，经过几个月的讨论验证，才确定了大庆油田的存在。

这样的说法，让我们在疑惑之余，倒也心生一股被选中的自豪感。

等到卡车将我们运到七二三地质工程大队的指挥部，我们立刻意识到事情没有我们想得那么简单。我们下车的时候，首先看到的是山坳里连绵不断的军用野战帐篷，大大小小，好像无数个坟包，根本不像是一支工程大队，倒像是野战军的驻地。营地里非常繁忙，其中人来人往全是陆军工程兵，我们就傻眼了。

后来我们才发现，那些帐篷并不都是行军帐，大部分其实是货帐，几个有老资历的人偷偷撩起帐篷看了几眼，回来对我们说里面全是苏联进口的设备，上面全是俄文，看不懂是什么东西。

那个时代我们的勘探设备是极度落后的，我们使用的勘探办法，和中华人民共和国刚成立的时候差不了多少，国家只有少量的“现代化仪器”，其中大部分是用极高的价格从苏联买来的。像我们基础技术兵，从来没有机会看见。

问题是，当时的这种设备，都是用于深埋矿床勘探的，勘探深度在一千到一千五百米，而以当时的国力，根本没有能力开发如此深埋的矿床，就算坚持要搞，也需要经过五到七年的基础设施建设才能投产，属于远水解不了近渴。所以对于发现这样的矿床，国家的政策一向是保密封存，并不做进一步的勘探，留给子孙后代用，而我们现在最大的勘探深度也只有五百米左右。

这里竟然会有这样的设备，就使得我们感觉纳闷，心里有了一丝异样的感觉。

当夜也没有任何的交代，我们同来的几个人被安排到了几顶帐篷里，大概是三个人一顶。山里的晚上冷得要命，帐篷里生着炉子也根本睡不着，半夜添柴的勤务兵一开帐子冷风就飕飕地进来，人睡着了也马上被冻醒，索性睁眼看到天亮。

和我同帐篷的两个人，一个人年纪有点大，是20世纪20年代末出生的，来自内蒙古，似乎是个有点小名气的人，他们都叫他“老猫”，真名好像是毛五月。我说这名字好，和毛主席一个姓。另一个和我年纪一般大，大个子，膀大腰圆，一身的栗子肉，蒙古族，名字叫王四川，黑得跟煤似的，人家都叫他熊子，是黑龙江人。

老猫的资历最老，话也不多，我和熊子东一句西一句地唠，他就在边上抽烟，对着我们笑，也不发表意见，不知道在琢磨什么。

熊子是典型的北方人，热情且自来熟，很快我们就称兄道弟了。他告诉我，他爷爷那一代已经和汉族通婚了，一家人是走西口到了关内，做马贩子。后来抗战爆发，他父亲进入华北野战军的后勤部队，给罗瑞卿养过马，中华人民共和国成立后又回到了黑龙江老家，在一个煤矿上当矿长。

他因为这层关系才进了勘探队，不过过程并不顺利。那时候国家基础工业建设需要能源，煤矿是重中之重，他老爹的后半辈子就滚在煤堆里了，偶尔回家，也是张嘴闭嘴矿里的事情，连睡觉说梦话都还是煤，他老妈没少为这事和他老爹吵架，所以他从小就对煤产生了强烈的厌恶感。后来分配工作，他老爹想让他也进煤炭系统，他坚决拒绝了。当时他的梦想是当一个汽车兵，后来发现汽车兵是另一个系统的，他进不了，最后在家里待业半年，只能向他老爹妥协。但是他那时提了个条件，希望在煤矿里找一个最少接触煤的行当，于是进了矿上的勘探队，没想到干得还不错，后来因为少数民族政策被保送上大学，最后到了这儿。

我听着觉得好笑，确实是这样，虽然我们是矿业的源头，但是我们接触矿床的机会确实不多，从概率上来说，我们遇到煤矿的概率最低。

他说完就接着问我家的情况。

我的家庭成分不太好，这在当时不算光荣的事情，就告诉他我家人是普通的农民。

其实我的爷爷辈也确实算是农民，我祖上是山西洪洞的，我爷爷的祖辈是贫农，但是据说我爷爷做过一段时间土匪，有点家业，土改的时候被人一举报，变成了反动富农。我爷爷算是个死性子，就带着我奶奶、我爹、我二叔跑了，到南方后让我爹认了一个和尚做二舅，因为那和尚，政府才把我爹、我二叔的成分定成了贫农。所以说起我的成分是贫农，但是我爷爷又是反动派，这在当时算是可大可小的事情。

聊完家庭背景又聊风土人情，聊这儿发生的事，我们一南一北，一蒙一汉，有太多的东西可以说，好在我们都是吃过苦的人，熬个一夜不算什么，第一个晚上很快就这么过去了。

第二天，营部就派了个人来接待我们，说是带我们去了解情况。

我对那人的印象不深，好像名字是叫荣爱国，三十到四十岁的样子（搞勘探的，风吹雨淋，普遍都显老，所以也分辨不出来）。这个人有点神秘兮兮的，带我们四处看也是点到为止，我们问他，他也不回答，很是无趣。

从他嘴巴里，我们只听到了一些基本的情况，比如说“七二三”其实是三年前就开始的项目，但是因为人员调配的问题，直到今年头上才开工云云，其他就是食堂在什么地方，厕所怎么上之类的生活问题。

之后的一个月，事情却没有任何进展，我们无所事事地待在营地里，也没有人来理会我们，真是莫名其妙，老资历的人后来忍受不下去，在我们的怂恿下几次去找荣爱国，也被以各种理由搪塞了。

此时我们已经严重感觉到了事情的特殊性，人心惶惶，有些人甚至猜测是我们犯什么事情，要被秘密处决掉了。关于这件事情的各种传言很多，我们听了只能心里直发涩。

当然更多的是一些无意义的猜测，内蒙古的秋天已经是寒风刺骨，从南方过来的人很难适应，很多人流了鼻血。在我的记忆中，那一个月我们就是在火炉炕上，一边啃玉米窝头聊天，一边用破袜子擦鼻血度过的。

一个月后，事情终于出现了变化。在一个星期三的清晨，我们迷迷糊糊地重新给塞上了卡车，和另外两车的工程兵，继续向山里开去。

此时我的心情已经从刚开始的兴奋和疑惑，变成了惶恐，透过大解放军车的篷布，看向临时架设的栈道外连绵不绝的山峦和原始森林，再看看车里工程兵面无表情的脸，气氛变得非常僵硬。所有人都没有说话，大家都静静地坐在车里，随着车子颠簸着，等待这一次旅途的终点。

第二章 目的地

山里的路都是工程兵临时开出来的，一路上到处可见临时架设的桥和锯断的树木，不过这种临时的山路，依然和真正的路有着巨大的差距。我们大部分时间是沿着山坳走，很多地方只是开出了一道树木间可以通过的“空隙”而已，一路上的颠簸和曲折，已经不能用语言来形容。

在车上的时候，我们还曾经试图推算我们所在的位置和要去的地方，根据来之前听到的消息，七二三工程部应该是在大兴安岭地区，但是一路过来又感觉不是很像。有去过大兴安岭的人告诉我们，这里连绵的原始森林基本情况和其他地方并无差别，但是显然地势地貌并不相同，天气也没有大兴安岭冷得那么霸道，说起来，倒有可能是内蒙古狼山一带，而现在，显然是要把我们带入森林深处。

这些当然都只是推测，其实直到现在，我们也不知道当时那一片区域到底是哪里，按照老猫后来的说法，那一片山区的广阔程度，让他感觉我们甚至有可能已经过了中蒙边境，是在蒙古国的境内。

这一路走得极其艰苦，因为车是跟着山坳的走向走，而山坳是随着山脉走，车在山里绕来绕去，我们很快就失去了方向感，只能坐到哪里是哪里，而车又开得极其慢，中途时不时地抛锚，车轮还经常陷在森林下的黑色落叶土里。我记不得有多少次在瞌睡中被唤起来推车了，最后到达目的地，已经是四天五夜之后。

我现在还记忆犹新，出现在精疲力竭的我们眼前的目的地，是一处山谷。这里应该已经是原始丛林的核心区域，我们却在这里的草丛里看到了大片已经生了铁锈并且爬满草藤的铁丝网，眼尖的还看到，那些绑铁丝网的木头桩子上，涂着几乎剥落殆尽的日本文字。

那个年代的人对于这种场景都不陌生，这里是东三省，日本建立伪满政府之后，在这片土地上偷偷干了不少事情，我们搞勘探的时候也经常在山里看到日本人废弃的秘密掩体和建筑，大部分在他们撤离的时候被浇上汽油整个儿焚毁了。有些建筑里的设施很古怪，我在东北曾经看到一座三层楼，里面的房间都只有半人高，没有楼梯，上下靠一根锁链，根本不知道是用来干什么的。

穿过铁丝网、树木之后，我们眼前出现了很多破败的木制简易屋，上面爬满了几层草蔓，屋顶都给树叶压塌了，看样子废弃没四十年也有三十年了。在简易屋的一边，有我们解放军的卡车和十几顶军用帐篷，几个工程兵看到卡车过来，都走到跟前帮我们接行李下车。

我们在这里又看到了荣爱国，但是他没跟我们打招呼，只是远远站着看着我们，表情还是一如既往地严肃。

后来我想想，这是我最后一次看到他。事实上，他到底是不是叫荣爱国，我也不能肯定。这起事件结束，因为工作关系，大部分人我在后来不止一次见到，唯独这个人，之后就再也没有听说过。当时我也问过很多工程兵部队的老军官，其中不乏一些人脉相当广，待过很多连队的政委，但都告诉我不知道这个人。所以我后来想想，这个荣爱国的身份并不简单，肯定不是普通的工程系统里的人。当然，这是后话，和这个故事一点关系也没有。

下了车之后，我们给安顿到了那些简易木屋里，房子以前也是给日本兵住的，各种家具都很齐全，只是破败得实在太厉害了，木头一掰就酥。我们进去的时候，发现屋子已经被简单收拾过了，撒了石灰粉杀虫子，但是几十年的荒废是收拾不干净的，木头床板一抖全是不知名的死虫子。木头非常潮湿，根本没法睡，我们只能用睡袋睡在地上。

我个人很不喜欢那些简易木屋，感觉在里面气氛很怪，相信和我同年代出生的人都有这样的感觉，一站到和日本有关的地方，就会感觉心情沉重，很难释怀，无奈当时无法选择。

我们收拾完后，有小兵来带我们去吃饭。

我们几个混得比较熟的，都跟着老猫，因为这里似乎就他最有谱。我看见他下车的时候，看着那些帐篷似笑非笑了很长时间，好像知道会发生什么事情一样。老猫这个人喜欢玩深沉，我站在他身边，就感觉比较有安全感。

一个下午无话，傍晚时分，我们被带到了一顶帐篷里，二十几个人闹哄哄地席地而坐，前面是一张幕布，后面是一台幻灯片机器，我们叫作拉洋片机，这摆设一看就知道是要给我们开会了。

主持会议的是一个大校，我记得以前应该见过他，但是想不起来是在哪里。他先是很官方地代表“七二三”欢迎我们的到来，又对因为保密措施给我们带来的不便道歉，当然，脸上是看不到任何一点歉意的。接着也不多说废话，他用一听就是廊坊人的口音，直接对我们说道：“接下来开会的内容，属于国家绝密，请大家举起手跟我一起宣誓，在有生之年，永不透露，包括自己的妻子、父母、战友以及子女。”

对于发誓我们都习以为常，很多勘探项目是国家机密，进入项目组必须宣誓保密，而那个年代对于这种宣誓也是相当看重的，这叫作革命情操，不像现在，发誓可以当饭吃。

当时国家保密条例把秘密分为三个等级：秘密、机密、绝密。一般的勘探项目，比如说大庆油田的勘探，虽然属于国家机密，但还有照片可以上报纸。国家绝密的勘探项目，我们都没有遇到过，也不知道这里面到底有着什么惊世骇俗的事情，猜也猜不出来。

大家郑重其事地发誓，很多人互相对视，显然对于折磨大家这么久的悬念即将到来，有点期待。当然也有很多人不以为然，因为那时候也经常有雷声大雨点小的事情，很多时候搞得神经兮兮的，搞个国家绝密，最后一看也不过是屁大的事情，只不过牵扯到某些“老人家”的行踪，或者生活习惯之类的东西。

后来有人总结过，牵扯到民生的，那叫秘密；牵扯到经济、军事方面利益的，叫作机密；关于“老人家”或者某些无法解释，颠覆世界观的，才能叫“绝密”。

什么年头都有刺儿头，我看见前面的老猫在宣誓的时候，另一只手在大腿上画了个叉，意思是这次宣誓不算，这个有点儿江湖上要小诡计的意味，而我自己也不以为然。也是因为家庭出身，我家里在中华人民共和国成立前干的勾当，比违背誓言缺德多了，也没见得我父亲有什么心理阴影，而且，现在这个时代，我说出来，别人也未必会信。

各怀着各的心思，仪式完成后，大校把灯关了，后面有人开始放幻灯片，但是幻灯一打起来之后，我就发现自己太没见识了——那幻灯机其实是一架小型的放映机。

那是个新奇的东西，我们平时看的电影屏幕很大，如今有这么小的，感觉都很好奇，不过我们也只是稍微议论了一下就被大校用手势压下去。接着，所有人都鸦雀无声地看到了一段大概只有二十分钟长的黑白短片。

我只看了大概十分钟，就感觉到了一股窒息，知道这一次这么严肃的保密工作绝对不是虚张声势。我们现在看的影片，是一段绝对不能泄密的《零号片》。

第三章 《零号片》

所谓的“零号片”，是一个代称，源于哈尔滨电影制片厂在1959年初冬开始拍摄的一部关于大庆油田的影片，被命名为《零号片》，只有高级别的中央高层才能观看，其内容涉及大庆油田早期勘探、定位、开发、石油大会战等场面和细节。此后，我们习惯性地把拍给中央高层看的机密影片称为“零号片”。真实的“零号片”最后到哪里去了，无人知晓，我们行业内曾经有人说，因为影片中牵扯了黄汲清和李四光的事情，所以最后像是被人销毁了。事实究竟如何，那是“文革”中无数厘不清的事情之一了。

我们所看到的这一段影片，十分简略但是清楚地介绍了我们这一次被借调的目的。我在这里只能简要说一下短片的内容，需要提前说明的是，在当时的环境下，我们都不可能怀疑这短片的可信程度，不过现在看起来，有些片段实在很难让人相信。

事情大概是这样的：

1959年的冬天，在扑灭大兴安岭南麓一次火灾的时候，救火的伐木工人在一个泥潭里发现了一架日本运输机的残骸。据说当时大火把潭里的水都烤干了，泥面下降，露出了一只折断的机翼。

当地的伐木工人当时并没有认出那是一架飞机，爬进飞机的残骸里，从中拿出了很多零件。这些零件后来辗转到伐木工厂的干部手里，后来又转到县里，被一个退伍的军官看到，这件事情才得以层层向上通报。

当时对于这种军事遗留器械，高层领导是相当重视的：一方面，它可能有相当重要的军事研究价值；另一方面，也可能有遗存的杀伤弹药，所以中央当即就派人处理此事。

有关单位把飞机挖出泥潭，检查机舱，惊讶地发现，这架飞机上运送的全部是关东军对于东三省和蒙古局部地质勘探的文件。

我们都知道，日本占领关东之后，在满蒙花了很大的力气寻找矿产，其中主要的是石油，但是不知道为什么，小日本当时的钻探深度普遍不高，找来找去都没有线索。他们的勘探队甚至几次在大庆油田矿层上走过，却没有发现底下的宝藏。之后日本一直认为中国是一个贫油国，直到后来黄汲清发现大庆油田，才扭转了这一观念（其实在日本占领东三省之前，美国人也找过，也是什么都没发现。这在我们现在想来，实在是一件很奇怪的事情）。

日本的基础勘探工作做得却是一点也不马虎，苏联红军进攻关东军的时候，我们的地下工作者曾经想找出这些文件，但是失败了。后来这些东西就不知所终，中国人认为被苏联缴获了，苏联人认为被日本销毁了，日本人认为中国人和日本投降军秘密达成协议拿去了。三方面都没有想到的是，这些资料其实躺在中国大兴安岭的泥潭里整整二十年。

这些资料是宝贵的，后来在一定程度上，特别是在内蒙古某几个大型浅层矿产的勘探上，起了很重要的参考作用。

而从这些资料上，我们可以看出日本人做事的严谨，所有的勘探资料都分类封在了牛皮箱子里，不同的信息有不同颜色的封皮，这些东西后来在北京档案局的机密工作组里被严格分类。

这本来是一件很普通的事情，然而一件事情的发生，使得这一次意外变得十分特别。因为这些文件全是日文书写，且有大量的地质勘探数据，需要翻译人员和地质勘探人员互相协作，整理工作十分缓慢。而在这期间，发生了一件事情：其中一个档案员，在编号 0—34 的一个皮箱子底下，发现了一个奇怪的黑色密码铁盒。

那是一个十分古怪的盒子，被压在箱子底下，很不起眼，但是盒子上的密码锁十分精密，一看就知道是军队用的东西。

这里面是什么东西呢？当时这个盒子上交后，引起了高层浓厚的兴趣，他们找来了专家会谈，费了九牛二虎之力，使用化学药水将盒子破坏，才从这个盒子里取出一份关键字用密码写成的地质勘探资料。

当时他们觉得很奇怪，为什么这一份资料要特别地保存？这一份地质勘探资料所勘探的地区，难道和其他地方有什么不同吗？

中央怀疑可能这一份资料中有日本人当年寻找石油的线索。但是这份资料所有的关键信息，都用密文书写，日本人的密码相当厉害，当时无法破译，而掌握日本人电码本的是美国人，当时抗美援朝战争打完没几年，完全无法和美国鬼子商量借来看看。所以我们根本就不知道具体的内容，只能看出勘探的地点和范围。

于是按照资料上的记载，当时已经在实施的七二三工程组建了一个特别的项目组，其中三支勘探队中的一支，秘密带着那份资料，进入了这里的丛林，寻找上面记载的线索。后来，他们果然在丛林里发现了我们现在所在的这个日军临时基地。

但是，这里已经人去楼空，所有的东西都被烧掉了，连一张纸头都没有，他们只能通过附近的一些痕迹，判断当时日本人确实有一支勘探队，在附近进行过地毯式的勘探，其广度甚至包括了这里 80% 的山区丛林。

然而，我们自己的勘探队在附近进行了一次普查式的勘探后，没有任何的发现，地表上什么都看不出来，进行浅层挖掘也什么都没有，这个地方没有任何值得地质勘探的特征。

日本人的极度重视，和我们自己队伍的毫无发现形成了强烈的对比。当时“七二三”负责人感觉到了事情的特殊性，于是，怀着对日本勘探数据的信任，以及石油存储地层深度的依据，中央做了一个决定，就是动用苏联进口的“地震勘探设备”对这一块区域进行地震勘探。

这是一项在当时比较先进的技术，这里抄一段说明，来解释这种设备的工作原理：

在地表以人工方法激发地震波，在向地下传播时，遇有介质性质不同的岩层分界面，地震波将发生反射与折射，在地表或井中用检波器接收这种地震波。收到的地震波信号与震源特性、检波点的位置、地震波经过的地下岩层的性质和结构有关。通过对地震波记录进行处理和解释，可以推断地下岩层的性质和形态。地震勘探在分层的详细程度和勘查的精度上，都优于其他地球物理勘探方法。地震勘探的深度一般从数十米到数十千米。

中国从 1951 年开始进口这种设备，现在已经有了一定的实际操作经验。这种设备一般用于超深矿床的勘探，勘探反馈的数据是三维的，十分牛。当然这些数据对于普通人来说，依旧只是一大堆极其混乱的曲线。

之后，通过“地质数据成像”演算，可以把这些曲线还原成大概可读的黑白胶片。现在我们的勘探已经有相关软件，可以实时生成，当时则需要人用手摇计算机来算。当然，这些都是科学家做的事情，对于我们这些基础技术兵来说，无疑是听天书，我们只能看懂地质成像之后的那种黑白胶片。

那次地震勘探进行了大概有五个月时间，收集的数据汇总之后，的确有了发现，但是那个发现，让人瞠目结舌。

勘探显示，在这块区域地下一千二百米处，出现了地震波的异常反射。在胶片上显示的是，一块非常突出的不规则形状的白色影子，好像一个十字架，精度高得吓人，大概是四十九米长，三十四米宽，好像嵌入在地下一千二百米处岩壳里的一块金属。

看到这个镜头的时候，我们都议论纷纷，感觉很不可思议，然而等到影片里的技术人员将那个十字小点放大，一下子四周又全部静了下来。

原来那个十字形的白色影子，放大二百倍之后，明显现出了几何的外形，所有人都一眼认了出来——那竟然是一架飞机！

我花了好长时间才明白过来，这种情况也就是说，在日本人当年勘探的地方，我们发现在地下一千二百米处的地质岩壳里，竟然镶嵌着一架轰炸机！

第四章『深山』

写到这里，很多人会认为我是在胡扯。

确实，这实在是令人感觉匪夷所思的事情，我们所受的都是相当务实的教育，那个时代是标榜唯物主义的时代，很多无法解释的事情，都会用非常牵强的理由硬把它说通，所以我根本没有接受这种事情的经验，当时，我的第一反应也认为是胡扯，这是无稽之谈。

不过我后来想想，这其实并不难解释。因为事实上，如果一件事情既成事实了，那么总有它成为事实的方法。

这里插一句，这部《零号片》播到这里就结束了，因为我当时心里震惊，所以并没有感觉到影片在这里结束有什么突兀。后来我才知道，这一卷零号带，后面还有很长的内容。当然，等我知道这些事情的时候，这些被隐藏的内容也早已经失去了意义。而这些内容被隐藏的理由，最初得知的时候很不理解，直到后来带队了，我才明白当时那批领导的想法。人的成熟总是需要代价的，想想这一辈子，我的每一次成熟几乎毫无例外都伴随着牺牲和谎言，实在是无奈。

后来大校和我们进行了一些交互讨论，很多人刚开始认为是巧合，下面可能有地质大灾难时期形成的硫化铁或者纯铁的凝结块，碰巧是这个形状。但是那个大校告诉我们：根据仔细的外形分析，这应该是一架日军的“深山”，那是一种很冷门的重型轰炸机，日本人一般用它来做运输机，是在“二战”末期投入使用的，数量很少，所以是巧合的可能性非常低。

既然不是巧合，那就要首先在事实前做推断，大校对我们解释了当时的勘探组和很多专家建议后得出的结论，当时是这样推断的——

首先命题是，他们确实发现了一架深埋在地下一千二百米深处的日本轰炸机。他们不是否认这东西存在的可能性，而是去考虑这东西是怎么被弄下去的。

这样的事情只有唯一的解释，按照唯物论，如果飞机不是通过扯淡的空间扭曲出现在那里的，那肯定就是日本人自己搬下去的。

同样，要到达那里，必须有一个通道，而把飞机整体开下去，显然也不可能，所以飞机必须在解体状态下才能搬过去。

那事情就可以假设得非常明白——

日本人当年在这里，不知道用什么方法，挖了或是找了一条通往地下深处的通道，接着，把一架“深山”化整为零运下去，然后在通道的尽头，地下一千二百米处的地方把“深山”重新组装了起来。

这看似极度离谱的推论，是他们能思索出来的唯一合理的可能性。

而要证实这样的假设，有两个前提：一是找到那条通往地下的通道；二是找到这里堆砌过大量设备的痕迹。

大校说，他们在附近发现了大量防冻机油的痕迹，应该算是证明了第二条。现在这里的工程兵，正在大范围搜索，希望能找到第一条前提。而一旦找到通道，就要组织人下去，看看下面到底是什么情况。

这也就是我们来到这里的原因。

会议到这里就结束了，大校又重复一遍保密条例，然后让我们自由活动。他一出去，整个帐篷里就炸开了锅，骚动起来。我们不是害怕，说实话要说钻洞勘探，都有经验，谁也不会怕。我们当时是兴奋，在枯燥的勘探工作中，这样的事情无疑相当吸引人。

回帐篷后，所有人都兴奋得睡不着，说实话我们都相当累了，但还是在各个帐篷里钻来钻去，发泄情绪。那个晚上，我记忆中只有老猫是在睡觉的，其他人几乎都是彻夜未眠地沉浸在兴奋里。

不过，现在想来让我感觉有点奇怪的是，当时讨论了那么多东西，竟然没有一个人提出那个问题：日本人在几十年前，如此艰苦地把一架飞机运到地下去，是出于什么目的呢？

这里的勘探记录，特别锁在了密码铁盒里，显然是特别地机密，可以推测机密到连运送的人员都没有资格看。从行业范围来看，他们显然最开始，是在这里进行普通的地质勘探，而在勘探的时候，必然发现了什么，接着才做出了这么一件匪夷所思的事情来。

为什么呢？我猜想，当时所有人的心里应该都有这个疑问，但是都知道，这个问题拿出来讨论，在当时是一点意义都没有的。所以，所有人都选择性地失明。

第五章 洞穴

接下来的时间可以说是在焦虑与期待中度过的，工程兵全体出动，进行地毯式搜索，我们提出也要帮助搜索，但是被大校坚决拒绝了，也没有给我们什么理由。当时我们也没有深想被拒绝背后的含义，只是天真地以为这是一种保护措施，像我们这样身份的基层专家，在地方上确实是被宠坏了，我们只好依旧讨论着，等待着丛林里的消息。

唯物主义的胜利发生在十二天后，据说一支工程兵分队在五公里外的山上发现了一条废弃很久的车道，顺着车道又找出去三公里，在一个山坳里，发现了一个大型的构造洞，呈现裂缝状，宽足有三十米，洞口架着隐蔽帆布，上面全是落叶，一开始根本发现不了，有人不小心踩上去了才知道。

洞口相当大，从入洞二十到三十米来看，开始段是一个垂直洞，因为没有带足够的装备，工程兵没有深入，但是那里很有可能就是入口。

中午那个大校就发了通知，说八九不离十了，后天就过去，让我们做好准备。

大部分人一下子兴奋到了极点，也有些人开始紧张，洞穴是世界第五极，地质勘探经常要进洞穴，危险性我们是知道的。大家马上进入了工作状态，各干各的，都没有什么废话，整个营地一片井然有序。

看着老猫就面有悻然，我这几天越来越佩服老猫，这么刺激的事情，在他脸上看不出一点变化来，他还是那个德行，一张老脸似笑非笑，好像对什么都不在乎。别人准备得热火朝天，他却根本不动，只站在台阶上看着我们。

我看他那个样子，心里有点好奇，总觉得这人好像知道点什么我不知道的事情，他看我们的眼神，也实在不是什么好的眼神。

其实，每个年代都有那个年代典型的一种人，老猫就是那个年代所特有的一类人。他们十分聪明，在中华人民共和国成立初期的斗争中，看过很多不应该知道的事情，所以知道很多表面下的真相，也知道自己无力改变这种事情。这种人敏感而狡猾，而且享受那种“众人皆醉我独醒，但是我又不叫醒你们”的优越感。

这当然是我这几年回头看的时候总结的。当时，我对他这种人是好奇的，就好像现在的小孩子看到那些特立独行的青春偶像时的感觉，总想着接近那个人，然后成为他的同类。

所以当年吃晚饭的时候，我就找个机会，凑过去问了他，是不是有什么想法。

他一开始只是对着我笑，什么也不说，后来我递给他几支烟他才松了口，抽了几口对我说，他感觉这事情，不对。

首先，那个洞肯定是在我们来之前就找到了，不然不可能这么大剌剌地下调令找来这么多人。五公里的搜索范围，他们在这里这么长时间了，会到现在才发现？

其次，那洞的下面肯定有岔洞，否则，根本也不需要这么多人。

他不知道“七二三”那些人在耍什么花腔，这些事情不直接告诉我们，显然里面很有文章。总之，很多地方非常奇怪，特别是那飞机的事情，太扯了。他感觉不太妙。

说完他拍了拍我，对我说，“接下去，要千万小心”。

我对老猫的话不置可否，对他的印象有点跌落，感觉他想太多了。这事情肯定不简单，不然不会有这么大的阵仗，而就算真的有问题，我也认为别人肯定有隐瞒的理由。

那时候也没心思想这么多，他最后的话我也没放在心上，我们当天准备好装备，第二天休整了一天，还发了枪，第三天就和一个排的工程兵向那个山坳出发了。

因为没有牲口，我们都是步行的，一行人背着不少东西，还带着狗，预计要走一天时间。

不过，我有点意外的是，那一天的行程中真的没看到老猫，一问才知道，这老贼在早上说他吃坏肚子，去不了了。

我心里明白，老猫和我的话不是开玩笑，是真的故意避开了。想到这个，我的心里也感觉十分不自在。

一路行军，对环境的感觉比在车上又直接一点，这里每个人都背着枪，王四川告诉我，能背枪应该是在中蒙边境，因为如果是在中苏边境，背着枪是很危险的，苏联人有时候会放冷枪过来，所以一般不武装，而蒙古流寇很多，需要火力防身。

但是因为全部是在山坳里走，看不到整体的地质地貌，想要进一步推断是在哪里很困难。而且走路消耗了所有的精力，根本没办法说话，到后来，我眼前只有我前面那个人的背，连抬头看其他地方的力气都没有。

就这样，闷头走路，实际上我们在丛林里跋涉了一天半，到第二天的中午，才到达那个发现洞窟的山坳，比计划晚了半天。

这倒不是我们脚程太慢，实在是路太难走了，我们以前走山路，从来没有进到如此深的山里，脚下落叶层的厚度实在吓人，一脚一个团子，里面嗞嗞冒黑水，感觉走在沼泽里一样。人一多，总有人落下，所以慢了。

到了那个地方之后，我马上就感觉到，老猫是对的，这个洞窟肯定不是前天才找到的，因为早就有几顶帐篷搭在边上，一捆捆的绳子堆得到处都是。这些东西，没十几天肯定运不上来。

但是大部分人没发现问题，我们这些人和大山打惯了交道，这种事情基本上都不拐弯。我要不是听老猫讲过，也肯定不会注意。

这里的树木长得非常粗壮，树冠遮天蔽日，地下还有灌木，那个洞窟的口子朝天开在一根横倒的巨大枯木后面，很多不知道从哪里延伸过来的根部长了出来，包住垂直洞壁的一边。

这是一个典型的地质构造洞（由于地震等地质构造运动形成的洞穴），不是一般意义上的山洞，其实就是山岩壳上的一条巨大的裂缝，最宽处应该有三十多米，站在边上朝下看去，下面就是悬崖峭壁，一片漆黑，飕飕往上吹风，也不知道有多深。

洞壁上阳光能照到的地方，有很多蕨类和苔藓，看得出这应该是一个喇叭洞，下面的空间比洞口还要大。在洞口工程兵已经架上了一张网，一边拉着牵引器和柴油马达，一筐一筐用军绿色帆布包着东西给吊了下去，显然这洞下面已经有人了。

那个大校告诉我们，工程兵已经完成了初期的勘探，洞垂直有二百一十四米深，洞底有活水，我们可能得坐皮筏艇，而且，在洞底横向顺水六十米左右的地方，发现了四个岔洞，我们这一批人要进行分组。

我听到这里脑门就开始冒汗，老猫的话在我脑海里揪了起来——这老家伙说得也太准了。

第六章 分组

当时的情况，属于勘探方面的人一共是二十三个，四个人一组，一共四个组，剩下的人做后备队支援，每一个组跟半个班五个战士，做掩护和背装备。

当时的建制，一个班的数量不定。

这里要区分一下，其实勘探队属于特殊技术兵种，隶属地质勘探工程大队，而工程兵属于陆军兵种，是分属两个系统管的。相对而言，我们自然要比工程兵舒服得多，平时没有部队里的很多条条框框约束，并且我们都是有军衔的。

技术兵种当年还是正规军编制，我们入伍的时候受过严格的训练。虽然如此，这几年高强度的工作下来，根本不可能持续那种体制，有工程兵在身边，还是很有必要的，特别是洞窟勘探，绳索很重，遇到地下断崖或者地质裂隙的时候，消耗量又很大，多几个人带绳子，可以让我们在初期走得更远。

另外显然他们还带了一些自己安排的东西，经常训练的新兵都能负重 20 公斤行军 30 公里以上，虽然不知道他们背了什么东西，但是看他们的表情还是比较轻松的。

我当时琢磨着老猫的话，想混到支援那部分人里面去，先窝着看看情况，可恶的是排组的时候，是按年纪来的，我在里面算小的，给分在了第二组，和我同组的还有王四川和两个陕西来的，一个叫裴青，一个叫陈落户。

这两个人我也不陌生，我们在克拉玛依石油大会战的时候已经是战友，之后经常在地方上碰到，不过不在同一个单位，见面也通常是我们走他们来，彼此打个照面没什么印象，这一次总算是有深度交流了。

裴青是个少白头，脸上白白净净的，看着很年轻，但是头发斑白，很苦大仇深的样子。人有点骄傲，学历很高，是单位的技术骨干，平时话很少，据说还是个招惹桃花的主儿。

陈落户和他正好相反，是从基层实干出来的，说普通话都不地道，我们有时候讲笑话，这两个人听啥乐啥，整天——你包社列，饿知道列，忒喝笑列——非常有趣。可惜这人有点狡黠，看得出很有小心思，是那种机关里面的小人，我们都不怎么爱搭理他。

工程兵方面和我们一起的是当时内蒙古工程兵团六连四班的五个人，副班长好像叫什么“抗美”，四个战士都是陌生面孔，相当年轻，那时候也不带介绍的，我们就是互相敬个礼，认了面孔就算了。

武器方面，当时副班长是带 56 式，其他四个人带着 54 冲锋枪，子弹都带足了，王四川和他们说太夸张了，在南方的洞穴里可能还有野兽，在这里，最多有蝙蝠而已。这里的洞内温度太低了，冷血动物待不牢，熊之类的东西也不可能爬到这种洞里去，唯一需要担心的倒是保暖和氧气，但是这些方面，工程兵们显得并不上心。

这些兵当然不可能听我们的，我们自己都拒绝带枪，只是绑上了武装带，装备被分类归到每一个人的身上，我带上地质铲和地质锤等工具，感到很幸运——这些东西都是可以用来防身的，又不会太重。王四川背了几件餐具，叮叮当当的，对组织上的意见就很大。

准备妥当之后，我们一个一个被牵引器从洞口吊了下去，那经历我至今记忆犹新，二百多米吊着下去要不少时间，一点一点，好比荡秋千一样，真是要了我的老命，我宁可自己用绳子荡下去，也比这么吊着利索。说实话，爬悬崖对我来说是家常便饭，二百多米真不算多深，在山东的时候爬峭壁比这里要艰辛很多。

因为整个喇叭洞是曲折的，刚开始的时候还有阳光，我们下到三十米的地方，洞里开始转暗，洞的方向改变，再下去只五六米就进入一片漆黑的状态，此时可以看到下面有灯光照上来。

我一路草草地看了看岩壁，是很明显的寒武奥陶系灰岩，显然这个洞是一个复合洞窟，肯定兼有溶洞和构造洞的特点。

很快我就下到了能够看到下面景象的位置，洞的底部足有一个标准操场的大小，底下全是水，水在缓缓流动，这确实是一条地下暗河，不过这在岩溶洞穴里太常见了，我一点也不惊讶。

我还看到下面架着很多铁架子，不知道是日本人留下来的，还是我们自己架设的，几台大型汽灯和先行运下来的东西，都堆在架子上。工程兵正在把里面的东西拿出来，都是一条一条折叠好的皮筏艇。有几条已经充好气，漂浮在水面上。

水似乎不深，很多人穿着胶鞋站在水里，王四川比我先下去，连烟都点着了，站在一边用手电四处照洞的内壁。

我下到底部的铁架子上，出于职业习惯，注意力也马上给这个洞里的情形吸引了过去，打开手电，和其他人一起看四周的岩壁。

几年前刚参加工作的时候，我感觉山洞有一种非常特别的魅力，特别是那种未知的神秘，总让我感觉自己来到了一个不属于人间的地方。我们搞勘探的，经常把山洞比作大山的血管，在其中穿行，有时候你可以清晰地感觉到一股股奇特的气息，你自然而然地就会意识到——大山是活的。

不过现在我看它的眼光就好像妇科大夫看妇科病一样，只看自己想看的地方。

这样的洞穴，以前在山西碰到过一个，很多地方叫这种洞为“天坑”，都说是老天爷砸出来的洞，大部分深得要命。不过，这个洞又和普通的天坑不同，它复杂得多。

构造熔岩复合洞是地质构造和水蚀同时作用形成的复杂洞穴，既有千沟万壑、怪石嶙峋的地势走向，又有极度复杂的洞穴体系，说简单一点，水溶洞一般的走向是比较平稳的，如果坐皮筏艇一路顺地下暗河下去，不会有什么大问题，但是地质构造洞就很可能出现非常离谱的断层，可能顺流漂到一定的地方，突然就是一帘一百米落差的地下瀑布，那就死定了，一点生还的机会都没有。这种洞穴的勘探，我们一般是避免深入的。

不过这一次肯定是避免不了，我转头想提醒工程兵，最好在钩锚上绑上石头，加大重量。不过回头看的时候，我发现陈落户已经在做这些事情了。

我跳下水去，水没到膝盖，透心凉，这里两边都各有溶洞，水从一边流出来，流进另一边，看着看着，我走到王四川的身后，看到他正聚精会神地看着一边的岩壁。

我走过去的时候，他发现了我，然后示意我看看那里，我也用手电照过去，发现他看的地方的岩壁，有被抛光过的痕迹，好像覆盖了一层蜡。

接着他又用手电指了几个地方给我看，都是类似的痕迹。随即我就感觉很奇怪，和他对视了一眼，朝他使了个眼色，意思是问他：你怎么看？

他轻声道："这是琉璃化现象，这个山洞里，可能发生过一次剧烈的爆炸。"

第七章 一些线索

岩石的琉璃化一般发生在火山爆发熔岩流和岩石发生反应之后，需要非常高的温度，而剧烈的爆炸和焚烧也可以导致这样的现象产生，王四川的推断基本是正确的。事实是爆炸还是焚烧，却有待考证，王四川第一感觉是爆炸，是因为日本人临走的时候，有可能想封闭这个洞穴，一般军队的做法就是爆破山体，不过以当时黄色炸药的威力，如果要达到这种效果，用量肯定相当多，那爆炸之后，可能半个山头都会被掀掉。我个人认为是长时间的焚烧，因为如果这里发生过大爆炸，那这个洞肯定不是现在这个样子。

但如果是焚烧的话，这个洞应该被持续灼烤超过 40 个小时，不知道当时他们烧的是什么东西。

我们蹚水在洞里走了两圈，暗河的深度并不均匀，一脚深一脚浅的，下头有鹅卵石，用手电照水里，可以看到很多小鱼。如果是在南方，这里绝对是个避暑的好地方。可惜在北方就太冷了点，我们穿着胶鞋都觉得有点刺骨。

上头的人一个一个被吊下来，其他组的人我也有熟悉的，互相递烟，讨论讨论这洞里的情况，具体的工作都由工程兵在做，我们也不用操心，东西一点一点地都被搬到皮筏艇上。

在这一段过程中，我们还说起了日本兵的事情，那几年经常有传闻，有人在山中抓到来不及撤退的日本残兵，有的日本兵已经和野人一样。那些残兵不知道“二战”已结束，还以为依旧在打仗，不知道这洞里有没有，我们要是真碰上这样的事情，那就有意思了。

两个小时后，全员都到了下面，八条皮筏艇也全部充好气漂在了水面上。

所有人都有点紧张，有些人神经质地不停说话，整个洞里都很吵，这时候那个大校也被吊了下来。他换了野战的衣服，这时候我才认出来，这人竟然是我军训时候的教官，不过显然他已经不认得我了。

大校给我们做了一次动员，大体是注意安全，然后有没有信心完成任务之类的，我们都条件反射地说“有”！接着他宣布出发，我们深呼吸，各自穿上雨衣，上了皮筏艇就算正式出发了。

按照地质成像照片上的分析，那架飞机所在的地方就是这条地下暗河的一段，不过我们勘探出的垂直距离不等于实际距离，河道在地下蜿蜒，其长度不可获知，但必然远远长于一千二百米。

我们是第二组，第一组两条皮筏艇被推下下游的溶洞一分钟以后，我们也出发了，前面的工程兵打开艇灯给我们开路，我们则举着桨，两边撑着不让艇撞到洞壁上去。

很快，四周的声音因为洞口的缩小聚拢了过来，光线也收缩到皮筏艇四周，这时候用手电照水里，可以发现水已经相当深了，这就是构造洞的特点，洞势的变化十分突兀而且巨大。

洞并不宽，到了这里只有十米左右，但是相当高，往上的裂隙看不到顶，让人感觉是漂在一道峡谷里，手电照上去，可以看到植物的根系。

这样的景色还是很壮观的，我们都一时看呆了，陈落户还拿出照相机打起镁闪光灯拍了两张。

往前面漂三十米不到，就出现了岔洞，我们在这里集合之后，各自分开漂进岔洞里，这才真正进入了令人紧张的地方，搞洞穴勘探，一支五十人的勘探队和五人的勘探队感觉完全不同。

我们丢下几个无线电浮标，这样一来前面出现问题的时候，信号会走样，我们能提前预警。

不过水流很缓慢，看着带灯泡的浮标慢慢漂到前面，我们放心地跟了上去。

洞穴勘探的危险性，在小说中往往给夸大，其实只要按照程序，谨小慎微，还是比较安全的，主要的危险是岩石不稳定，在人进入后洞穴坍塌所造成的伤亡，前面的工程兵全都紧紧握着手里的枪，这让我们感觉很滑稽。

不过，如果没有我们这样长年的经验，看到洞穴前面的黑暗，是人就很难不紧张，这也可以理解。

最初的四小时，一切顺利，我们很快就漂进去两千多米，水流急了起来，出现了弯道和台阶样的短瀑布，因为这里水下出现大块的岩石堆积，四周开始出现一些卡在石头缝里的东西，都是当年日本人遗留下的东西，比如说木头箱和生锈的全是孔的罐头，上面刷了一些模糊不清的编号，我们看不懂日文，不知道是什么意思。

就在注意力被这些东西吸引过去时，我们遇到了第一次障碍，前面的艇突然就停下来，好像给什么挂住了，接着我们的艇就一下撞了上去，艇边上的人差点摔到水里去。然后我们的艇就顺着水流头尾掉转，和他们挤在了一起。

我们都感觉奇怪，在水面上，什么都看不到，但是两条艇在这里，竟然都挂住了，水下是不是有什么东西？

我们用桨在水里搅了搅，果然碰到了障碍物，用力一挑，竟然从水里挑起一团铁丝网。

“狗日的小日本，竟然还给我打暗桩。”那班长骂了一声，就让两个工程兵下水，“把它给我剪了！”

两个战士随即跳下水去，咬着手电就潜入水底，水溅上来一片冰凉，冻得我们都一个哆嗦。我们真是佩服他们说跳就跳的勇气。

没承想，下去没到三秒钟，两个人全都浮了上来，班长问他们怎么了，一个人哆嗦着说：“报告班长，铁丝网上挂着个死人。”

第八章 一个死人

副班长也脱了衣服跳入水中，三个人再度潜水下去，水面波动起来，王四川是个急性子，也脱了衣服露出一身黑皮想下去帮忙，被我扯住了，三个人足够了，再下去一个大块头，万一帮倒忙。

水下动静很大，牵动得铁丝网扯得我们的船晃动不已，我趴在上面尽量保持船的平衡。很快副班长浮了上来，手里拖着一条青色的东西，接着另外两个战士也浮了起来，三个人用力一抖，一个麻袋一样的东西一下子从水里给抬了出来。因为他们离我们艇的位置近，这东西直接被翻到我们的皮筏艇上，溅了我们一脸水。

我们吓了一跳，一开始都以为真的是个死人，等仔细一看才发现根本不是，那就是一个腐烂的青黑色的麻袋，上面给铁丝网割破了好几道口子，里面全是锈了的铁丝，撑起麻袋后很像一个僵硬的人，大概因为这样，下水的战士才看错了。麻袋非常恶心，一摸一手的锈水，一看就知道在水里泡了很多年，而且极沉，一放到艇上艇艉都翘了起来。

陈落户胆小，当即吓得往后缩，差点缩到艇外面去，王四川忙去拉住他。那三个人气喘吁吁地爬回艇上，副班长皱起眉头看了看麻袋，就给了手下两个战士一人一个爆栗，骂道："什么眼神？死人，你家死人是这个样子？"

两个战士也觉得不好意思，挠了挠头，接着又被赶下去剪铁丝网。那副班长显然感觉有点不露脸，对我们解释道："两个新兵蛋子，胆子小。"

其实我们也给吓得够呛，才缓过来，那东西"砰"的一下给扔到我们艇上，非常吓人。我后来想想，感觉这几个工程兵可能是看我们这些技术兵并不顺眼，在整我们。

王四川用手电照了照那麻袋，就问我："这些是不是日本人留下的东西？"

我说"显然是"，我还认得这种麻袋，叫作缓冲包，是爆破的时候，用来当临时掩体用的，以前这麻袋里肯定还有黄沙，现在给水冲得一点也不剩了。这一袋子可能是当年运送的时候不小心掉进水里的，看样子小日本在里头进行过一次比较大的爆破。

众人都觉得有道理，我正打算继续解释，突然王四川就把我的话打断了，他不知道看到了什么，扯起那个腐烂的麻袋，对我道："不对，老吴，这真的是个死人。"

说着他撕开已经酥软得好比腐烂的棉絮一样的麻袋，我们看到，里面缠绕的铁丝之间，束缚着一具骸骨，铁丝紧紧缠绕在骸骨上面，将他的身体卷成茧状。那骸骨显然死前经历过一番剧烈的挣扎，所以整个麻袋才会呈现出那奇怪的样子。

尸体已经半白骨化，显然在死之前，这个人已经瘦得没有多少东西可以腐烂，所以到了现在，铁丝还是缠绕得非常紧。而在看到尸体那张极度痛苦扭曲的面孔时，我们都感到一阵战栗。

时隔将近四十年，当时的情形还历历在目，这是真实的事情，一点儿也没有夸张，我确实在那个洞里看到这样一具尸体，那种头皮发麻的感觉到现在还无法忘记，而没有亲眼见到的人则根本无法理解那种景象，日本人竟然能够干出把中国人当作爆破的缓冲包这种丧心病狂的事情来。

我们沉默了很久，王四川在我们中是最感性的，脸色沉得比包公还黑。

当时的气氛一下子就给这尸体搞得很严肃，那两个小兵剪断铁丝网后爬上来，看我们的表情，都不知道我们吃错了什么药，觉得莫名其妙。我们把尸体推回水里，才继续出发。

后面的水路就一路无话，开玩笑也觉得不合适，我们为了转移注意力，都把目光投向一边的岩壁。

随着地势越来越低，洞里的地质构造也开始变化，越来越显现出光怪陆离的景象来。石灰岩水溶洞的特点开始替代构造洞的特点，出现石瀑布和渗水现象，我们都戴上雨篷帽。

但从表面证据看，现在很难说这里的溶洞体系早于地质构造洞的产生，还是相反的情况，地质构造洞的年龄一般是在亿年以上，而溶洞体系的年龄就在十万年到两亿年不等，弹性太大，没有什么可比性。

不过，一般来说普通的喀斯特地貌中的地下大型暗河溶洞，体系好像一个网兜，一层套一层，四通八达，无章可循，绝对没有哪条河道让人观光一样往下走的道理。我们有理由相信，应该是在亿年之前这里从海洋中崛起高山的造山运动的时候，形成了这个地质构造洞系，接着暗河形成，然后暗河冲刷这里的石灰岩，溶洞特征才开始出现。

而越往下走，因为渗水作用，表层的石灰岩质都给带到了洞系深处，下面的溶蚀会更加厉害。但是到了一定的深度，洞穴又会返回到原始的地质构造洞形态，因为地面的压力太大，喀斯特地貌形成的溶洞根本无法承受如此巨大的压力。

这些是当时我们探讨后的结果，而我们都感兴趣的是，这条暗河的尽头会是哪里？如此大的水量，尽头如果没有一个地下湖的话，很难想象这些水会全部渗透进岩石的缝隙里变成地下水。

我们也计算了大概需要的时间，按照现在缓坡行进速度，不计算绕道，算绝对时间，我们离垂直一千二百米深处应该是十六公里。如果不出意外，晚上按时休息的话，我们将在明天早上十点到达。当然，前提是我们走的这条岔洞是正确的，且河道没有任何曲折，否则就是一个 X，鬼知道我们会到达什么地方。

我们的预测在刚开始完美地被事实证明，看气压计行进到大概离地面三百二十米的深度时，大量的溶洞特征爆发般地出现，使得地下暗河两边的岩壁变成一幅让人恐惧的复杂画卷，到处都是犹如板骨一样的石瀑布和犬牙交错的石丝。暗河的顶上出现了架空的石桥，有些地方石瀑垂下来，都压到了我们的头顶，我们不得不压低身形才能过去。百万年无人目睹的景色一点一点在我们面前暴露无遗，有一种开在巨兽尸骨堆中的感觉，也不知是害怕还是兴奋。

在 1962 年国内出版过一本小说，叫作《地心游记》，也描绘过类似的场景。

不过，很快我们的理论推导就遇到了一个巨大的挑战，在我们驶过一块巨大石瀑后，前面出现了一大片巨石，整条河道因为这些石头变得难以通行。石头挡住去路，激流在这里绕过石头，而我们的皮筏艇则卡在石头缝里。

“地质坍塌。”裴青用手电照着，“这些石头是溶洞坍塌的时候，从洞顶上裂开砸下来的。”

“谁不知道。”王四川道，“奶奶的，谁搭把手？老子上去看看。”

而等我们爬上一块石头察看的时候，却看到了意想不到的景象，前面出现一片乱石滩，堵塞了河道，水流转而从乱石滩下流过。

石滩上面全是不规则的石头，大的好比卡车头，小的只有拳头大，极度不平整。而在这些乱石之间的缝隙里，竟然填满了刚才我们从水下铁丝网捞起的黑色麻袋，满眼都是，很多麻袋已经腐烂殆尽，里面的残骸呈现各种诡异的姿势，缠绕在铁丝里面，那场面，简直好像地狱一般。

第九章 地下石滩

这些麻袋有的垒起了五六层，可以看到底下堆积了好几层。因为死者生前挣扎，很多骸骨的手脚露在外面，但是终究没有能逃出那坚韧铁丝的束缚，全部死在了这里。很多尸体呈现出自然阴干的状态，表情痛苦，令人不忍细看。

我们尝试搬动一些麻袋，那些铁丝都绞在了一起，陈落户非常害怕，吓得都没了谱，要不是来时放过尿，我估计他都会尿裤子。倒是那个裴青，一直都没怎么说话，表情很镇定。

我们都下了锚，副班长跳着爬过几块岩石察看了一下，发现再往里有很长一段都是这样的情况，这样的尸体恐怕没有一千也有七八百。这里简直就是一个缩小版的万人坑。

搞地质勘探不是没有胆小鬼，死人确实是不常遇见的。一下子看到这么多，大家心里确实有点发寒。

我们几个人一合计，感觉这些人肯定是日军抓来的劳工，当年运送一架重型战斗机的零件，需要大量的劳力，在这样的地势下，没有比人更灵便的运输工具了。当时的情况如此机密，这些人最后被以这种方式灭口了。

这种令人发指的暴行，放在日本人身上，却再平常不过。不过我们都感觉奇怪，为什么尸体会被堆砌在这里？这些“尸体麻袋”不可能有其他用处，肯定是被当成缓冲包，应该会用在爆破的地方，难道，日本人在这里进行过爆破？

我想到这些坍塌的巨石，难道这些巨石碎裂落下来的地质坍塌是日本人人为制造的？

但是我们看了一圈，四周完全没有这种痕迹，裴青也说，在石头缝隙的深处，可以看到下面水流中的石头表面非常光滑，这样的水磨程度，没有几万年冲刷是冲不出来的，这里肯定是非常久之前的地质坍塌现场。

同样，这种地方也不适合进行任何爆破作业，否则容易引起岩层的连锁反应，而且这些缓冲包堆积的方式很混乱，好像是废弃在了这里。难道这些是多出来的吗？

不是当事人，实在很难想到日本鬼子的诡异想法。这也让我们更加感觉奇怪，他们到底在这个洞的尽头做什么事情？

皮筏艇无法使用，使得我们章法大乱。副班长让工程兵收起所有的装备，我们也分担了很大的一部分，因为皮筏艇放气之后非常重，搞完之后，我发现自己的负重根本就是超出想象的。

我们开始徒步跋涉，扶着石头一块岩石一块岩石地前进，简直是举步维艰。走了没多久，我们就突然明白了日本人为什么要堆砌这些尸体在这里——他们竟然是在填路。这些尸体把这里的巨石和巨石之间的间隙都填满了，这样后面的人走得会快一点。

我不禁感到一阵恶心，有种毛骨悚然的感觉，只觉得脚底像有芒刺在扎，只想快点通过这个区域。

不过事与愿违，这里的路简直难走得无法通过，每移动到下一块石头，需要花费的精力和做一次特技差不多，而只要踩那些麻袋，肯定是整只脚陷下去，卡在铁丝里，要剪断铁丝才能抽出来。

我们咬紧牙关走了只有一公里多，花了近 3 个小时，那班长也累到了极点。在一次停下来之后，所有的人都站不起来了，王四川就喘着气对我道：“老吴，按这个进度走，咱们可能要在万人坑里过夜了。”

王四川说得没错，这前面一片黑暗，不知道有多长的距离，我们也不可能再花 3 个小时爬回去。我和副班长对视一眼，心说这也没有办法，有一百个不愿意也得硬着头皮在这里休息了。

于是我道："过就过呗，这些都是咱们的同胞，他们死了这么久也没得个安静，咱们就当给他们守个夜，有什么不可以的？"

没想到我还没说完，陈落户立即不同意："饿（我）反对。"

我有点意外，问他道："那你说怎么办？"

"饿（我）认为饿（我）们应该继续往前，出了这地方再休息，因为咧，在这种地方肯定休息不好。"他道。

我哭笑不得，王四川挖苦道："谁休息不好？这儿恐怕就你一个人休息不好，欸，落户，你该不是怕这儿有鬼？"

陈落户脸一下子涨得通红，立即道："饿（我）就是害怕，怎么遭（着）咧？饿（我）娘怀我六个月就生了，先天不足，天生胆子小，这能怨饿（我）吗？而且胆子小不妨碍给祖国做贡献啊，你们谁要笑话饿（我）就是埋汰同志咧。"

王四川和我对视一眼，也拿他没办法，我道："鬼神都是迷信之说，岩石是一种物质，尸体也是一种物质，你把这些都当成石头就行了，没什么好怕的。况且，我估计再走一天也走不出这儿，咱们耗不起那体力。"

陈落户道："前面黑咕隆咚的，你怎么知道？说不定再走十五分钟就出去了。"

我想了想，觉得倒也有些道理，如果能不睡在这里，我也不想硬着头皮充大胆。这时候裴青道："不用争了，你们听声音，前面的水声很平稳，说明水势没有大的变化，我估计即使我们已经到达边缘，也仍旧需要两到三小时才能出去，因为随着我们体力的衰竭，我们不可能有刚才那样的行进速度，在这之后的路会越走越力不从心，再走下去是对人力的浪费。"他的语调不紧不慢，很有说服力，"在这里休息最明智，我赞成在这里过夜，但是我们可以缩短休息的时间。"

王四川是真无所谓，他已经累得不行了，立即道："三票对一票，少数服从多数。"

我心说裴青还真有一套，我倒也没想到这一点，立即顺着他道："小裴是高才生，看问题和我们这些土包子不一样，我也同意他的分析。"

陈落户还想抗议，王四川做了几个手势，几个当兵的已经把东西全放下了，陈落户气得要命，也没办法，面色很难看。但是所有人都不理他了，我们开始四处寻找合适的宿营地，很快，找到了一块干燥的板状石头。

爬上去，工程兵整理出来一块地方，我们在上面整顿，甩掉那些装备之后人轻松了很多。裴青带着一个小兵就拿着简易装备往前去探路，说看看前面到底还有多长路段是这样的情况，如果全是如此，我们就不得不丢弃装备，不然有生之年都到不了目的地。

我当时也不以为意，让他小心点，副班长就像电影里放的，对那小兵说——“照顾好裴工！”那小兵立正说“是”！我们约好，如果有突发状况，他们就鸣枪示警，两个人就出发了。

我们自己也有事情做，清理了底盘之后，点上火煮行军饭吃。我们身上虽然都穿着雨披，但是全湿了，于是脱下来烤，我的睡袋是自己从队里带来的，据说是抗美援朝时候缴获的美军物资，上面有 *U.S.* 的字母，我不是很爱干净，一烤，出来一股霉味，王四川赶紧让我拿开。

陈落户生着闷气，不理我们，我们也没理他，我自顾自和王四川说说笑笑。当时的人都这脾气，反正队伍的流动性很大，大家处得好就处，处得不好也不强求，反正项目结束后还要回各自的地方上，下次碰到指不定什么时候。

行军饭是压缩的无水细粮，里面有盐和糖，手指这么一块一煮就是一锅子，就是很难吃，有药水的味道，不过只能将就了。王四川去打水，往石头下一看，看到黑色麻袋和铁丝了，说还是用自己带的清水吧。最后两个人凑了一壶来煮，然后打在洋盆里吃面糊。

吃的时候，我心里琢磨：这也不行啊，自己的水喝完了怎么办？

不过我想想也觉得烦，心说：真到渴得要命的时候，尿也得喝，也不会挑剔了。

最后我索性懒得想了。

吃完饭裴青他们还没回来，我们都点上了烟。我当时抽的是恒大[①]和哈尔滨的混装，是自己拼装的；王四川待遇没我好，抽阿尔巴尼亚，一角八一盒的。我看

① 指恒大牌卷烟，诞生于1947年，是一种采用优质烟叶制成的卷烟，历史悠久。

部队里抽不到好烟，都是白杆，就合计着递给副班长一包恒大，不是骗人，当时把他开心得脸都红了。

抽了几口，我们都感觉很不自在，几个人话也没有，就在那里闷抽。

说实话，我其实挺能理解陈落户的，在某种程度上他其实比我们勇敢，敢把自己的胆怯表现出来，其他人虽然没他那么害怕，但是也不可能一点都没感觉。特别是在这种地方吃饭，真的太难受了，我看得出这些人都装出一副无所谓的样子，其实真的是如芒在背，总感觉四面八方都有人看着我，总要想转头去看，很快肩膀都僵硬了。

为了转移大家的注意力，王四川让我说几个笑话调节一下气氛，以前老在勘探队里待着，也有部队的人协助，那些小兵经常让我说笑话，我现编了不少，王四川和我住的时候听过，知道我有说故事的天赋。

不过突然提出要讲故事，感觉有点傻，一般情况下是先说工作，说啊说的，扯到一件事情上，把人先勾住了，再说个笑话出来。这里的气氛不适合说恐怖的故事。我当时有一个保留节目，讲一个地质勘探队员在云南和少数民族姑娘闹笑话的故事，非常逗乐，要言情有言情，要包袱有包袱，我打算就说这个得了。这些兵哥哥也不知道几年没见过女人，听听这个绝对能转移注意力。

我正琢磨着怎么提起话头来，在这个时候，“啪啪啪”一连串炸雷一样的枪声从远处传来。

那声音极响，一下子我们全都被炸得蹦了起来，那副班长到底是正规军，把烟头一扔，一下抓起枪就往枪响的地方去了，下面几个工程兵紧跟在后面。

我们身手没这么好，我一下子就落下了十几米，王四川太笨重，没多久一下就滑到石头下面，脚卡到麻袋里了，扯了几下扯不出来，大声叫我帮忙。

我没工夫理他，让后面几乎是在趴着爬的陈落户照顾他，自己急跟了上去。

第十章 牺牲

这一路跑得天昏地暗，我只看到前面那几个人手电光直晃，一跑到我们燃起的火光照不到的地方，速度就上不去了，只能先用手电筒照路，然后在石头间跳跃着前进。

这并不是那么好跳的，人不是袋鼠，每一步都惊险万分。有时候速度慢一点，就会滑到石头下面。我只能尽力跟上。

远处还在开枪，我很快就看到了子弹的曳光，大概也就是在六百米外，裴青他们走了也不算有很长时间，走出这样的距离算走得快的了。

追到一半没力气了，这样奔跑太消耗体力，我停下来，感觉肺都要喘出来了，但是停了几秒又发现不对，四周一片漆黑，前面当兵的还在飞奔，眼看着离我越来越远，零散的麻袋和从里面暴露出的骸骨让我又有点头皮发麻，只能咬紧牙关继续跟上去。

等我跑到那里的时候，枪声已经停止了，我看到拿枪的是裴青，不见了和他一起的那个战士，那副班长脸色惨白地又和一个战士往回跑，我问怎么回事，他们也不理我，径直越过我跑了回去。

我只好爬到裴青边上，问他怎么回事，裴青面色铁青不说话，边上一个战士向我解释，连话也说不清楚，指着一边结结巴巴。我听了好久才听清楚，有人掉下去了，副班长他们回去拿绳子。

我此时已经听到了哗哗水声，走近一看，原来到这里，地势突然一断，河道出现断层，暗河水从这里直接就扑了下去，形成一帘瀑布。不过瀑布不算高，最多二十米，手电照下去，下面也全是石头，我猛然就看见和裴青一起出发的那战士卡在两块石头中间，满脸是血，不知道是死是活，显然是失足掉下去的。

我脑袋嗡了一声，这已经属于重大事故了，忙问裴青具体是怎么回事。裴青说本来他们走到这里就打算回去的，不过他看这瀑布也不高，既然走到这里了，也不容易，想再下去深入探察一下。那小兵就说让他保护班长，这么危险的事情得他来，就把枪给裴青自己爬了下去，也不知道怎么回事，才爬没两步，突然就摔了下去，班长立即求援，叫了半天我们都没反应，只能放枪通知我们。

我经历过这种事情，失足是地质勘探队员最常面临的危险情况，我赶紧让没回去的那战士朝瀑布下喊那失足战士的名字，如果他还清醒，就不能让他睡过去。可是，那两个战士叫了半天——好像叫钟胡子，应该是个外号——失足的小战士还是一点反应也没有。我的心直往下沉，看样子小战士是凶多吉少了。

王四川他们比我后赶到，也是累得不行，不过一听有人掉下去了，马上就要下去救人，被我和那个战士拽住了。

我们在边上焦急地等了二十分钟，绳索才拿来，副班长挂着绳索自己下去，把小战士背上来。副班长上来后满手都是血，我一开始还以为血是战士身上的，后来才发现，全是副班长自己的，那瀑布里，竟然缠满了铁丝网，隐在水里看不到，估计那小战士就是因为这个失足的。

我一检查，就闭上了眼睛，小战士已经牺牲了，而我最终也没有机会知道这个战士的名字。当时我们一下子都失语了。几个人蹲下来，开始抹眼泪。

因为戴着安全帽，我从来没仔细端详过这些工程兵，现在看起来，这个战士最多只有十九岁，要在现在，还是什么都不懂，肆意践踏青春的年纪，而那时候，他没有任何的遗言，可能连爱情的滋味都没有品尝过就轻易死去了。

副班长是上过战场的人，此时只是抽烟，另外几个战士都哭了，王四川也哭，揪住裴青说：“这还是个娃，你怎么能让他干这么危险的事情？”裴青什么都不说，也不反抗，但是面色很不好看。我想去劝劝那几个战士，副班长却拦住我，说让他们哭二十分钟，就二十分钟。

这件事情对我的打击很大，我们对于勘探活动的危险非常清楚，虽然看上去我们都很轻松，但是在关键问题上，都很警惕。可惜，长久以来的习惯让我们管好自己，没想过其他人。这一次我们就没有想到那些工程兵都没有地质勘探经验，除了体质，其他素质和普通人一样，可以说，是我们的疏忽害死了这个小战士。

这种感觉是非常难受的，因为这就是事实，没法逃避，我想着如果是我带着他到了这里，我会不会提醒他什么？恐怕也不会。我们在专业上都很厉害，但是在其他方面，真的很懈怠，也怪不得裴青。想着我就感到无比内疚。

当天晚上，我们把尸体抬回营地，给他铺上睡袋，尸体是运不回去了，但是任务还得完成，只有等回来的时候再处理。副班长让我们早点休息，但是如何能够平静，所有人一夜无眠。

第二天，其实也无所谓是早上还是晚上，我们各自起床，收拾停当之后，对那个小战士的遗体敬个礼，就继续前进了。

1962年，国家重于一切，当时，我们从来没有产生回去休整后再来的念头，只想着完成任务。而现代的勘探任务，要是遇到这样的情况，必然已经取消了。

我们在瀑布下吃了午饭，这里尸袋的数量已经很少了，后面的石头相对小一点，间距也小，比较好走。那时候王四川提出来也去探路，被我们制止了，没别的原因，感觉不妥当。

吃完午饭，有休息二十分钟的间隙，这时候就发生了一件事情，让我感到很突兀，就是我掏兜想摸烟，却摸到了我口袋里有张皱巴巴的纸。我觉得很奇怪，我口袋里以前没这个，展开来一看，发现是张从劳保笔记上撕下来的纸，上面写了几个字：小心裴青！

第十一章 字条

我不知道这张纸是谁塞给我的，看了看其他几个人，都没注意我。

我又看了看裴青，他正在擦枪，小战士牺牲后，那把枪一直由裴青背着，我一开始没在意，现在看着突然觉得有点刺眼。

这事情一下就变得有点诡异了，那年头国家很困难，三年自然灾害头年，国民党正在叫嚣反攻大陆，我估计这一次保密措施做得这么严，很大程度就是因为这个。

但是叫嚣也是双方面的，那几年国民党的特务在中国大陆成了敏感词语，现在说这个有点像二流间谍电视剧里的情节，但是在当时，抓美蒋特务并不是新鲜事情，公安抓，民兵团、公社都抓，动不动就有人吆喝抓美蒋特务。王四川后来总结得好：说好听是国家安全概念深入人心；说难听，1962 年，国家搞阶级斗争，文化娱乐很单调，舞会也没了，就指着抓俩美蒋特务消遣。

所以我们那时候是敏感的，这种敏感是两面刃，一方面国民党在中国的间谍活动的确开展得相当混乱，另一方面也造成了很多冤假错案，有一些还完全是因为一些小事而起，理由荒唐得吓人。

我看到那张字条之后，第一感觉是这里有人太敏感。那年头这种人多得是，全是阴谋论者，凡事想多了，大概以为裴青是特务，那小战士不是掉下去的，是被裴青推下去的。

那这字条他妈的是谁塞给我的呢？我就很纳闷，看着王四川不像这种人，那几个战士也不会，倒是缩在那里已经完全蔫掉了的陈落户，他妈的感觉就是那种人。出了事他一言不发，我想着，估计是因为他之前说过要继续前进，由此裴青可能想着去探路，才导致出事，他怕我们会牵连到他头上，所以干脆缩在后面什么也不说了。

我不以为意，裴青的背景我知道，我们两个还算是校友，我比他高一级，中国地质大学同系的，学校里的事情说得头头是道，他怎么可能是敌特？我感觉陈落户这个人太不济，已经有点看不起这个人了，于是把字条扔进火里，自顾自抽烟。

这是一段小插曲，不久我就忘记了。我们继续出发，到当天晚上，又走出去近一公里，这里已经没有尸袋了。我们因为头一天没睡好，晚饭都没吃就睡着了，那时候还不到晚上五点。

结果醒来之后才晚上十点，刚才睡得死，这一下子就睡不着了，看见一个战士还在那里给我们守夜站岗，我感觉很不好意思，让他休息，但被他拒绝了。

我也不勉强，我也当过正规军，知道他们的心态，那时候又饿得要命，于是自己煮东西吃。味道香起来，没吃饭的王四川他们都给陆续呛醒了。

几个人围起来吃行军饭，跑了整整一天，又空腹睡了一觉，肚子是非常饿的，烧一锅不够，又烧了半锅。

好在上头对于这一次勘探时间的估计还是正确的，我们的食物储备量可以撑一个星期，我们也不认为会在下面待这么长时间。压缩干粮这种东西，虽然里面有添加脱水蔬菜的粉末，但是吃多了肯定对身体不好，为数不多又特别难吃。

吃完精神更好，饭后一支烟，快活似神仙，我们又让那战士去休息，他还是不肯，王四川只好递过去一支烟，烟他倒要了。

我们腰酸背痛，在那里一边捶打，一边琢磨明天的事情。也不知道这接下来的路到底是什么情况，如果一直是这样，那我们大可以把皮筏艇扔在这里。按照今天白天这样的进度，我们还不如回去，不然到后面肯定弹尽粮绝。

裴青的意思是，还是先派人到前面去探路，其他人在这里休整一天，半天六七个小时，探路的人可以走出去很远，一个来回，就知道是什么情况了。

我还是感觉不好，有了昨天的事情，我感觉任何离队的提议都不安全，但是王四川同意裴青的观点。最重要的问题是，我们这样缓慢前进，燃料和手电电池都禁不起消耗。在这么暗的地方，没有这些东西，我们死定了。而有人探路还有一个好处，就是可以熟悉前面的路线，那我们前进的时候可以减少照明的强度，这样可以节省很多能源。

王四川说如果怕危险，可以派一半的人出去探路，做好应急的准备，昨天发生意外主要是因为太莽撞了，有他在，他会提醒别人。

裴青听了就冷冷地看向王四川，因为王四川明显是递话给他，王四川还想呛他，我忙把王四川拦住，让他们都少说两句。

王四川这个人什么都好，就是正义感太强。我认为事情既然已经发生了，就必须接受，盯着一个人去责怪其实是逃避现实。我相信裴青自己心里也很难受，而且就算当时裴青竭力阻止那个小战士，选择亲自下去，也不能说这样的悲剧不会发生，不能说裴青有攀岩的经验，就一定可以发现那些铁丝网，最终失足的也可能变成裴青。不过这话王四川也听不进去。

就在气氛又不好的时候，突然传来“哐当”一声炸响，把我们吓了一跳。

在洞穴里，这种金属敲击的高频声音听起来特别响，让人非常难受。

我们回头一看，只见是陈落户吃饭的洋盆掉到石头上，里面的饭糊撒了一地，同时他的眼睛瞪向我们身后，浑身都抖了起来。

王四川看着觉得纳闷，问他到底在干什么，这时候在陈落户背后放哨的战士也转过身来，一转之下，脸色也变了，咔嗒一声就拉上了枪栓，结巴着大叫：“副班……班长！”

我们马上意识到有什么地方不对了，全部转头顺着陈落户的眼光看去，一下子我就出了一身冷汗啊。

我们对面的一块岩石上，不知道什么时候竟然出现了一个人，正直勾勾地看着我们。

第十二章 多出来的陌生人

我们早先在一块比较大的岩石上休息，边上的岩石离我们只有五米左右的距离，下面流淌着暗河的水，篝火的火光照过去，除了脸，那人的身形照得非常清楚。

我们几个人整整齐齐在这里，显然那不是我们中的一个，而这里是什么地方？这里是一条地下暗河的中段，离最近的地面已经有四百多米的深度，离最近的村落鬼知道有多少米，这里怎么可能有除了我们外的其他人呢。

一瞬间冷汗就浸透了我的衣服，我忙转身退了几步，副班长几人都睡得很浅，一听有人叫也爬了起来，看着我们的表情，又转头一看那地方，都倒吸了一口冷气，爬起来就去抓枪上膛。一下子五杆枪全部对准了那个人。

副班长还叫了一声："谁？"

对方没有回答，僵直地站在那里，连动也没有动一下。

我们都咽了口唾沫，王四川胆子最大，此时叫了一声："裴青，手电手电，照照。"

裴青小心翼翼地打起手电，顺着那人的脚照上去，一照我们都一愣，这个人穿着和我们一样的解放军军装，连武装带都是一样的，手电再往上照，就看到他衣服上全是血，脸部给安全帽遮着，看不清楚，但是显然也全是血。

我的脸色就绿了，立马想到这人是谁了，当下就如三九天被丢在了冰窟窿，浑身冰凉。

一边王四川也骂了句蒙古话，一个战士叫了出来："是钟胡子！钟胡子没死！"说着就要放下枪跑过去。

"别过去！"副班长呵斥了一声，眼睛都充血了。"你看他那样子！看清楚了！"

我们都明白副班长的意思，如果真的是钟胡子没有死，看到我们早就打招呼了，怎么会在那里一动不动，像一具僵尸一样看着我们，到现在都没反应？

那个战士也不敢过去了，我们僵持住了，我看那个副班长脑门上青筋都暴出来了，显然是无法处理现在的情况。

裴青也端起了枪，咽了口唾沫，问我道："怎么办？"

我心说：你问我我去问谁？这人要真是钟胡子，我们就完蛋了。我们今天早上还给他敬礼，他的死亡应该是非常确定的，但是现在这种情况，这人好像只可能是他，难道真的有诈尸这种事情？

我心里琢磨了好几个办法，突然就看到我们的洋盆了，想递给裴青，说："把这个砸过去，看看有什么反应。"

裴青说他扔不准，王四川是蒙古族人，有投掷"布鲁"的手艺，还在"七二三"总营的时候，他就打过营地附近的野鸡，准得很，让王四川扔。

我心说：也对。我再找王四川，一看就蒙了，这小子不见了，再一看，我操，只见不知道什么时候他已经爬到了对面那人站的岩石上，准备扑上去。

我张嘴就想阻止他，但已经晚了，只见他猫着腰，从边上一下子蹿到岩石上面，一个熊抱就把那人抱住了，我们听到一声惊呼，几个人马上蒙了，那声音不是王四川的，是一个女人的叫声。

接着王四川就用摔跤的手法，想把那人直接按倒，没想到对方也不含糊，一个扭身，两个人全部摔倒，一路滚下石头，摔进了下面的水里。

副班长一看，忙脱掉上衣冲下去帮忙，石头下的水还是很深的，要是卡在石头缝里，头上不来，死一个人也就一分钟的事情，我们也跟了下去，先把王四川扯出水，接着那人也被我们拖了上来。

那人的帽子已经掉了，一头短发，脸上的血也冲干净了，我们一看已经知道不是钟胡子，因为这人竟然是个女人，水湿了衣服，身体的曲线凹凸毕露，太明显了。

王四川吐了口水，冷得直发抖，迅速脱掉衣服去烤火，问我那个人死了没。

翻开她的头发，还摸了摸脉搏，看到那女人的脸，我就一愣，我竟然还认识她。

一边的裴青也看到了，惊叫了起来：“天哪，是袁喜乐？”

第十三章 袁喜乐

写到这里很多人会觉得莫名其妙，事实上当时我也觉得莫名其妙，所谓小说和纪实的不同，就是小说讲究一个前后的呼应，而纪实就是事实。我在这里遇到袁喜乐，就是一个事实，压根儿也没有想过会在这里碰到她，但是，在当时，确实，她就这样出现了。

我一开始还不信，再仔细一看，确实是她，心下骇然，心说：她怎么会在这里？

袁喜乐也是搞勘探的，虽然年纪和我们差不多，但是资历要比我们老，只因为她是从苏联留学回来的那一批人中的，受到比较特别的优待。我和她不止一次在一支勘探队里待过，当时她是副队，外号“苏联魔女”，行事特别认真，我因为是马大哈，经常挨批，不过私下里这女人很豪爽，我们处得比较愉快。她经常到各处领队，裴青认识她，显然也是差不多的理由。

我们一起来的二十四个人，显然没有女人，她在这里出现，非常让人震惊，而且我看她的脸上和身上的伤口，显然情况很不妥当，不知道发生了什么事情。

袁喜乐的体温非常低，我们暂时没工夫讨论她为什么会在这里出现，几个人抽签，最后王四川给她脱掉了衣服。

她身上大面积擦伤，到处是内出血的瘀青，看着十分吓人，两边膝盖和手掌破得一塌糊涂，如果不是看到这里的岩石和那些铁丝网，我们必然以为她是受了酷刑逃出来的。但是这些都不致命，最严重的是她的体温，她的衣服在王四川把她扑进水里之前已经湿了，她的身体应该低温了很长时间，嘴唇都是紫色的。

王四川发着抖给她擦干身体，塞进睡袋里去，又烧了水给她喝，给她用火熏脸，搞到大半夜她的体温才升上来，但神志还是相当不清醒，叫不醒。但就算这样我们已经松了口气，看她安然地睡去。一边的裴青才自言自语："她怎么会在这里？"

我脑子里已经一团乱了，又想起了临走时老猫和我说的话，越来越感觉糟糕。"这事情不对了。"我对他们道，"咱们不能往里走了。"

"怎么不对？"王四川问。

"我看我们不是第一批人。"我道，"这里头肯定有文章，那个大校没和我们说实话。"

当时我的心里很乱，具体的思绪也不清楚，但是这事情是明摆着的。裴青立即点头，显然也意识到了，眉头皱了起来。

看袁喜乐的装扮，显然也是这一次地质勘探任务的编制人员，但是我们进来的四支队伍中没有她，那她显然属于我们不知道的第五支队伍。

而且按照情理和地理位置来推测，这第五支队伍，应该是在我们四支队伍进入洞窟之前进入的。我们进来这里才一天多的时间，如果是在我们之后，不可能这么快赶上我们。

也就是说，在我们进入洞窟之前，应该已经有了一次勘探活动，具体的情况不明，但是这一个命题可以成立。袁喜乐是铁证。

这事情有点乱了，一下子会延伸出很多的麻烦问题，比如——他们是在多久之前进来的呢？为什么大校没有对我们说这件事情？作为一个女性勘探队员，上头不可能让她单身一个人进洞，其他人呢？

副班长和几个战士都静静坐在一边没有说话，我问他们，对这件事情知道多少。

副班长摇头说："比你们还少。我们是和你们同批进来的，你们还开了会，我们连会都没开，上头让我们和你们在一起，不问，不听，不疑，只完成任务。”

几个人都沉默了，遇到这种事情，实在是始料未及。

王四川说：“要不等她醒了问问她？”

我摇头，袁喜乐刚才的情况不是很妙，最令人感到恐惧的是她没有手电，那就是说，这个可怜的女人应该是在这个一片漆黑的洞穴里不知道待了多长时间。如果你可以想象这样一个场景就会发现这是多么恐怖的事情，无边无际的黑暗，寒冷的洞穴，各种稀奇古怪的声音，人经历过这些事情后，精神状态肯定会有点问题。

裴青想到的是另一方面，但是和我殊途同归，他道：“没用的，即使能醒过来，我肯定她也不会对我们透露太多，那是他们那个等级的职业操守。而且她级别比我们高，弄不好我们得听她的。”

“这怎么办？”王四川想了想，就骂了一声，“奶奶的，组织上到底是怎么想的？咱们以前没这么多破事儿，掏个洞就掏个洞呗，这洞里的东西有那么稀奇搞得那么神道吗？”

“你上车的时候就应该意识到了，这次的情况和咱们以往的大不相同。”裴青看也不看他，而是看向一边我们前进的方向，我看到他眼神中竟然有一丝期待。

我心想这小子的言行还真有点怪，看样子对这种事情并不太在意。我又想起那张字条了，不过随即一想，其实我自己都有点好奇，这地下河的尽头到底有什么东西？为什么这事的走向越来越难以捉摸了？

“饿（我）说，你们就别说咧，让人家工程兵兄弟部队听到了多不好，还以为饿（我）们怀疑组织的决定咧，被人说出去就不好咧。”陈落户缩在一边轻声道，“下都下来咧，还有什么办法？硬着头皮走呗。”

王四川瞪了他一眼，我就阻止他，这一次陈落户倒没说错，工程兵的思维和我们不一样，我们不应该在他们面前说太多动摇他们的话。我想了想道：“不过不管怎么说，还是得等她醒过来问问看，能知道一些是一些。至少要给个解释。”

第十四章 一个疯子

当夜休息，各怀各的心思，都没碰过女人，有一个女人睡在这里，内衣还放在那里烘烤，我们很难睡着。而我确实是累了，脑子里胡思乱想一通，最后还是睡死了过去。

睡了也不知道多长时间，被人推醒，我抬起头一看，四周一片漆黑，火竟然灭了。我坐起来，打开手电照了一下，原来是守夜的战士挨不住睡着了，没人添燃料，火熄灭了。

我转头看是谁推我，正看到袁喜乐全身赤裸地蹲在我边上，我吓了一跳，问她道："你醒了？"

她不回答我，而是凑了过来，压到我的身上，我闻到一股奇怪的味道，人就有点晕了。袁喜乐是东北人，和大多数东北女孩子一样，身材丰满，身体有着非常浓烈的女性诱惑力，我想把她推开，手却不由自主地抱了过去，一下子那种光滑细腻的手感让我头发都奓了起来。

我却不敢再动了，进也不是退也不是，正不知所措呢，突然她就张开了嘴巴，我看到她慢慢地把铁丝网从嘴巴里面喷出来。

我大叫一声一下子跳了起来，眼睛一晃，一切都消失了。

我还是躺在睡袋里，火光很亮，陈落户、裴青和两个战士已经起来了，王四川在那里打呼噜，袁喜乐也醒了，已经穿上了衣服，在那里狼吞虎咽地吃东西，头发蓬乱，动作一看就知道不对。

我揉了揉眼睛爬起来，用冷水洗了把脸，使了个眼色给裴青，问袁喜乐怎么样。

裴青摇头，说："看样子很久没吃东西了。"

"有没有说过什么？"

他叹了口气："你自己问问看吧。"

我本来就不是很乐观，因为裴青的表情和语气，也知道不会有什么惊喜，不过等走过去试图和她说话以后，发现情况比我想的要不乐观，甚至还要离谱。

她的神志很不清醒，整个人处于一种恍惚的状态，无论我怎么问，她都不理我，我一说话，她就直勾勾地看着我，但是眼神是涣散的，也就是不聚焦，显然在黑暗中待了太长时间，有点无法适应光亮。她的脸十分清秀，如今看来，真的不由自主地让人心里发酸，觉得她很可怜。

我最后放弃了，裴青给我打了早饭，坐到我边上就直叹气，说她太可怜了，估计昨天晚上是循着我们的光过来的。他查过她的衣服和背包，里面吃的东西已经全没了，也不知道到底她在这里困了多久，要是我们再晚点进来，她肯定保不住了。

我对他说，照这么看，这后面肯定得出什么事情，现在想想咱们对里面的情况一无所知，我们是不是先回去。

我之所以提出这个建议，是因为我们勘探队的性质变了。一方面对于前方的情况，我们已经预见到危险，并且发现了幸存者；另一方面又发现上头对我们隐瞒了实情。这个时候我们继续深入就不明智了，那不是积极的工作态度而是不懂得变通。

裴青也点头："说实话，我很好奇里面的情况，不过，我承认以大局考虑现在回去是正确的，只是不能就这么回去，如果还有其他人也困在这里，我们这一走他们死定了，我想我们几个人轻装往里再走走，搜索一下，也算有个交代。"

我想了想，觉得他说得有道理，娘的，这家伙有当领导的潜质，这让我有点不爽。

我们暂时把这件事情定了，王四川和其他人醒来的时候，我和他们一说，他们也没意见，副班长说“反正上头让我们听你们的”。

我们先吃了早饭，吃完就分配任务，袁喜乐肯定是不能带上路的，得留人照顾她。

陈落户马上说他不参加了，“饿（我）的身体忽然不舒服，饿（我）请假”。他要在这里等我们回来，众人都没意见。不客气地说，他跟着基本就是个累赘。副班长怕他一个人不行，又留下一个战士在这里，我、王四川、裴青还有他和另外两个战士，轻装上阵，就开始出发往前。

因为决定搜索之后就回去，所以没有什么资源消耗的顾虑，我们都开了手电，一下子洞里被照得很亮。

这里的景色都差不多，也无暇再去管地质构造，在没有负重的情况下，我们走得飞快，很快就看不到后面的篝火了。

越往里走，因为手电光够亮，我们就越感觉洞穴大了起来，走起来也特别有力气，似乎要把负重行军时的那种郁闷顶回去。不过走着走着，我们也发现，这里的碎石越来越小，很快就有转回暗河的迹象。

走出去六七百米，地势开始急速向下转，让我们始料未及，斜坡足有三百米，上面贴地隔几米就是一道铁丝网，我们小心翼翼顺着斜坡下去，还没到底部，王四川就骂了一声。

斜坡的底部，暗河重新出现了黑黢黢的水，但是这一段暗河不长，手电照过去，可以照到前方几十米外又出现了碎石滩。

“怎么办？难道要回去搬皮筏艇？”裴青说。当然谁都知道这是不可能的。

副班长用手电照了照水面，可以照到水底：“可以蹚过去。”说着就要往下跳，王四川一下就把他拉住了：“等等！”

说着他把手电往一个角落移了移，我们看到那水下最深的地方，沉着好几个铁笼子，里面黑影幢幢，不知道关着什么东西。

第十五章 水牢

这种铁笼子叫作水牢，在东三省一些日本人建造的建筑里经常看到。水牢的上部分紧贴着水面，被关在水牢里的人，只能把脸贴住笼子的上部分栅栏，把鼻子探出去呼吸。在冰冷的地下暗河水里，他们只能连续几天几夜维持这样的姿势，不然就会窒息。

这一段暗河里，沉满了这样的铁笼子，黑压压的一片，不仔细看发现不了。用手电光汇聚起来去照，有些笼子里似乎还漂浮着几个模糊的影子，不知道是什么东西，让人背脊直发寒。

王四川说，他听以前的老人讲过，一般日本兵把人沉水牢，不会光是让你浸水这么便宜，水里肯定还有蚂蟥之类的东西，我们得小心，不能贸然跳下去。

我们一听心就吊了起来，副班长说："这里这么冷，不会有蚂蟥吧？"王四川说和冷没关系，草原上都有山蚂蟥，平时在草叶子背面，一下雨全出来。

我们常年在外面走的，都知道这东西的危害，蚂蟥并不致命，但是让人有厌恶感，给叮到一口，有时候还会传染冷热病，是野外地质勘探主要提防的对象之一。

被王四川这么一说，我们都觉得不能不当回事，于是扎紧了裤管、鞋带，因为蚂蟥没有吸血的时候非常小，细小的缝隙并不能挡住它们，所以我们还在裤管的缝隙里垫上纱布。

一切准备妥当，互相检查了一下，我们才陆续下水。副班长在前面开路，把东西举在头顶，我们好比投降的国军，向水深处走去。

脚下的石头崎岖不平，走到深处的时候，水漫到了胸口，极度的冰凉涌进我的衣服里，带走了我的所有体温，我们几个都不由自主地牙齿打战，王四川冻得在后面一直催促快点走。

但是这样的前进方式，实在是想快也快不起来，寒冷加上水的阻力，让我们举步维艰，我们只有尽力迈步，使得每一步尽量走得大一点。

几个工程兵的耐寒能力比我们强，一边走一边用手电照射我们身边的水下。很快，我们就走到了那些铁笼子的中间，从水面上照下去比在岸上看得清楚多了。那些铁锈的栅栏，越发让人感觉毛骨悚然。最恐怖的是，很多的铁笼子里，可以看到悬浮着一团一团的头发和影子。

我们越看越是心寒，王四川牙齿打着战说："太惨了，就这么泡死在这里，死了都不安乐。"

裴青说："这里竟然设置了水牢，这一般是日本人用来恐吓中国劳工用的伎俩，有劳工的尸体，还有水牢，就说明日本人在这里待了不少时间，很可能里面有个永久据点。"

我们都不说话，王四川喃喃道："反正小日本喜欢的东西，肯定不是什么好事情。"

我们继续往前走，一路沉默，四周只能听到水声和前后人的喘息声。

这一段暗河不长，很快我们就走到了中段，当时我冷得已经感觉不到自己的脚，脑子都有点混沌，前后手电的晃动都看成了花的，单纯凭着条件反射继续向前，什么蚂蟥不蚂蟥的也顾不着了。

这时候，我听到了几声特别的水声，好像是有人停了下来。

我眯起眼睛看向前面，发现是走在最前面的副班长停了下来，他正用手电照自己的脚下，低头在找什么东西。

我们问他怎么了，他抬头脸色苍白，对我们道："刚才好像有东西抓了一下我的脚。"

“你不要胡说！”王四川的脸色也变了，在这种地方说这种话，真的要命。

几个人本来都给冻得浑浑噩噩，一听这话，人都精神了起来，副班长急说：“真的，水下面真的有东西。”

我们看他的表情，感觉他不可能骗我们，这副班长一看就是个一本正经的人，连近乎都不会套，怎么会开玩笑？一下子，所有的人都把手电照向水里。

“会不会是盲鱼？”裴青问，“这里的地下暗河其实一直在那些石滩下流淌，石头中间有空隙，规模这么大的暗河里肯定有鱼游来游去。”

“你找出来我就相信你。”王四川说，话音未落，我们全都看到在我们密集的手电光斑下，水下有一道长长的影子闪电一般掠了过去。

所有人都一愣，接着王四川就慌了，转身往一边的铁笼子上爬，众人一看，马上学样子，手忙脚乱地全部爬到了铁笼子上。副班长带头把枪都举了起来，响起一阵“咔嗒咔嗒”上膛的声音。

几个人全是浑身湿透，出水之后身体适应不了重量，裴青个子最小，一下没站稳，一屁股坐在了笼子上。他面色愈加苍白，直盯着水面看。

几个人再用手电照水里，水里却看不到东西了，水面全是我们激起的波纹，猛然间也不知道刚才的那道影子是我们自己的错觉还是什么。不过肯定没人敢下水了。

僵持一会儿，王四川说“妈的别照了，先跑上岸再说”，说着踩着那些铁笼子朝一边跑开了，我们一看他跑了，一阵莫名的恐慌传来，也顾不得多想，忙追着王四川就跑了过去。

铁笼子分布得十分密集，而且离水面只有一指的距离，跑在上面好像走在平地，我刚才还琢磨日本人当时是怎么把人关进水牢的，一看原来还有这样的走法，心说：还真是没想到。不过早知道这样，我们何必蹚水，真是不到危急关头脑子都不顶用。

几个人跑得飞快，都怕落在最后一个，很快就看到了对岸，离岸最近的一段没有铁笼子，王四川一个熊跃跳进水里，挣扎着起来，几步就上了岸。

后来的人急跟着，第二个是裴青，眼看就要跑到了，这时候我看他突然整个人一沉，缩进水里，不见了踪影。

我就跟在他后面，一看心里就暗叫“糟糕”，几步并作一步冲过去一看，裴青给拖下水的地方，水里一片翻腾，也不知道到底是怎么回事。

我心里一急，想也没想就跳下水，潜入水下朝那翻腾的地方摸了过去。

水下全是气泡，视野非常模糊，好像有两个巨大的物体正在搏斗。我的神经一下子高度紧张，一边掏出匕首，一边移动手电去照，想看看到底是怎么回事。

然而出乎意料的是，等我适应了水下的光线之后，却发现前面并没有什么怪物，反而是一幅令人啼笑皆非的场景。

裴青不知道怎的，被关进了一个铁笼子里，他水性不好，眼睛在水下睁不开，在笼子里拼命挣扎，因为太过紧张了，根本无济于事，只是空激起无数的气泡。

我一看就明白了，原来是这里有一个铁笼子锈得厉害，给王四川踩过之后，再给裴青一蹬，栅栏被蹬断了。他人瘦，整个人就跌进了铁笼子里，下来后又慌，再想从那个洞里出去就难了，视线又不好，只能瞎撞。

这事情可大可小，懂水性的人都知道，怕水的人在澡堂里都能淹死，我赶紧游过去，手伸进笼子，想让他冷静。

没想到我的手一抓到他的手，他整个人就像炸了一样，更加害怕，双脚一蹬，一下子就撞到了栅栏上。

我一看觉得不行了，赶紧往上浮，爬到那铁笼子上面，从破洞里面伸手去拉他，这时候原本已经上了岸的副班长和王四川都赶到，我们手忙脚乱地掰开铁笼子，将里面半死不活的裴青扯了出来。

这家伙真是够呛了，上来就开始呕吐，不停地咳嗽，整个人死沉死沉的，身子软得像泥一样，我们费尽力气也只把他的上半身拉出水面，却怎么也拉不出来他的脚。

王四川扯了几下说，裴青可能给什么东西钩住了，要有人下去解，众人一下子全部看我，因为只有我已经完全湿透了，我暗骂一声，只好重新跳下水去看。

没有裴青折腾，水下视野清楚了很多，我贴近笼子去看，发现笼子和笼子之间，原来是被铁丝网缠在一起的，大概是怕力气大的苦力抬着铁笼子逃走。而裴青的裤管钩在了铁丝网上。

这可真是要命，我憋住气，潜水手伸进笼子用力扯，费了好大的劲，才把他的裤管扯破，上面的人一直在使劲，我下面一松他立刻就被扯了上去。

我长出一口气，把手从笼子里抽了出来，刚想蹬脚浮上去，突然手电的光一闪，猛地看到我左边的水里，探出来一张狰狞的脸孔。

第十六章 水鬼

现在回头看看，我的一生之中，经历事情颇多，危及生命、九死一生的境况也遭遇过不少，然而真正把我吓到的，恐怕也只有这少数几次。

这恐怕也是由于我当时年纪尚轻，没有经历过生死。

那一张狰狞的面孔，说实话我根本也没有看清楚，“狰狞”只是一个大概的印象，只是转头那一瞬，在黑黢黢的水里，手电的黄色光斑昏暗发散的照射下，在离我如此近的距离突然出现了这么一张脸，不管是什么，都是极度骇人的。而我也没有再次去看的机会，受了那一下惊吓后，我条件反射地往后猛缩，接着就倒吸了一口冷水，顿时呛得完全失去平衡，只知道拼命往水面上摸，接着我的手就给人抓住扯了上去。

我喝了很多的水，咳嗽得说不出话来，眼睛也看不清楚，被人架着一路拖着跑，接着又跳进水里，直到上了岸才勉强缓过来。

那时候真是非常狼狈，所有人浑身没有一块干的地方，我们马上找了块干燥的地方就生火烤衣服，把衣服全部脱光，赤条条地缩在一起。

王四川带着白酒，给我们每人喝了一点，我们才暖和起来，那时候王四川就问，我怎么突然会呛水，下面出了什么事情。

我把我看到的事情和他们一说，几个人都露出不相信的神色。裴青问是不是水里的沉尸被他折腾得浮了上来。或者干脆是我心理作用，看错了。

我无法回答，我自己也只有一个模糊的印象。事实上，现在想想，裴青的说法倒是最合理的，但是当时在那么漆黑的水下，那个东西悄无声息地突然出现在我的身边，实在是让人感觉不对。

那一瞬间的极度恐惧令我记忆深刻，直到现在，我们见面的时候还会讨论，这也导致之后我在生活中，看到漆黑一片的沟渠会莫名恐惧，总感觉那里会有什么东西。

当然这是后话，当时我说出来之后，虽然他们都说不信，但对那片水域明显已经有了恐惧和顾虑。这是人所不能避免的。而我想到我们回来的时候，必须还要经过这里，就感觉头皮发麻，只能暂时不去想。

衣服烤干之后，我们重新穿上，暖烘烘的衣服第一次让我怀念外面的阳光。裴青说不能再浪费时间了，于是收拾停当再次催促我们往前走。

此时离我们计划探路的时间已经过去了三分之一，我们预定，如果前方再次碰到这样的水潭，就折返不再通过了，否则更加浪费时间。

然而我们往前走了一段后，洞穴豁然开朗，暗河走廊的宽度明显增大了，四周日本人遗留下来的痕迹也更多了。一路洞壁上出现了很多剥离的日语的标识，在岩石的缝隙里，很多残破的绿色木箱碎在那里，里面全是黑色棉絮般的东西，副班长用枪挑挑，发现非常潮湿。

再往里走了一段，这一路很顺利，路也不难走，大概过了两小时，我们才遇到第二个始料未及的情况。而且这个情况是我们根本没想到过的，简直让我们目瞪口呆。

原来走到了一处洞穴相对狭长的地段后，我们爬过了一块十分大的石头，此时往后一照，硕大的一个洞穴内，不再是深邃的黑暗，而是一块巨大的岩壁。

我们花了很长时间才醒悟过来，原来，这个洞穴，竟然在这里到头了。

几支手电的光在巨大的岩壁上晃动，这是一块巨大的板块状石灰岩，是两边的岩壁突然被地层积压汇拢形成的，这说明形成几亿年前这个深洞的地质构造运动到这里就停止，洞穴自然封闭，确实是到底了。

回想我们进来的路途，到这里也有四五公里，对于地下暗河的长度来说，还是属于小规模的，十到二十公里长的暗河也属多见。从暗河开始段的水量来判断，我们实在是想不到这么快就会到达洞穴的尽头。

几个工程兵都不说话，听我们几个搞勘探的在那里七嘴八舌地讨论，都觉得不可能。按照课本上说的和我们的经验，暗河应该更加长，不然在尽头，就应该有缓冲水量的地下湖泊。

主要的依据是在我们行走的石头滩下，缝隙中水流湍急，深不见底，表明在这些石头下面的水流不会比我们刚进来时的暗河少，这些水流到了这里，仍旧在石头下向下游流淌，说明暗河还有向下的通途。

但是石头上面，洞穴却确实到此为止，找了半天也找不到任何隐蔽的入口。

我们全都丈二和尚摸不着头脑，只好暂时停下来休息。同时，分析可能的情况。

在我们这几个人里，裴青洞穴勘探的经验最丰富，因为他去过云南，那里洞多水多。他说一般出现这样的情况，这里以前肯定是一帘断层瀑布，因为水流冲击，岩石结构给冲塌了，石头砸下来，把这里全堵住了，往下的入口肯定在我们脚下这些石头下面。

我和王四川都说不可能，如果真是这样，当年的日本人是怎么过去的，王四川说看样子我们是走错了，其他组才是对的，正好，我们可以理直气壮地回去。

我摆手，这明摆了也是不对，不说这里日本人的痕迹，就说那个女人出现在这里，也足够说明这里绝对有可以继续往里走的路。

王四川说这么着吧，我们都别出声，听听看，如果地下有被掩藏的大型缝隙，水声应该比较响。

我们一想也没别的好办法，于是又四散开去，屏住呼吸，凑近地面，一点一点去听地下传出的微弱水声。

说实话，这能听出什么区别来？！所谓声音的大小，我感觉是和环境的安静程度成正比的，你贴得近了远了，四周附近的水声是大是小，都影响你的判断。

我小心翼翼地听出去有十几米，就知道这招不行，完全没感觉，就在我叹了口气，招呼他们准备否决掉王四川的提议的时候，那边一个小战士突然站了起来，对我们做了一个“不要说话”的动作。

我们都一个激灵，我心说：难道听到了？

我们忙蹑手蹑脚走到他身边，全部俯身去听。

这一听之下，我们都露出了诧异的神色。原来这块石头下面，传来的不是水声，而是一种让人形容不出来的，类似指甲抓挠石头的声音。

大家凝神屏气，听了半天，都听不出来这声音到底是什么，只感觉这“呲啦”的声音听着揪心，好比爪子划在我们的心脏上，感觉痒得要命，恨不得狠挠几下。

我记不清楚是谁最先开始挖石头的，总之很快我们所有的人都开始动手将这里的石头搬开，大的先搬，然后小的。

搬了几下我就感觉到了一点异样，因为这里的石头，太容易搬动了。附近的碎石有大有小，大量巨大的根本无法搬动的石头混在里面，使人一看就知道挖掘无望，但是这里我们一路挖下去，却发现没有一块这样决定性的石头。

所有的石头，全都是人可以搬动的大小和重量，这说明什么问题？

我不由得加快了速度，别人受我的感染，动作也越来越快。

“咚”的一声，我的手砸到了什么东西。

所有人一顿，都停下了手，往我手的方向一看。只见我抬起的那块石头下面，露出一块锈迹斑斑的铁板。

几个人对视一眼，都是莫名其妙的表情，他们聚拢到我的身边，开始以露出的这块铁板为中心继续挖掘。

很快，一道埋在石头下面的铁门，出现在我们面前，巨大的门板足有5米乘5米的大小，上面斑驳剥落的绿漆上，隐约可以看到几个白色的日本字——其中能看懂一个“53”，一个“谋略”，其他的全都不懂。

门的大部分暴露出来后，我们都重新归于安静，再次去听那门下的声音。这一次，却发现那抓挠的声音听不见了，门下一点声音都没有。

第十七章 铁门

这是一道组合的铁门，很容易看到，是由不同大小的铁板焊接起来的，铁板的厚度惊人，上面全是大拇指盖大的铆钉，门四周的框压着铁浆子和水泥，也不知道浇了多少。到了门闩附近是四道铁槽，整个铁门就压在铁槽里，厚实而沉重，我们踩在上面，丝毫没有下凹和晃动。

门是双开的，在门的中间，有三道巨大的扭矩门销，现在已经给焊死了，连门的缝隙都焊得严丝合缝，扯一下动也不动。

副班长此时看了一边一个战士一眼，不知道是什么用意，那个战士用力在上面压了一下，然后对他轻声说："防爆的，铁板里面有夹层，夹着棉絮和弹簧。"

"看来小日本离开之后就没打算再回来。"王四川在一边嘀咕道。

我们都点了点头，这是显而易见的。

确实，按照这里的情况来看，继续往下走的通道很有可能就在这道封闭的铁门后面。这样的封闭程度，让人觉得日本人确实是铁了心要封闭这里，没有计划要再次打开。

不过，如果是这样的话，到了这里，我们就无路可走了，那袁喜乐怎么解释呢？和她一起的其他人在什么地方呢？就算死了，也应该有尸体啊，最起码，应该有一些痕迹，但是一路过来，我们什么都没有发现。

难道她是一个人进来的？这绝对不可能啊。

而且，不知道是不是想得太多，当时我有种奇怪的感觉：日本人封闭这道铁门，目的不是不让我们进去，而是不让这门里面的东西出来。

因为一般如果要封闭一个地方，按照我们勘探中蒙山区里一些日本地下掩体的经验，日本人的做法非常决绝。日本人不仅会炸毁进入地下掩体的甬道，而且会在地下掩体的穹顶和承重墙上钻孔定向爆破，将整个地下结构破坏得非常彻底。这样才能够最有效地保证资料和物资不会落到“敌方”手里，掩体也彻底报废，无法被敌方使用。

而这里只是封闭了铁门，且上面只覆盖浅浅的一层石头，不像日本人的行事作风。

不过，在当时的情况下，想这么多也没有用处，因为以我们的装备，对这道铁门是毫无办法的。相信不仅我们，就是地质工程连的机修兵来也没有办法，要打开这种门，需要的是大量的气割枪。

我们一开始还不是很沮丧，总觉得应该有办法能打开这道门。然而在铁门边蹲了片刻，东摸摸西敲敲，却无半点进展。几个人都面面相觑，但是一个人也说不出话来。

最后还是裴青提出了那个问题：这事怎么办？难道我们真的就这样回去了？

我们都苦笑，不回去又能如何？有这个东西在，无论怎么不甘心，我们也不可能继续前进了，这一次勘探任务，到这里确实算到头了。

我们按照一般的工作程序，收集了水文和地质样本，又大概描绘了铁门的样子，就收拾东西，准备回去。

几个战士显然对于这样的洞穴勘探已经厌倦了，回归的时候比谁都积极，帮我们背起了装备，就往后走去。

但是，才走几步，突然所有的人都感觉到了脚下不对劲，我们当时还没有反应过来，但是为首的副班长已经醒悟了，我就听他低声叫了一句：“糟糕！”

我们都低头看去，顿时发现，原本在石头缝隙中流淌的暗河，竟然已经漫到石头的边缘，很快就要涨过我们的脚底了。

几个人互相看了看，脸色都白了，因为作为勘探员和工程兵，我们太了解即将要发生什么事情了——暗河涨水了！

“跑！”不知道是谁大喊了一声，我们马上扔掉身上全部的东西，开始朝来时的方向狂奔。而我背脊发凉，已经预感到大大的不妙：我们的地势实在太低了！

执行任何洞穴勘探和探险，以及涉及地下水系的任务，我们都会被警告要注意地下河涨水的问题，尤其是在云贵，雨水充足，一下雨洞穴内部的水流状况就会完全改变，各种供水系统倒灌，很容易改变暗河的水位，非常危险。

只是在这里，我们真的是没有想到也会碰到这种事情，在内蒙古，20 世纪 60 年代的干旱是有名的。我们进洞的那一天，晴空万里，谁也没想到过了十几个小时会突然下雨。而且大概因为这里的水流是在岩滩下流淌，暗河涨水竟然悄无声息，实在太可怕了。

想到这里，我突然就想起了刚才在铁门下听到的指甲挠石头的声音，顿时想抽自己一巴掌，天哪，那根本就不是什么奇怪的声音，不就是干性洞穴涨水的声音吗！我当时竟然完全没有意识到。

洞穴的水量突然增大，冲击力加强，将使得整个岩滩的结构发生非常微小的变化，石头摩擦就会发出那种声音，这课本上都有，我们都背过，只是以前没有经历过这样的事情，所以当时根本想不到那方面去。

我们真的是在狂奔，在海边生活的朋友，可以知道海水涨潮涨得多快，而暗河水位上涨比海水涨潮的速度还要快得多！刚开始十几步我们还是在为想象中的危险逃命，而之后我们的肉眼都能看到水从岩石缝隙里漫上来。

“到水牢那里去！”王四川以他一向领先的速度跑在最前面，对我们大叫，“水不会漫过那里！”

我心中稍一盘算已经知道肯定来不及了，这里的路太难走，没等我们跑到那里，我们的双脚肯定就碰不着水底了，那时候以我们的体力，根本无法和涨水下的水流对抗。

但是我还是不顾一切地往前跑，如果这时候能停下来好好想想，最明智的做法应该是收集一些漂浮的东西，准备漂流比较正确，但是那时候脑子里只有一个

“跑”字。

一路狂奔，也不知道跑了多长的路，水就已经到了膝盖。这就是分水岭，因为看不见水下的石头，王四川第一个摔倒，这不是随便摔摔的，起来的时候满头是血，但他还是不停，继续往前，接着我们几个陆续就摔倒，然后爬起来。

现在我回忆，似乎每一次爬起来都越来越吃力，膝盖割破了，手掌割破了，全然不知。

但是在这样的情况下，我们的速度几乎可以忽略不计，而水流的冲力也开始体现出来，我们开始站立不住，只要一松劲就会给水冲得向后走，完全无法前进。

最后，走在最前面的王四川放弃了狂奔，开始朝一边的一块巨大岩石卖力走去，我们知道了他的打算，也知道自救无望，于是都跟着他走去。

走到岩石下的时候，水已经到了腰部，每走一步简直就是玩命，耳边全是水流的轰鸣声，在狭窄的空间里，特别震耳朵。我们大叫着说话，先把王四川托了上去，然后他拉着我们一个接一个地都爬上了那块岩石。

最后我们几个人全部缩到了岩石的最高处，几个人看着刚才还是陆地的脚下，都彻底蒙了。

第十八章 涨水

那块石头只有五米高，按照水位上涨的速度，我们顶多能撑十分钟，但是我很怀疑我们的神经能不能撑过十分钟。看着水位的上升，水面离自已越来越近，那种心跳急速加快又无计可施的感觉，简直就像地狱一样地煎熬。

副班长是我们中最淡定的人，此时俨然已经放弃了，往石头上一坐就开始抽烟，可惜烟头早就湿烂了，想点也点不着。王四川最不信邪，用手电去照一边的岩壁，大声叫嚷让我找水蚀线，这样可以判断水位最后的高度，我们好做准备。我们手忙脚乱地跟着他去照，结果找是找到了，但是在我们头顶上远远的高度。

这里是整条暗河的最低点，我感觉那样的高度已经是给我面子了。

一个小战士后来就哭出来了，这些兵到底是太年轻，和他们讲太多道理也没有用，而我只有烦躁，等死的烦躁。

这样的烦躁也没有持续多久，水就漫到了我们的脚下，恐惧扑面而来，所有人都屏住了呼吸，脸色苍白地等待最后落水的一刹那。

就在这个时候，一直没有放弃的王四川突然大吼了一声，指着一边的洞壁，我们转头看去，原来那里有一块凸起的石瀑。

王四川说，只要能游到那里，我们就能攀住这些石瀑往上爬，这样至少能多活一会儿。说着他让我们给他照着，二话不说就跳进了激流里，几个浮沉后探水出头，朝那里游去。

顺流速度快，加上距离也不远，很快他就爬上了那块石瀑，接着他打起手电给我们当信号，让我们赶紧过去。

副班长第一个，随后一个小战士也跳了下去，很快也顺利到了那里，似乎并不是非常困难。我顿时振奋不已，拍着裴青说“我们拼了”，说着就要往下跳。

没想到裴青脸色惨白，一下抓住我的手，对我道：“不能下去！”

我惊讶，急问道：“为什么？”

他指着我们脚下的激流：“你看！水里有东西！”

我打着手电照去，只见在我们站立的石头的旁边，水里不知道什么时候出现了一个飘忽的黑影，静静地窝在水里，一动不动。

此时的情况之混乱，实在很难用语言形容，一边是已经到脚脖子的暗河激流，一边是在那边大声呼喊的王四川，还有一边则是抓着我的手死不肯放的裴青，以及水里不明就里的黑色鬼影。

我本身已经极度地不知所措，加上这种状况，根本没有其他的精力去考虑问题，反正待着也是给水冲走，于是对他大叫：“都什么时候了还疑神疑鬼？水里就算有鲨鱼你也得下去！”

裴青的顽固出乎我的意料，一边死死拽着我，一边就撩起他的裤管，大叫：“你自己看！”

我低头看，只见他的小腿上，竟然有一条深深的黑色印子，好像是给什么东西抓的痕迹。他对我大叫：“刚才过水牢的时候，我不是摔进那铁笼子里，是给笼子里的东西扯下去的！这水里肯定有问题！”

我心说“胡说”，但是想起我在水下一瞬间看到的东西，又说不出话来。

王四川还在大吼，连喉咙都吼哑了，显然是不明白我们在搞什么鬼，简直是气急败坏。

不过，我只犹豫一秒钟，就明白其实下不下水都没区别了，反正我们已经在水里，就算现在坚持着不下去，不过半分钟，水照样会漫过我们的腰，于是不管三七二十一就狠命扯着裴青，跳进水里。

我们一下子就给卷进了激流，我瞬间打了好几个转才找到平衡点，在水里看王四川的手电只能看到一个光的来源，不过这也够了，我用尽全身的力气吸口气，然后展开双臂游了过去。

那是根本就没有目的地的游法，我只是对着那一片光拼命划动手臂，不知道在水里实际待了多久，反正当时脑子一片空白，耳朵里什么也听不到，直到我的手给王四川他们扯住，接着把我拉了上去，我才一下子缓过来，大量的声音再次回到耳朵里。

这一边石瀑比那边的岩石还要高一些，我抹开眼前的湿发去找裴青，只见他比我慢得多，犹如一个老头子向我们靠来，不过看样子问题也不大。

我此时想起那黑色的影子，再次去找，找来找去也没有找到，心说：难道刚才是我们的错觉或者光影变动造成的巧合？

想到这里我也松了口气，接着裴青安然无恙地也给扯了上来，一下子靠到石瀑上，捂着脸大口喘气，显然是累得够呛。

我心里责怪了一下自己刚才的唯心主义想法，自己也觉得可笑，怎么会相信裴青那样的说辞。

王四川看我们几个人都过来了，问我怎么回事，我喘着气让他待会儿再问，实在没力气了，他拍了拍我们，让我们继续往上爬，看看能不能爬到水蚀线上头去。水位涨得飞快，这里很快也会沦陷。

我们点头，那个副班长此时又精神起来，带头第一个往上爬去，一个接一个。我体力不行落在了最后，裴青比我还不济，我拍了拍他想让他先上去，免得等一下摔下来没人拉。

裴青看着水里，似乎仍然心有余悸，拍了我一下，转头看一眼我，咧嘴朝我笑笑，就转身爬了上去。

我看着他的笑容，突然就有一股异样的感觉，他从来没笑过，忽然笑了怎么这么古怪？而且他这时候笑什么？难道是因为刚才的事情觉得不好意思？随即王四川在上面大骂，说我们两个老是最慢，我只好疾步跟了上去。

石瀑的形成，大多是出于洞穴上方岩层缝隙较大，水流量充沛，在石灰质岩壁上冲刷的原因，与石瀑同时存在的还有石花和石幔，这些都是我们攀爬的垫脚石。

不过这里洞壁的岩石硬度不高，踩上去后很多凸起的地方开裂，摇摇欲坠，人人自危，好不容易爬到了能够到达的最高处，往下看看，离刚才看到的，却也没有高多少。

危机感稍微缓和了一点，人的思维也活跃起来，我们各自找好比较稳固的站立点，就开始用手电照射对面的岩壁，寻找下一个避水点。

不幸的是，好运好像没有持续，对面的岩壁光秃秃的，唯一可能落脚的地方，却是在水流的上游，以水流湍急的速度，我们根本没办法游到那里。

那是一种看到希望后更深的绝望，我们重新陷入绝境之中，这一次，连王四川都放弃了，几个人看着下面的激流全部沉默了。

就在水流再次淹到我们脚踝的时候，突然，王四川就放声唱了起来：

是那山谷的风，吹动了我们的红旗，

是那狂暴的雨，洗刷了我们的帐篷。

我们有火焰般的热情，战胜了一切疲劳和寒冷。

背起了我们的行装，攀上了层层的山峰，

我们满怀无限的希望，为祖国寻找出丰富的矿藏。

是那天上的星，为我们点上了明灯。

是那林中的鸟，向我们报告了黎明。

我们有火焰般的热情，战胜了一切疲劳和寒冷。

背起了我们的行装，攀上了层层的山峰，

我们满怀无限的希望，为祖国寻找出丰富的矿藏。

是那条条的河，汇成了波涛的大海，

把我们无穷的智慧，献给祖国人民。

我们有火焰般的热情，战胜了一切疲劳和寒冷。

背起了我们的行装，攀上了层层的山峰，

我们满怀无限的希望，为祖国寻找出丰富的矿藏。

这是《勘探队员之歌》，我就是在这歌声以及《年青一代》的浪漫主义畅想中，毅然决定踏上地质勘探之路的。多年枯燥的勘探生涯已经把当年的激情磨灭了，没有想到，在这种时候，王四川竟然又唱起了这首歌。

这种面临死亡的场面，本来并没有让我感觉到什么激情，但是王四川破锣一样的声音唱起来，却真的让我感觉到了一点浪漫主义情怀。我们不由自主地也跟着唱起了这首耳熟能详的歌曲，此时，似乎那激流也变得不那么可怕了。

然而事实是残酷的，不管我唱得有多么好听，王四川唱得有多么难听，水还是很快涨到了我们的小腿，我们都闭上了眼睛，用尽全身的力气唱着。

在生死关头，佛教徒和基督徒们都有上帝给他们准备好的文本，他们在那里可以祈祷以减轻死亡的恐惧；我们这些无神论者，却只能依靠当年的激情来驱赶死亡，实在是无奈。

我们紧紧抓着岩壁，等待最后的那一刻到来，水上升到膝盖，到腰腹，到胸口，这个时候，水压已经让我们连唱歌的声音都发不出了。

就在这个时候，我听到喉咙已经哑掉的王四川大叫了一声，我没听清楚他在喊什么，但是看到了异样的东西，只见远处的黑暗中，出现了十分灼目的艇灯灯光。接着，我就看到四条皮筏艇出现在视野里。

我一开始还以为是幻觉，但是皮筏艇迅速靠近，很快我就看到老猫蹲在最前面的一条皮筏艇上，叼着烟，正似笑非笑地看着失魂落魄的我们。

第十九章 获救

我们一个个被接到皮筏艇上之后，王四川低头去亲吻那老旧的艇身，好像他的祖先亲吻辽阔的草原。而我则直接瘫倒在艇上，头枕着一边的艇沿，只觉得眼前一片漆黑，刚才的一切，那嘶哑的声音，湍急的水流，寒冷，恐惧，歌声，所有的所有，变成了一个漩涡，旋转着离我远去。

生与死离得如此之近，真的好似在梦境中一般。

就在我要昏迷过去的时候，一边的人把我扶了起来，给我脱衣服，这个时候，逼人的寒冷才开始让我感觉难受。

我们脱掉衣服，披上了毯子，人才缓过神来，瑟瑟发抖地开始看着这些救援的人，大部分是陌生的工程兵，有两个也是和我们一拨出发的地质勘探兵，但是我并不熟悉，只有坐在艇头的老猫是熟面孔。

王四川擦干身子之后，就问这是怎么回事，他们怎么进来的。一个工程兵告诉他，今天早上总营地发来电报，说是二十里外的喀查尔河上游下了暴雨，让他们小心可能产生的潮汛。当时老猫已经在营地里待命，一听这个消息，就脸色一变，马上找了那个大校，说暗河可能会涨水。那个大校还不相信，在老猫的坚持下，他们组织了救援队下来。现在看来，救援队来得真是及时啊，要是再晚点，恐怕就不是救援队，而是捞尸队了。

王四川说“谢天谢地，长生天保佑，老猫你就是我亲爹，快让我亲一口”。

老猫朝他笑笑，也不说话，看了看我，又看了看裴青，露出个大有深意的表情。

此时我却发现了一个问题：皮筏艇接了我们后，并没有往回走，而是顺着激流继续往前。我有点惊惧地问道：“老猫，我们现在去哪里？这里面是死路。”

王四川被我一问，顿时也发现了这个问题，几个人面色都白了，都叫道：“对啊！里面没路了。”王四川道：“这里地势太低了，我们应该往上游走，否则这里有可能变成一个地下水囊，我们会被困在里面，甚至整个洞底会全部被水淹没。”

那些工程兵都看向老猫，显然是征询他的意见，老猫理都没有理我们，只抽了一口烟，对工程兵们道：“往前。”

四条皮筏艇犹如冲锋舟一样，疾速向前冲去。我们不知道老猫的意思，全都爬了起来，王四川急得脸都绿了，我们刚从生死线上下来，实在不想再一次到那种境地中去。

而皮筏艇的速度太快，我们争吵的工夫，几乎已经冲到洞穴尽头。

这个时候，老猫做了一个手势，指指一个地方，就让所有的人都安静了下来。

因为水位升高，我们现在所处的水平面高度比底下我们发现铁门的地方，至少高了三十米。也就是说，我们站在铁门处抬头看这个高度的时候，手电是照不清楚的，而我们也从来没有关注过这个洞穴的顶部，因为一向是一片漆黑看不见。

而我们站在现在的高度，已经可以大致看清洞穴的顶部，洞壁在我们头顶会合成一个锐角，顶上垂下的巨大钟乳柱，犹如一个个白色的兽牙，影影绰绰，不知道有多少。这些景象昙花一现，在激流中我们没有过多的精力去关注它们，现在也没有多少的记忆。

而让我们安静下来的，是看到在洞穴的尽头，两面洞壁会合处的顶端，竟然有着一道大约十米宽的缝隙，而水流犹如奔腾的骏马经其涌入，溅起漫天的水花。

我们一看都明白了，也就是说，当年的地质构造运动并没有将这个洞穴完全封闭，这里只是一个收缩段，继续往下的通途，竟然是在洞穴的顶上。

我不知道这样的描写，你们能不能理解这洞穴的结构，或者可以这么说，刚才我们所处的、发现铁门的地方，只是一个地下河的水囊，大小还不能称为“暗湖”，但是起着和暗湖一般的作用，就是调节地下河水量。因为连年的干旱，我们进来时地下河的水位显然已经到了低谷，所以这片还没有发育成熟的暗湖便露出湖底。而我们在湖底搜索，自然找不到往下的道路。

这其实就是一个盲点，我们在“水往低处流”的概念驱使下，总是感觉，通道会在我们的脚下，根本没有想到，通道会在我们的头顶。

我很想问老猫是怎么知道这件事情的，但是当时的情况不允许，水流实在太急，我们冲到缝隙口的时候，皮筏艇已经开始打转，工程兵们大叫“抓牢趴下”！话音刚落，我们已经给卷进了那道缝隙里，重重地撞在一边的洞壁上，一个工程兵半个身子就给甩了出去，幸亏裴青动作很快，“啪”的一下将他拉了回来，接着就是天昏地暗的打转。

我也不知道最后船是横着还是竖着，在经过极度的劳累和恐惧之后，又一次经历这种激烈的场面，我已经无法坚持了，咬牙坚持几秒后，终于眼前一黑昏迷过去。

第二十章 休整

醒过来的时候，四周一边安静，咆哮的水声已经听不见了，身上裹着毯子，我竟然感觉暖和。我睁开眼睛一看，原来王四川他们就睡在我边上，几个人挤在一起，确实比一个人睡要舒服。

我小心翼翼地坐起来，在一片朦胧的艇灯光下，发现自己躺在一片鹅卵石浅滩上，地上铺着防潮毯，边上有篝火，几个黑色的影子坐在那里，显然正在守夜。

有一个人看到我坐了起来便跑过来，我一看，是老猫带来的工程兵中的一个，他问我感觉如何。

我活动一下，发现手脚颇不便，摸了摸发现都被绑上了绷带。看来刚才情况混乱，我受了非常严重的伤，不过除了这个，倒没有其他的不适应，就对他说“还行”。

那个工程兵扶着我站起来，我走到篝火边上，我就问他：“这里是哪里？”

工程兵告诉我，这是暗河边缘的洞壁凸起处，我昏迷之后，他们已经漂流了四个小时，具体是哪里，他也不知道。所有人都累得要死，好不容易看到一处干燥的地方，就上来休息，说着递给我烧好的食物。

我一边吃一边看，发现地上有类似裙边褶皱的纹路，用手电一照远处，原来这里地势很平缓，万年冲刷形成了一处巨大的石梯田群，一层一层的，下面还有很多，一直延伸到水里。

皮筏艇搁浅在一边，所有人东倒西歪的，呼噜声此起彼伏，脚下也并不是鹅卵石，全是凸起的石瘤子，真亏得我们能睡着。

我们在石梯田的中间部分，向上几层是巨大的梯田，再往上就是洞壁了，那里最干燥，我们的背包就堆在那里，梯田的宽度都不大，但是很长。

我拿着手电向四周照去，照不到暗河对面的洞壁，显然暗河在这里比我们刚开始进来那段宽了很多。除了我们的声音，这里一片宁静，连暗河的流淌都听不到。

难得有这么安静的环境，不好好休息真是浪费了。我逐渐放松，吃饱后找个地方放了泡尿，又躺回王四川边上，很快，就再次进入了梦乡。

再一次醒过来的时候，其他人都醒了，三堆篝火熊熊燃烧着，煮着茶水和白水，几个人正在擦拭伤口，衣服也差不多烤干了。

老猫坐在那里，正与裴青和王四川说话，我揉着眼睛走过去，坐到他们中间。

王四川看见我就拍我，说“你他妈的真会享福，晕得真及时，给了你的亲密战友我一个重大立功表现，你知道昨天是谁一路拽着你吗？那就是我，记得回去给我上报三等功”。

我不好意思地点头，心说：我也不愿意，这是先天的，有什么办法？

说实话，我的体质确实不适合干这一行，入伍的时候，我是硬喝了三大瓶水，体重才勉强达标的。要不然就我那身板，胸口和钢琴键盘一样，我水喝多了，招兵的还以为我得过大肚子病。不过谁叫我当时热血沸腾要投身这项事业呢，所谓体力不足精神补，我认为我的精神还是很强大的，好在这几年我已经强壮很多了。

那个年头当兵的累晕是很丢脸的事情，为了不让王四川继续奚落我，我就问他们在谈什么。

裴青告诉我，老猫画了一张地势剖面图，他们正研究后面暗河的走势，看看怎么往下走。

我听了很纳闷，问道：“为什么还要往下走？你们不是救援队吗？”

几个人都不说话了，老猫抽了口烟，叹了口气，火头一闪一闪的。

我又问了一遍，王四川才声音干涩道：“老猫说，他们要救的，并不是我们。”

第二十一章 真正的救援对象

篝火的火苗在我面前闪动，轻微流通的空气让火苗燃烧的时候不时发出噼啪的声音。几个人的脸，在火光下都有点扭曲，特别是老猫，我只能看到他脸的轮廓，看不到他的表情。

他们要救的并不是我们?

我感觉我听不懂王四川的话，想起袁喜乐的事情，马上感觉有点听懂了，但又不能肯定。

“那你们要救的是谁？”我看向老猫，希望他做一个明白的说明。

没有和我们坐在一起的两个勘探兵听到我的问题，停止了交谈，转头看向我，而王四川他们都看着面前的火焰，不出声，没有人声援我。显然，他们早就问过这个问题了。

火光后的老猫看着我，把烟屁股扔到地上，幽幽道：“我无权告诉你们。找到对方你自然就知道了。”

又是一阵沉默，没有人说话。最后王四川嘀咕了一句：“这一次，我对组织的做法有意见。”

老猫长出了口气：“军人的天职，是服从命令，有意见，出去后找荣爱国提去。”

我们都叹了口气，知道这并不是老猫不想说，是他在这么多人的面前，不可能当保密条例为儿戏，这是要上军事法庭的。而且确实，我们都是军人，虽然比较特殊，但只要是军人，就要服从命令，这是神圣的原则，军队的一切都遵循这个基本原则，我们入伍的时候，已经做好心理准备了。

所以王四川骂了一声，也没有再说下去，而那几个看着我们的勘探技术兵，也转回了头去，继续说话。

我为了缓和气氛，问他们道："算了，那你们商量到什么地方了？我也来听听？"

裴青把老猫画的图递给了我，也是为了缓和气氛，接着我的话说道："我们在和他说当时的那道铁门，就在这个位置。我们在讨论，既然通道在洞穴的顶部这里，那铁门里是什么地方？"

我想起了那道奇怪的铁门，现在它应该已经在水下了。在老猫的图上，草草地画着一条长长的通道，我很容易就认出那些我们走过的地方。在铁门的地方，老猫不知道为什么，画了一个问号。

我问他们的讨论有什么结果，裴青说，他问过工程兵的意见，他们说有两个可能性：第一，这根本不是门，而是临时吊车的水泥桩，这里的岩石结构并不稳定，走路还好，要是吊装比较大的飞机部件，比如说发动机，就可能需要起重架，那就需要在石头下浇上大量的水泥和钢筋，那道铁门，可能只是水泥桩的残余部分。

我回忆了一下，心说：狗屁，那肯定是一道门。我又问第二个可能性。

裴青道："那就有意思了。他们说，如果不是水泥桩，按照他们修建地下掩体的经验，安置在这种地方的铁门，肯定是一个微差爆破点，下面全是炸药。这道铁门下肯定钻了一个深孔一直到达承重层，里面在关键位置上布满超大量防潮防震的炸药，用来在紧急的时候引爆，可以瞬间封闭洞穴，争取时间。"

在日本的很多地下要塞有这样的装置安装在关键的通道上，而且需要少数获得引爆密码的人来操作，日本军队里有特别的人来执行这项"神圣"的引爆任务。

不过，不知道出于什么原因，日军在撤走的时候，把这道铁门封闭了，显然不想将这里完全封闭，或者当时知道引爆密码的人已经死了。

我听了后头的情况就冒冷汗，道："你的意思是，我们刚才是站在一堆炸药上？"

在我们身后的一个工程兵插嘴道："不，是一大堆。"

说话的是一个年纪比较大的工程兵，生面孔，看上去甚至比我们的副班长还要老一点。他也挤到我们中间来，老猫给我们介绍，说他是工程连的连长，老兵了，刚从中印边境回来的，叫唐泽丁。他们两个显然认识，那老唐和我们那副班长完全是两种性格，也许是级别高点，对我们一点也不避讳，坐下就接着说，日本人当时用的，一般是97式炸药，这种炸药是黄色炸药加上一种什么狗屁的六什么社呢苯（记不清了）混合成的，在有水的环境中威力巨大。不过他说我们不用担心，日本的引爆装置很成熟，一般情况下不会出现意外的。

接着他又说，不过这种爆炸点的位置设置很讲究，相信那个地方应该是属于战略要点。要是这个地方守不住，形势会急转直下，所以日本人才会在这里设置爆点，他认为如果这样分析的话，我们后面要走的暗河段，可能相对会比较安全。

王四川显然不信，拍了拍他说"承你贵言"。

我倒觉得他说得有道理，但是事实如何，也只有走下去看。

裴青接着道："这是我们刚才在讨论的一个问题，现在还有一个问题比较棘手，刚才我们也提了一下，就是袁喜乐和陈落户他们的问题。"

我心说"怎么了"，问道："他们有什么问题？我们在这里没见到他们，他们不是应该在上游等吗？"

裴青摇头道："老猫说，他们来的时候只看到了装备和牺牲战士的尸体，却没见到他们三个人。"

我又愣了一下，心说：怎么可能？裴青说："现在我们假设，要么就是救援队来的时候没有发现袁喜乐他们，要么就是他们发现涨水，在来救我们的时候出意外了。总之现在我们也没法回去搜索，只能祈祷他们没事了。"

我想起陈落户和袁喜乐的样子，心里真是担心得不行，这两个人都无法照顾自己，那个我们留下的小兵，到底能不能顾得过来？

怀着忧虑，我们又商量了一下别的事情。地下河的走势无从预测，其实当时有一种充电法可以预测地下河的走势和规模，但是数据都是概数，而我们现在则需要极微小的细节，只能凭借以前走地下河的经验来猜测接下来会遇到的情况。

正讨论着，突然一边传来了嘈杂的声音，我们转头去看，只见两个工程兵沿着梯田已经走出去很远，我们在这里只能看到手电的两点光。

石头梯田的长度往往十分惊人，有时候能延绵几公里，可能是他们对这幅奇怪的地质景象感到好奇，就贴着洞壁往里走。这时候，那个副班长发现了他们，就勒令他们回来。

谁知道他们却在那里招手，指着洞顶，好像发现了什么。

王四川产生了兴趣，我和他以及其他几个人跑过去，走到他们那里，抬头一看洞顶，只见长满钟乳的暗河顶部，竟然挂着一条手臂粗细的U形电缆，从前方的河道处延伸出来，在这里就挂入水中，不知去向了。

而在这里，我又听到了刚才在铁门下听到的那种指甲抓挠的声音，此时听起来，那声音又不像是水位上升石头摩擦发出的，而是电缆中电流静电的那种噪声。

发现电缆虽然不是什么特别震撼的事情，但是搞工程的几个都很兴奋，因为看到电缆，就意味着附近有用电的东西，不知道日本人用的是什么发电机，但功率肯定不会大，出现电缆，说明我们离目的地不远了。

只是这荒废了几十年的电缆，怎么好像还有电？难道电缆尽头的发动机还在运行吗？

老唐让几个工程兵架着他，搭了个人梯凑过去，因为几十年的水蚀，电缆已经老化且被石灰质薄薄地包进了钟乳里，扯也扯不下来。他们看着电缆从这里垂下去，一直垂入水里，就让几个兵顺着下去，看看电缆最后连着的是什么东西。

副班长脱了衣服，顺着石梯田一层一层走下水去，然后摸着电缆就潜下去，我们看着他潜一会儿，冒起来一会儿，很快就到达了手电照不清楚的地方。

我怕他出现危险，忙让其他人把皮筏艇推下水去，我们去那里接应。

几个人都非常感兴趣，皮筏艇很快划到暗河中心的地方，副班长的手电在水面甚至还能透上光来，我们看着这个光点一直移动，最后停止，向上浮起来，接着出现一个水花，那个副班长喘着粗气一下子扒到艇上。

我们赶紧把他拉上来，给他毛巾擦头，王四川就忍不住了，问下面连着什么。

那副班长喘了一分钟才缓过来，结巴道："飞机！水下有一架飞机的残骸！"

第二十二章 小型飞机

飞机？

我们当时就傻眼了，难道这里已经是洞穴的尽头，一千二百米的地下了？

不可能啊，气压表显示我们现在的垂直深度连一半都没到，而且看这洞穴的宽度——如果那架神秘的轰炸机就在这里的水下，那以它的高度和广度，我们不可能在水面上什么也看不见，手电照下去，肯定能看到一个巨大的飞机影子。而现在，一片漆黑，什么都没有。

王四川问副班长，副班长就说，不是轰炸机，是一架小型飞机，下面还有铁轨，小飞机用锁链固定在铁轨上，看上去已经撞毁了。

几个人异常兴奋，而我受了伤，无法潜水下去看，虽然心急火燎，但是也只能看着身边的人一个接一个跳下水，争先去看。

我等了他们大概一个小时，直到在岸上的老唐呼喝起来，他们才回到岸上，一边擦身体一边给我们形容下面的场面，其中王四川讲得眉飞色舞。

按照他们的叙述，我们画出了飞机的样子，后来总结时查资料，发现那一架飞机同样非常冷门。当时是一个空军指挥学院的空气动力工程师认了出来，指出那可能是一架小型的 Ki102 系列飞机。这个型号的飞机很有名气，那工程师说如果我们真的在那地方发现了这个型号的飞机，说明日本人对于这件事情的重视程度已经非常不一般了，因为这是当时比较新的夜间战斗机。

我们当时见过的飞机都有限，根本不可能了解这么多，只知道那飞机的残骸倾斜在铁轨上，电缆通向那里，有一些奇怪的卡在石头缝隙中的机器，应该是矿轨设备。飞机的机翼已经完全损毁，头部也撞得不成样子，显然这一架战机是迫降失败的牺牲品，奇怪的是，怎么会出现在这里？

我们当时给“奇怪”下了一个定义，所谓奇怪的事情，就是一个东西在不应该出现的地方重复出现。现在想来觉得也很贴切。

王四川甚至分析，说：“日本人会不会在地下修建什么军火库，把那些来不及运走的飞机都藏在下面，准备打回来的时候再用？”

我说花这么多的精力藏这么几架飞机，恐怕不合算，小日本做事情虽然不靠谱，但也不是笨蛋，你别把他们当成电影里演的那样，只会叫“八格牙鲁”。

没有去看的人听他们说得如此新奇，也要去看，但是老唐怕有危险，严令禁止了，几个人只好凑在王四川边上，让他继续说说。王四川最好这一口，让他敞开说，就吹上牛了。

老唐则和老猫商量事情，也相当兴奋，说：“有了电缆，估计以后的路会好走不少，你看水下竟然还有铁轨，说明没有涨水的时候，这里的水非常浅，而有铁轨说明之后的洞穴没有大范围的坡度变化，形势一片大好。”

于是决定即时出发，不要在这儿干耗着，大家在号令声中迅速整理自己的装备，穿上衣服，再次朝洞穴的尽头开进。

事实证明老唐这老工程兵的经验是相当牛的，我们顺着电缆，靠着洞壁一点一点前进，不久就看见了应急灯。显然到这里，洞穴的开发程度已经相当高了，这没有平稳的交通条件是做不到的。

老猫显然不想浪费时间，好路不停脚，我们一口气再往前漂两三里，发现头顶出现了大量电缆汇集的场面。

我们察看之后，老唐说这里附近肯定有一台发电机。

果不其然，我们转过一个转角之后，看到了一个比较大的水泥脚手架子架在洞壁上，洞壁下的水里有一个很大的落水洞，四周围着铁栅栏，电缆就是通到那个落水洞里的。

老唐说发电机就在洞里，这里是一个配电中心，从里面出来的几条电缆，肯定有一条是通向洞穴尽头的。

这时候有眼尖的就看到水泥脚手架上，架着哨岗、铁丝网和探照灯，那架子下面，还有简易的铁梯。有一个人叫了一声，我们朝他指的方向看去，只见在脚手架的下面，有两顶军用帐篷和我们很熟悉的睡袋和背包。这些东西一看就不是日本人留下的，而是最近才搭起来的。

老猫马上站了起来，对老唐说："靠过去。"

爬上水泥的地面，我感觉有一种亲切感，虽然这是日本人造的。一边的架子上刷着"× 崎重工 ××× 协作部队 076 枚"的字样，水泥架子的下面很干燥，我们走过去，发现那些帐篷果然是我们解放军的，这是一个临时的宿营地。

果然有一支勘探队比我们早进来了，我当时这么想。这事情我一直很肯定，不过现在有了事实的依据，心里就更加踏实了。

特别是那几顶帐篷，我们在入口处初步看了洞穴之后，都放弃了帐篷。这里有帐篷，说明这支勘探队里有女性队员，而且应该不止一个。袁喜乐他们进来，应该到达了这里。

老猫让我们在这里停下，然后下令搜索，跟着他来的工程兵分散开去，搜索整个水泥架子，很快就有了发现。我们顺着铁梯爬到架子的第二层，那里有一个用沙袋搭起的掩体，里面有一个休息室，现在发出一股霉臭味，地上凌乱无比。我们在那里看到了交错的电线、床和军绿色的写字台，一边的架子上有军用摇杆电话，甚至枪架上还有一支锈得好像铁棒的枪。

如果有蜘蛛的话，我相信这里已经变成一个盘丝洞了，可惜这里没有，而且灰尘也不多。看着这些只是霉变的家具，我感觉非常古怪，似乎日本人刚刚离去。

而小兵搜索到的东西，就是那张军绿色的写字桌。我们看到在那桌子上，摆放着和我们用的同样的饭盒和水壶，显然老猫要找的人在这里开过会。

其他就没有什么能够让人注意的地方了，我们找了一圈，没有任何新发现。

我们几个人一合计，让工程兵以这里为中心开始搜索，既然生活用品都在这里，显然人不会走远。

就在我们准备走出掩体的时候，让所有人震惊的一件事情发生了。

就听一连串清脆的“丁零零”的声音，犹如炸雷一样突然在掩体里响了起来。我们全部头皮一麻，朝后看去，原来放在架子上的那台老式摇杆电话，竟然响了。

第二十三章 未知的勘探队

我看了看王四川，王四川看了看我，然后我又看了看裴青，裴青则和老猫对视了一眼，我又去看老唐。当时我很希望有一个人脸上没有那种惊骇莫名的眼神，可惜没有，连一向不阴不阳的老猫，脸色都是极度惨白。

电话铃一直在响，因为内部部件的腐朽，铃声响几声后，就变成了很沉闷的声音，好像有人在打嗝，显然是铃锤断了。

当时站在电话边上的一个小战士吓得面如土色，此时动也不是，不动也不是，看着我们，手就在那里发抖，显然条件反射就想去接。

铃声响了很久，没有一个人反应过来，大家都在那里僵站着，显然这种情况超出了我们能处理的范围。

我们一直站着，直到铃声停下来。当时也不知道是电话最终坏了，还是停了，总之那诡异的声音一停下来，我们顿时松了口气。

几个人又是互相看来看去，当然，此事我们不可能当成没发生过，就这样装着什么都不知道走出去。于是几个人又走到了电话机边上，老唐回头，叫了一个兵过来："小赵，你是不是当过电话兵？"

那小兵回答"是的"，老唐道："看……看看这电话。"

那小兵点头，走过去刚想抓起电话，"丁零零"，铃声突然又响了，把我们吓得，连老唐都往后一扎马步然后掏枪。

这是习过武的兵的特征，我们以前遇到过和尚兵，打架是一把好手，枪也打得不错，但是一被吓着就条件反射地要把式，腿脚就走马步，上面则条件反射地掏枪，特别有趣。

不过那时候谁也笑不出来，几个人再次看着那台电话，王四川就来狠的了，说了句“谁怕谁”，上去就把电话接起来，放到耳朵上：“喂！”

在漆黑的地下缝隙深处，日本人残留下来的秘密废墟中，一台老式的电话突然响起，这种场景比当时手抄本里的内容要惊悚得多。所以当王四川突然接起电话的时候，我们所有人的心都抽了一下。

王四川“喂”了一声之后，就没有说话，等对方的回答。这是一件非常可怕的事情，因为你根本不知道这电话是从哪里打过来的，对面是什么东西。

我当时心里非常希望是我们派出去搜索的其他工程兵发现了另一台电话，出于贪玩造成的误会，但是王四川“喂”了一声之后，我们听到的声音不是人的回答。

当时所有人都听到了那种奇怪的声音。那是一连串急促的静电音和很多无法形容的声音组成的噪声，好像一个人在高频率地咳嗽。

我们一个一个把电话拿过来，听了很久，都没有听出个所以然来，不知道这是什么声音，但是，所有人都知道，那确实是有含义的声音，因为，它是有规律的。

我相信看到这里，所有人的第一反应就是摩斯电码，这是因为大量的国外探险电影以及小说过度宣扬了这种简单电码的通用性。诚然，在国外，摩斯电码是一种提高生存能力的探险技能，但是在我们那个年代，全国上下学的都是俄文，直到我工作了两三年，大概是 20 世纪 50 年代末的时候，中苏交恶后，才开始有小班的英语教育。

所以当时不要说“摩斯电码”这个概念，就算电码依附的 abcd 英文，这里都基本上没人认识。我们的基础英文，还是在“文革”之后再教育的时候在职工大学学的。而且在当时的环境下，也不太可能存在能发出这种摩斯电码的人。

（这里虽然不是摩斯电码，但是关于摩斯电码有一条浪漫主义的趣闻：作为一种信息编码标准，摩斯电码拥有其他编码方案无法超越的长久的生命。摩斯电码在海事通信中被作为国际标准一直使用到 1999 年。1997 年，当法国海军停止使用摩斯电码时，发送的最后一条消息是："所有人注意，这是我们在永远沉寂之前最后的一声呐喊！"这是我最近才看到的。）

电话里的声音持续了四十五秒之后消失，王四川把电话挂了回去。我们围在电话边上，以为它会再次响起，然而，之后的两个小时，电话并没有响起来。

几个人陷入了胶着状态，老唐随即让所有在附近的工程兵马上查看电话线路，并问那个当过电话兵的小赵，这是怎么回事。

这里要描述一下这种电话。这是当时那个电话兵说的。他不说我也不知道这电话的结构，手摇电话其实就是一台发电机，电话线的另一头，要么是另一台电话机，要么是一个接线室（也是电话机，只不过有转线路的功能），只要摇杆一摇，对面就会振铃，这里的铃声响，只有一种可能性，就是电话线通电了。而听不清楚声音，很可能是外接干电池没电了，电线可以保存很长时间，但是干电池肯定已经腐烂了。

不过，这种电话的通话距离比较长，所以对方发出电流的地方，实在是很难估计。

这说了等于没说，老唐派出人顺着电话线去找。他们找出去十几米，电话线就并入那条巨大的电缆里，向洞的深处延伸下去了。

这时候，谢天谢地，老唐给我们找出了一个唯物主义理由，而且十分合理。他说，电缆里面的电线和电话线搅在一起了，刚才他派人去弄发电机，我们的人在摆弄的时候，电流突然加大，击穿了绝缘，电话铃才响的。那些有规律的声音，可能就是电路里的静电噪声。

我们听了顿时觉得很有道理，众人擦了擦汗水，释然地差点互相恭喜。

有了一个理由，虽然并没有验证，只是一个推测，但是总比莫名其妙的好。

当时只有裴青没有接受这个解释，还是盯着这台电话，对老唐摇头，脸上露出了一种高深莫测的表情。

老唐看他这举动，感觉奇怪，问他："什么意思？"裴青又看了看我们，这时候做了一个让我们吃惊的举动，只见他拿起了电话，然后小心翼翼地开始摇动摇杆，逐渐加快。

他竟然打了回去！

接着他把电话贴到耳朵上，看着我们，把手指放到嘴上，做了一个不要说话的动作。

后来我们形容这件事情，都说这是一通拨往地狱的电话，正是同样不知道这通电话，那一头是通向哪里，会接起来的人又是谁。

我感谢上帝没有在那个时候给我们更多的惊吓，无声持续十几秒，电话中又响起了声音，同样是那种无法形容的声音。

裴青听了一会儿，把电话举到我们面前，让我们去听那连续的咳嗽音，问道：“你们看过《永不消逝的电波》吗？”

第二十四章 永不消逝的电波

不是我们愚钝，当时我们还是不明白裴青话里的意思，因为当时没有任何人普及电报学的知识，我们对于电报的概念，还是处于从电影里听到的“嘀嘀嘀”声。很多1970年后出生的老弟，小时候看黑白片后，如果听到很多有节奏的敲击声，能联想到那是有意义的信号吗？相信你们不会吧。

所以当时裴青可以联想到这一点，我们后来想起来觉得实在是不可思议，而那个时代，只有真正极度熟悉电报这种东西的人，才可能在听到后马上联想到这方面。

我们不明白裴青的意思，觉得莫名其妙，最后还是电话兵小赵反应了过来，问道：“裴工，你的意思是，这里面的声音是在发电报的声音？”

“你们听，啪啪啪啪，啪，34秒重复一次。”他抬手看表，“每重复一次，时间一秒都不差。”他看向我们，“对面不是人，电话线的回路上，有一台自动发报机。”

“你肯定？”老猫看向裴青，眯起了眼睛。

裴青点了点头，转头看小赵：“你们电话兵，基础训练里有没有背过电报码？”

小赵点头，但是显出极度为难的表情：“可是基础训练，我差不多都忘记了。”

“那你听码总不会忘记吧？”裴青把话筒给小赵，对我们说，“拿纸来。”

我根本还不知道发生了什么事情，只好听他的话，从兜里掏出工作簿，接着，小赵皱起眉头，几乎是被逼着极其艰难地听出了一连串号码。

我现在还保留着那本本子，那一串号码是——

281716530604714523972757205302260255297205222232

写完之后，我们就盯着这一串号码直发蒙。

小赵听完之后，重新看了一遍那串数字，就很确定地说，是明码的电文。但是中文明码表洋洋洒洒，就算是职业电报员也不见得能熟练地记起所有的字，何况只是受过基础训练的小赵。他把号码四等分之后，得到了12组四位数字，他只能看懂几组最常用的。

极 2817

x1653

x0604

x7145

x2397

x2757

我 2053

们 0226

x0255

止 2972

x0522

x2232

单靠这几个字，只能推断，编出这段自动电文的并不是当时的日本人，而是一个中国人，只不过不知道是谁，不知道这段电码是什么意思。

我们互相传阅电文，当时只是形式性的，这些东西在我眼里就是天书，所有人都没有仔细地看，只是象征性地接过来，转动一下眼珠，这是我们下到基层开会时候看长篇报告学会的。

只有两个人，我记得非常清楚，当时只有两个人，一个是老猫，一个是裴青，看得非常认真，其中老猫只是扫了一眼，眉头就皱了起来，而裴青则咬了咬下唇，突然对我们道："我好像能看懂。"

这话犹如一道晴天霹雳，我们一下子全部看向他，只听他道："我父亲是镇里的电报员，我小时候给他译过电报，大概接触过 1000 个电码，我打电报都是直接写电码，不用邮局的人翻译的。"

我们像看神仙一样地看着他，老猫的脸色很苍白，问道："说的是什么？"

"你们给我点时间，我要好好回忆一下。"

说着，裴青就趴到了台子上，抢过我的笔记开始涂鸦，我们围着他，互相掏了几支烟就一边抽一边看。

我看到裴青写的东西，就知道他当时使用的办法，他的记忆中肯定有了那些明码的编译的记忆，所以他把每一组数字似乎有关联的字都写了下来，最后，他给我们看的东西是这样的——

极 2817

度 1653

危 0604

险 7145

营 2397

救 2757

我 2053

们 0226

停 0255

止 2972

勘 0522

探 2232

极度危险营救我们停止勘探。

"是求救的电码！"几个人都倒吸了口冷气。

接下来的事情，发生得非常快，老猫看着那份翻译出来的电文，头上已经微微冒出了冷汗。他随即就吩咐老唐找人集合，说要马上出发，编写电报的人，显然现在的处境相当不妙了，再也容不得半点的耽搁。

事实上我们都知道，这幽灵一样的电报，不知道在这里发送了多久，也许当事人早就遇难了。但是，作为一支救援队，就是要以最好的情况来判断形势，在不确定的情况下，要无条件认为救援对象还生存着。

可就在我们收拾行李，准备跟他们上路的时候，老猫却拦住了我们，让我们待在这里，说里面肯定是出了问题，不然不会有这种电报被发出来，我们对于里面的危险一点也不知道，如果全队人都进入，一旦再一次出事情，就会全军覆没。我们留在这里作为第二梯队，他们如果安全到达，就会派人回来通知我们。

我们一开始不同意，心说“那怎么行”，王四川说：“要么你当第二梯队，这缩头乌龟的事情我才不做。”

可惜老猫还是摇头，说：“现在是军事行动，老唐最大，这是他的意思。服从命令！而且你们都有伤，留下你们是为了你们好！”

说着他就要走，王四川还是不服气，但是碍于老猫搬出了“命令”这两个字来，也不能发飙，谁都知道老唐那个连长是个软蛋，这肯定是老猫自己的意思。

不过他走了没几步，突然回头对裴青道：“你能听懂电码，也许用得上，他们留在这里，你可以跟去！”

裴青好像早有预感，此时微微一笑，回头看了一眼我们，很可恶地道：“好好看家！”就跟着他走了，气得王四川差点吐血。

我们看着他们上船，很快就离开了岸边，为首的人打着手电寻找电缆，大概二十分钟后，三条船就消失在黑暗的洞穴中，喧闹的声音越来越远。

突然的安静让我很不习惯，我们回头望望，发现剩下来的人，就是我和王四川，还有副班长和他手下的三个小兵，突然感觉到一股凄然。

王四川问我怎么办，我只好说老猫说得也有道理，咱们怎么说也受了伤，他也是为我们好。

几个人蹲下来，也无事情可干，副班长也垂头丧气的，当兵的不怕死，就怕上不了战场，我只好掏烟来安慰他们。

这一摸，我就一愣，掏出来一看，发现口袋里又多了一张字条。

第二十五章 第二张字条

那是一张与先前在石滩上看到的相同的字条，都是从我们那种劳保工作笔记上撕下来的，那时候的纸头还不像现在这么优质，纸片厚，发黄且粗糙，我展开一看，同样是几个小字：进落水洞。

四个字写得极度潦草，潦草到我勉强才能分辨出来，显然是在极其仓促的情况下写的。我看到这几个字，心就猛跳了一下，心说：什么？进落水洞？

我条件反射回头看了看那个用铁栅栏拦起来的落水洞。

那个落水洞就在不远的地方，所有的电缆犹如章鱼的触须一样汇集到洞口，盘成一团一团的，流水就在这些电缆中间向洞里流去。

下这个洞？

我感觉有点莫名其妙，又摸了摸口袋，发现除了烟，没有第二张字条了，心说：奇怪了，到底是谁塞进来的？

早前看到那张“小心裴青”的字条的时候，我根本没有在意，以为是陈落户的恶心伎俩，但是现在又一次收到这张字条，无法不把它当回事了。

此时王四川他们都在我边上，我摸字条的过程他们都看得很清楚，看我看了字条脸色阴晴不定，都凑过来看。我知道自己一个人无法处理这个问题了，就把字条递给王四川他们，让他们一起看看这到底是怎么回事。

王四川一看就吸了口凉气，说："这是给我们的暗示，他娘的是谁给我们的呢？为什么要通过这种方式？难道我们队伍里有敌特？"

几个人一听，都觉得有道理，不然对方没必要传小字条告诉我们这个，王四川就兴奋起来了，说："同志们，我们立功的机会来了，看样子这落水洞里肯定有什么蹊跷，不能让敌特知道，所以才把这个任务通过这种方式委任给我们。这是那些同志对我们的信任，来吧，事不宜迟，我们马上下洞。"

我赶紧拦住说："且慢，这事情太怪了，我们得从长计议。况且这字条到底是谁放在我口袋里我还不知道呢。我们还是先到洞口看看再说，要不要下去，别这么快决定。"

我说的话也有道理，王四川点头说"行"，他其实也是这个意思，于是打起手电向洞口走去。

说实话我并没有仔细看过这个洞，上来的时候看了一眼，只觉得落水洞的四周滑得要命，也不敢靠前仔细看，里面盘满了电缆，使得本来有一个卡车头大的洞口，只剩下一半的直径，下面一片漆黑，冷风阵阵。

因为扎实的应试教育，我看到这个洞的时候，已经能够想象出里面的样子，用落水洞来形容这个洞也许不是很适合，因为这个洞并不在地表，但是原理相同，肯定是水沿垂直裂隙溶蚀出来的，不知道有多深，如果深度超过一定程度，那当地表水下透一段路程之后，落水洞就会顺着岩层的倾斜方向，或者节理的倾斜情况而发育。

在水平地层发育的落水洞，像阶梯那样逐级下降。在节理众多的地层中，又会形成曲折回环的形态。这里的落水洞，是一种洞中洞，最有可能的发育结果是最后进入毛细石裂隙，变成地下水。当然，这下面也可能是另一条地质构造裂隙，或者另一条更深的地下河支流。

刚才在这里检查的工程兵布置的安全锁和一些加固设备没有撤掉，我们可以很平稳地下到一定的深度。王四川刚才说得激动，如今一看到洞的情况，又有点犹豫，到底是搞地质勘探的，安全概念还是有的，知道这样的洞穴相当危险，因为现在水量很大，汇聚的水流在下面都冲起激烈的水花，能见度很低。

我问王四川怎么办，王四川说这样看也看不出什么来，要下去看看情况，那副班长马上说他去，王四川把他拦住，说："我和裴青那小子可不一样，我是搞地质勘探的，爬洞是我的专长，我爬比你们去爬合适，别争了。"

我此时也脑子一热，对王四川说："你别他娘的搞个人英雄主义，字条是塞在我口袋里的，这事情我来干合适。"

这样推来推去，其实我最烦这种事情，但是当时革命片都这么拍，我们都学来了，不过，当时最后决定还是我下去，因为王四川个子太大了，几个兵在上面拉绳索恐怕拉不住他。

不过，决定下来之后，我看了看那个深洞，却有点后悔，打先锋实在不是我的强项，而到这地步，怎么也得硬着头皮上了。

我们之前有带探洞的装备，不过全都在逃涨水的时候扔了，那时候除了枪什么都扔了，好在这里还有以前那些人的包裹，我们把装备理出来，我戴上了头灯，这是我最不喜欢的装备，戴着它脑门很烫，影响我的思考。

接着理出绳子，打了个滑轮扣，我就爬过铁栅栏，踩着那些电缆，往落水洞下滑去。因为溅起了很多水，我都看不清楚电缆下的洞壁。

这里面的空间刚开始非常狭窄，我下去一段时间之后，听到了咔啦咔啦的声音，头灯照下去，我看到了脚下很深的地方，有一个架子，上面有一台机器，当时我是臆测的，因为看上去就是一块黑影，上面的人继续缓慢地把我往下吊，我转动头部逃避水花，还是很快就变成了一只冰冷的落汤鸡。

到这里之后，也不知道多少次成落汤鸡了，我倒也有点习惯，下着下着，大概下去八米，我的头灯就照到了电缆上挂的一块锈烂的铁牌子，我看了一眼，上面写着：站—0384—8 线。后面还有看不懂的日文，我不知道是什么意思。

此时我耳朵里全是水声，听到上面有人说话却听不清楚，就让他们继续往下放，绳子停几下之后，又往下放了几米，我就能看清楚那台机器了，显然刚才检查的时候，工程兵也来过这里，有很多石灰质剥落的痕迹。

这肯定是台发电机，被架在一个铁架子上。铁架子横在洞里，好比一道屏障，把落水洞封住，透过铁条和铁条的缝隙，可以看到下面漆黑一片，不知道有多深。

铁架上，挂着另外一块生了铁锈的标识牌：立入禁止。

我一点一点下去，最后落到铁架子上，铁架子发出一声令人不安的呻吟，往下滑了一下，幸好马上就停止了。我踩了一脚“立入禁止”的牌子，已经锈成薄片的广告牌瞬间变成碎片，从缝隙中漏了下去。

我有点冒汗，又用力踩了一脚，整个架子又发出一声呻吟，但是声音明显让人感觉整个架子的硬度还是够的，于是才放心地把整个身体的重量放下去。

发电机上覆盖着一层石灰质的东西，已经结痂化了。这是一台用水发电的电机，刀叶上也全是石灰质，给水流打着，还能缓缓转动。我对这东西不了解，也不去研究，直接小心翼翼走了一圈。在这机器的后面，我看到脚下的铁条和铁条之间，有一根铁条断了，露出一个可以容纳一人通过的缺口。

我蹲了下去，用手电向下照去，发现下面十几米处，洞的落势果然不是直的了，有阶梯状的斜坡，继续往下通去。

我心说：太好了，这样好下很多，而且就算摔倒也不至于摔得太过严重。于是先拉了拉绳子，让上面的人放下点来，接着，我蹲到那个缺口，仔细朝下照去。

蹲近铁架子，我就闻到一股浓烈的臭味，好像是什么化学品的味道。我捂住鼻子，凑近去看，只见铁架子下面，缠绕了一层铁丝网。现在铁丝网上也给撕开了一个口子，显然有东西从这里过去过。但现在这个缺口，对于王四川来说肯定太小了。

我对上面大叫了几声，让他们扔把钳子下来。很快，一把钢丝钳就顺着绳子滑了下来，我拿过来把手探到下面去，把铁丝网一根一根剪断。

以这样的角度干这件事情实在是吃力，我弄了几分钟就觉得后背抽筋，好不容易剪断了，还得用手探下去，一根一根把它们扯出来。最后我感觉差不多了，才探上半身下去，用头灯四处去照看看还有没有可能扎到人。

铁架子下的铁丝网只能用茂密来形容，黑暗中，我转了一下头，这个时候，看到在铁丝网的深处，有一大团头发。

第二十六章 一团头发

当时就感觉大大不妙，随即我就看到那头发的下面，有一个蜷缩的黑色影子，只不过陷入铁丝网太深了，怎么也看不清楚。我把头凑过去，那股臭味就更加浓烈，我心里已经意识到那是什么了。

我把钢丝钳伸过去，钳住一撮头发然后一拉，果然，一张惨白的已经泡肿的人脸被我拉了起来，这里有一具已经开始腐败的尸体。

我没有想到会在这里看到一个死人，虽然刚才看到头发的一刹那已经意识到了这一点，但是确认之后，还是有点吃惊。我马上朝上面大叫一声，上面也马上回应了我，不过我听不清楚他们在说什么，接着又有一个人从上面爬了下来。他隔着铁架子，看不到我这里的情况，对我大叫："怎么了？"

我对他摆了摆手，让他别吵。有个人在一边，我胆子就大了，捂住鼻子挡住那难闻的味道，再一次探头过去。

尸体完全缠绕在铁丝网里，我看到这尸体穿着和我们相同的制服，心里琢磨，人死在这里，似乎应该和袁喜乐一样，是上一批勘探队的人。

这真是意外，该死的，刚才我们搜索的时候，一个都没有发现这里有死人，看样子那批工程兵没有搜索这台发电机的下面。

不过尸体在这里出现也真是意想不到，难道袁喜乐那批人当时到达这里后，并没有继续往洞里深入，而是和我们一样，从这个落水洞里下去了？

我感觉到一股寒意，马上缩回去，和下来的小兵说下面有个死人，然后扯动绳子，让他们把我们拉回去。

我们上去之后，他们都问我怎么样，我把我看到的事情一说，几个人都露出了惊讶的表情，王四川问我："这也是条线索，你认出死人是谁了吗？"

我摇头，我不认识，不过他死在那里，这下面恐怕不是什么好地方，我们先把他的尸体弄上来看看再说。

接下来我们花了大概三个小时，几个人轮番下去，才把那尸体身上的铁丝网全部剪断吊了上来，弄上来之后，几乎每个人身上都是一股尸臭味。

尸体的头发很长，我们在下面看不清楚，在上面给他整理了一下仪容之后，面貌才清晰起来，已经给泡得有点发肿，但是五官还是很清晰的。

看他的年纪有四十多岁，皮肤很黑，应该是这一行的老前辈了。当我们帮那人把脸洗干净之后，王四川看着那人，脸色忽然变了。

我问他怎么回事，他结巴道："天哪，我认识他，他怎么会在这里？"

我问是谁，王四川就说出了一个名字，接着我们几个人的脸色都变了，看着那具尸体，怎么都不敢相信。

恕我在这里不能透露这个人的名字，这个人是在地质勘探界有名的专家，甚至应该说是地质学家，而不是勘探队员。在我们的历史里，后来这个人被认为叛逃去了苏联，我们却知道，他真正是牺牲在了这里。

由此人的身份，我们马上就意识到，早于我们的那一支探险队的规格之高，已经超过了我们的想象，如果再高一点，恐怕只剩下李四光、黄汲清那帮人了。想到这层几个人的脸色都变了。当时我最先想到的就是，如果老猫他们要救的是这种规格的人，那老猫的担子真是不轻。

王四川搜了尸体的口袋，空空如也，接着检查他的身体，看看他是怎么死的。粗看这人，似乎没有外伤，我们检查之后就发现，尸体的肢体末端，手指脚趾，都有点发青；最让人觉得奇怪的是，那张大的嘴巴里，我们看到尸体的牙龈竟然是黑色的；整个人呈现抽搐状，僵硬得很厉害。

"这人好像是中毒死的啊？"我当时按照自己的民间常识判断。

几个人都点头，感觉是这样，王四川说："难道下面有毒气？是不是日本人在下面囤积的化学武器泄漏了？"

很难说没有这个可能性，我当时心里竟然有豁然开朗的感觉，心说：对了，就是这样。难道这个洞穴，是日本人囤积化学武器的地方，日本人撤离之后，为了掩盖在战争中使用化学武器的罪证，所以把来不及销毁的化学武器全部囤积到了这里？而那架飞机，也许只是偶然夹在化学武器中运下去的？

当时日本投降，传说战犯透露日本人在中国秘密掩埋的化学武器弹头将近两百万枚，而日本人至今都不肯把主要的埋藏地点提交出来。不过确实有传说，说这些埋藏点大部分分布在伪满洲国。

我甚至想到了这么一个步骤，当年的日本勘探队发现这条暗河后，进行了勘探，然后提交报告，虽然没有发现矿产，但是上头可能认为这个地方非常适宜隐藏化学武器，于是把这里建设成了化学武器仓库。

这里是日本对苏联的防御带，化学武器在这里可以防御苏联，这个解释貌似非常合理了。

不过随即想想，我又觉得不太可能，为什么日本人要把化学武器运到这么深的丛林里来？这样隐藏化学武器，成本太高了。最简单的破绽是，把化学武器从各地运到这里，需要多长时间？而事实上，使用暗河作为仓库是违背工程原则的，怎么说也得找个干性洞穴。

那副班长也说不像，他说那铁架子下面有铁丝网，这是防止劳工逃跑的措施，加上我刚才说有"立入禁止"的标识，说明这个铁架子下面是不允许进入的，那应该是还没有勘探过的部分，如果下面有毒气弹，应该有其他的标识。

一下子想法多多更加心乱如麻，到底是不是，我们也无从考究。这时候还有另外一个问题，就是王四川提出来的，这个人怎么会死在电机下面？

他肯定不会是被水冲到那里的，因为有铁架子挡着，被冲过来的话应该会在铁架子上方。我们想了想，认为只有一个可能性，就是这个人中毒之后，在弥留之际按照原路返回，但是中毒太深神志模糊，在铁丝网处毒性发作，给铁丝网缠绕住无法脱身，最后死亡。

看样子，那帮人真的是从落水洞下去的，又在下面遇到了变故。难道，给我塞字条的人，知道这件事情?

我们把尸体用睡袋遮掩好，王四川说，咱们肯定得下去了，这事情看来非同小可，单说如果老猫要救的就是这帮人的话，他已经走错了方向，那咱们既然知道了，就不能置之不理。

那个年代，“国家为重，任务第一”的思想根深蒂固，特别还关系到人命，我们当时就感觉必须代老猫完成任务，这一点谁都不会犹豫，于是我们都点头。

王四川说，鉴于下面可能有毒气，咱们得小心再小心，大家看看有没有防毒面具，没有的话就准备湿毛巾。

最后就是所有人撕了些布头当防毒面具，现在想来真是幼稚，以为这样就能防毒了。不过那时候的三防教育也只到这个范围，而我们地质勘探基本上没有接触过防毒面具，因为很多封闭洞穴的深处，自然产生的毒气大多是可燃的，所以防毒面具没用，没毒死前就被炸死了。

长话短说，我们陆续穿过铁架子，我探路只探到这里，下面就由副班长继续往下，到我说的阶梯状洞壁之后，就好走了很多。

我们往下走了很远，两边的洞壁都被冲得相当光滑，一不小心就滑倒。我们小心翼翼，很快就来到了一个矮小的溶洞发育层里，这里是没有发育成熟的暗河缝隙，只能说是暗溪，水深只到我们的脚踝，高度让我们只能弯腰走。

下面果然没有多少日本人的痕迹，我们都用布把鼻子蒙起来，又走了十几分钟，突然一边的一个小战士停了下来，说不对劲。

我们都停了下来看着他，问他怎么了，他没回答我们，而是用手电照着自己的脚，有点担心地把裤管卷了起来。接着，我们就看到在他的裤管上，竟然全是一块一块凸起的巨大黑色软肉，仔细一看，就发现那些全是吸饱了血的蚂蟥。

第二十七章 蚂蟥

我的脑子嗡了一声，忙用手电一照水里，一开始什么都看不到。等到蹲下来仔细看时，几个人都头皮发麻，我们脚下的水里，竟然全是蚂蟥，只不过蚂蟥的颜色和水底的颜色太像了，不低下头看根本发觉不了。

这些蚂蟥几乎都挤在我们的脚边，一条一条直往我们鞋子的缝隙里钻。那种蠕动的感觉，顿时让我感觉浑身都发毛，我们全都把脚抬起来用力去甩，王四川还甩起一条到了我的脖子里。

我破口大骂，说赶紧拍掉，接着副班长也撩起了裤管，我们一看——天哪，怎么会这样？全是鼓鼓囊囊的蚂蟥吸在上面，我们把裤管撩起来发现也全是蚂蝗，王四川就纳闷：这里怎么会有这么多这种东西？

一个小兵就说，是水温，这里的水温度高，冷得不是那么刺骨。

蚂蟥虽然恶心，但是不致命，我们只是看着这儿到处都是，心里实在不舒服。而且蚂蝗一旦钻入皮肤里也很难办，在南方的时候还听说蚂蟥会钻入男性生殖器而本人浑然不知，所以我相当恐惧，直摸大腿根。王四川问我干什么，我把这个告诉他，他也大惊失色，说："要不掏出来先打个结？"

我说："你能不能文明点？"一边的副班长就说还是快点走吧，这里蚂蟥太多了，待不下去了。

我们知道现在处理它一点用也没有，只好加快速度跑了起来。因为脚下的压力，我们跑得飞快，谁也没有注意到水下的情况，结果才跑几十米，跑在第一的副班长突然就嗖的一下不见了。

我和王四川还没反应过来，也跟着脚下一空，我顿时心叫“不好”，但还是晚了，原来这里突然出现了一面斜坡，因为走势是起来之后突然下斜，我们走得太快，全都一脚踩空。

紧接着就是天昏地暗，我和王四川一路滚下去，抱在一起也不知道翻了多少个跟头，脑袋、关节、屁股在一秒里连续撞了十几个地方，直撞得我感觉要呕吐，手电都被撞掉了。王四川力气大，用手拼命想抓住一边，但是洞壁太滑了，抓了半天都抓不住。我眼前一片乱光，滚到最后终于稳住了身子，还没等我想怎么停下来，接着身下又是一空，我一下变成了自由落体。

我一瞬间就心说：完了，难道这下面是一个断崖？这次竟然要摔死？

不过还没等我想到我摔死的惨状，轰的一声，浑身一凉，整个人已经摔进了水里。我屁股入水，给拍得浑身一麻，接着马上就感觉到了水流的力量，瞬间就被往前冲去。

王四川还死死熊抱着我不放手，我用力踢开他，往上一蹬脚，勉力浮出了水面。

四周一片漆黑，我只感觉自己在水中不停打转，但是从我耳朵以及我感觉的自己的速度，我应该是摔入了另一条波涛汹涌的暗河之中。而且让我吃惊的是，听着四周咆哮的水声，这条暗河的规模和水流的程度，远远大于我进来前蹚的那一条，这是一条真正的暗河！

天哪！我惊慌失措地挣扎了一下，大叫一声，被咆哮的水声瞬间吞没了。我给卷着，一下子就冲出去不知道多远，直冲入漆黑一片的深处。

这样的经历绝对是不愉快的，说实话，我没有直观的记忆，因为当时我什么也看不见，只能听到水声，所以四周的景象全是源于我的想象，并不深刻。我现在唯一记得的感觉，就是那种我就要给冲进地底深处的恐慌。在黑暗中，我一直被这样冲着走，不知道什么时候才会死去，也不知道自己最后会死在哪里。

直到另一边，第一个被冲下去的副班长打起了手电，我才从这种梦魇中脱离出来。在那种极端的黑暗里，这一点手电的光芒就犹如生命的希望一样，我用尽全身的力气游了过去，发现副班长满头是血，但看样子没有大碍。

我们两个人划着水，寻找剩下来的人，王四川不知道去向，而另外三个小战士在我们身后，不知道是不是也摔了下来。

副班长用手电去照四周，我发现果然如我在黑暗中想象的那样，这条暗河超乎寻常地宽，竟然看不到边，只能看到一片波涛汹涌的汪洋。

"这里是什么地方？！"副班长惊骇莫名，声嘶力竭地问我。

我根本无法理会，只能用力拽着他，两个人努力维持着平衡，才能勉强浮在水面上。

激流的速度实在太惊人了，迅速向暗河的下游倾泻而去。很快我就感到力不从心，冰冷的河水和漩涡迅速消耗着我的体力。

幸运的是，副班长的体力惊人，最后几乎是他一个人划水拖动着我，我想让他别管我了，但是连说这句话的力气都没有。

也不知道到底漂流了多长时间，两个人油尽灯枯的时候，突然后背就撞上了什么东西，两个人都在激流中给拦停了下来。

我已经冻得没知觉了，这一下应该撞得非常厉害，我感觉到一股窒息，但是一点也不疼。

两个人艰难地一摸，才知道这激流的水下拦着一道铁网，压在水下面，我们看不到，似乎是拦截水流中的杂物的，我摸着网上贴着不少树枝之类的东西。

上天保佑，我眼泪都下来了，猛爬过来，爬到那铁网上，副班长忙用手电照水下的情况。铁网已经残缺不全，我们能撞上真是造化。

我和他对视了一眼，也不知道该做什么表情，笑也不是，哭也不是，我心里还觉得奇怪：这里怎么会拦着一道铁网？难道日本人也到过这里？

正想着，我和副班长都感觉到有什么地方不对，好像手电的光线在前面有反射，想着副班长抬起了手电，往铁网后面一照。

一照之下，我和他顿时张大了嘴巴，一幅让我意想不到的场景竟然出现在了我的面前，只见一架巨大的日本“深山”轰炸机，就淹没在这铁网后的河道里，机身大半没在水下，留下了一个巨大的黑色影子，机首和一支机翼探在水面之上。最让人惊讶的是，这架巨型轰炸机，显然已经完全坠毁了，在我面前的，是一架完整的残骸。

第二十八章 水中的『深山』

没有处在我当时面临的环境之下，很难感觉到那种震撼——如此巨大的一架飞机淹在激流里，巨大的翼展在水下显出的黑影让人呼吸困难，手电照射下，锈迹斑斑的机身好像一只巨大的怪兽，在水中抬头呼吸。

这种壮观的景象，是我从来没有见过的，因为当时除了神秘的图—4部队，没有可能在中国大陆上看到如此巨大的飞机。要知道那时候天上有一架飞机飞过，小孩子都是要探头出来看的，哪像现在，战斗机编队飞过头顶也没有人理。

我们爬过铁网，随即又发现了一个让人惊讶的情况——水下轰炸机残骸的四周，堆满了我们来时见到的捆着尸体的麻袋。这里的数量更加惊人，水下黑压压一片，从铁网这里开始延伸向四周，看不到尽头。这些麻袋在水下堆成一堆一堆的，有的相当整齐，有的已经腐朽凹陷了，好比海边缓冲潮水的石礅。而轰炸机就卡在这些麻袋里。

我们爬过铁网之后，已经可以在这些麻袋上站住，虽然一脚下去脚跟下陷，但是总算有了个落脚的地方。两个人互相搀扶着，副班长自言自语道："日本人在这里到底是做什么的？"

我无言以对。暗河看不到边，手电照出去一片漆黑，我甚至觉得自己是在一片巨大的地下湖中间，而这地下湖里竟然垫着如此多的缓冲袋，其间还折载了一架巨型轰炸机，这实在是太不可思议了。

我们踩着水下高低不平的尸袋，来到了飞机露出水面的一截巨大的机翼上。机翼已经折弯了，严重锈蚀，我们爬上去后沾了一手的锈水。

不过谢天谢地，上面是干燥的，我们上去之后机翼被压得往下沉了沉。这个时候我就想：要是王四川在，可能这机翼就折了。

这时才突然想到他，我不由得望向四周，滚滚激流，哪里能看到那个黑大个儿的人影，也不知道他是死是活。

我们筋疲力尽，那是真正的精疲力竭，同样的感觉我只在父亲去世守灵七天时有过，爬到机翼上之后，感觉天昏地暗的，人直往下倒。

不过此时是绝对不能休息的，一休息就死定了，我们脱掉衣服，都不忍看浑身的蚂蟥，有几条吸血撑得好比琥珀一样，都能看到它们体内的血。

我忍住呕吐，此时最好是有香烟，但是我口袋里的烟都成糨糊了，只能用打火机烫，那时候用得最多的还是火柴，但是对于野外勘探来说，火柴太容易潮湿，也太容易引起森林火灾了，所以有门路的人都用票子去买打火机，那时候买打火机是要票子的。老式打火机烧的是煤油，灯芯也湿得不行，我们放着干了很久才点燃，然后用火去烫，一条一条，烫下来之后马上弹入水里，伤口立马就流出血来。

好不容易处理完，我们也成了血人，极度骇人。两个人自己检查全身，最后确定没有了，才坐下来。我拧干衣服的水，就拿起副班长的手电，仔细去照水下的飞机。

手电已经不甚明亮了，但是我们在机翼上看下头的飞机，还是比刚才清楚多了。

整架飞机是倾斜着滑入水中的，我无法想象当时发生了什么，只能看到水下有一个巨大圆柱形的机身，机首翘起在水面上，而远处机尾则看不清楚。我所站的这一截机翼，是两台巨大的发动机之间，可以看到扭曲的三叶螺旋桨一半浸在水里，已经锈得无法转动了。

机首分成两块，机头上有机枪舱，钢架玻璃全都碎了，只剩下扭曲的框架，一半泡在水里，更上面的驾驶舱倒还能看到玻璃的残片。机顶上还有一个旋转炮塔，似乎完好无缺。

整架飞机入水的部分锈得都看不到原来的绿色涂装，有的机房都锈出了破洞，到底是给水冲了二十多年。水上的还可以，我看到机头的一边有模糊不清的大大的“07”字样，其他的痕迹一律看不清楚了。

三天前吧，看这架飞机的时候，还是一段影片上一个指甲盖大小的影子，如今真正在地底看到了，我反倒感觉无法相信。

真的有一架大型飞机！我当时这么对自己说：天哪，在这地底深处，真的有一架轰炸机！

但是，当时不是说这架飞机是从上面被化整为零运下的吗？为什么我现在看到的飞机，却像是坠毁在这里的？难道日本人竟然想在这暗河中将这架飞机飞起来吗？结果失败了？

我抬手照了照头顶，想看看这里的高度，而手电几乎无法照到极限，但是显然这样的高度起飞一架飞机是远远不够的。

这真是让人感觉匪夷所思到了极点，日本人为什么想在这里把飞机飞起来？

第二十九章 探索『深山』

想来想去也想不出个所以然，而在机翼上的观察角度有限，上下观察也只能看到这么多，加上手电筒的光微弱，似乎很快就要熄灭，我只好停止察看，思索接下来的对策。

此时体力逐渐恢复过来，或者可以说对飞机的好奇让我忘记了刚才的那种惊险和疲惫。想到马上就要失去照明工具，这在地下河简直就代表死定了，我就对副班长提出要到飞机内部去看看，是不是有什么东西可以拿来照明，至少也要进去看看能不能避风，这赤膊待在外面，恐怕不是办法。

副班长消耗的体力比我多得多，此时精神恍惚，简直类似半昏迷了。

我问他怎么样，他只点头也说不出话来。我只好给他揉搓身体，让他暖和起来，直到他的皮肤发红后便让他待在这里，自己爬进机舱。

机翼和机首之间的部分浸在水里，我蹚过去，小心翼翼地踩着那些麻袋走近轰炸机的头部。我又看到那个巨大的“07”编号，以及下面的一些小字，不过实在太模糊了，我无暇细看，从扭曲的钢架中钻了进去，直接蹚到机枪舱。

机枪舱里面一片漆黑，我之所以这么说，是因为小封闭空间内的手电光线和外面不同，同样是黑，这里就不如外面黑得那么绝望，至少我的手电照去，还能照出点东西来。

穿着鞋，还是能感觉脚下扭曲的钢板，我先是看到了一张完全腐烂的机枪手座椅，皮质的座套已经无法辨认，只剩下铁锈的椅身，四周有开裂的机身内壁，大量已经粘成一团黑乎乎的电线挂在上面。

座位前有半截不知道什么的支架，也许以前是用来安装机关枪的，现在只剩下了架子。

我踩到机枪手座椅上，后面就是机舱内部，已经全部淹水无法通过，但是往上到驾驶舱的铁梯还在，我小心翼翼踩着爬到了驾驶室里。

飞机坠毁的时候，是尾部先着地缓冲，显然是迫降措施，所以驾驶舱的损害程度不高，机舱走廊到那里只有一个狭小的开口，我爬上去后，看见副驾驶座倒在那里，地上全是和锈迹融化在一起的碎玻璃。手电绕了一圈，我就看到在主驾驶座上，靠着一个日本空军的航空皮盔。

我胸口紧了紧，凑过去，果然看到一具干瘪的飞行员尸体，贴在主驾驶座上。整具尸体已经和腐烂的座椅融成了一体，一张嘴巴张得很大。

这一具尸体果然年代久远，是日本人没错，我用手电仔细照了照，就倒吸了口冷气，这具尸体，似乎有极其不寻常的地方。

虽然不知道当年发生了什么，但是从驾驶舱残骸的情况来看，飞机坠毁的时候并没有着火，所以我看到那具尸体后吃了一惊，因为它竟然完全是青黑色的，且浑身都有凹陷的深坑，乍一看就像蜂窝一样。

我刚开始以为是给机关枪打的，但是仔细一看就发现凹陷处情况不对，那些都是腐烂造成的收缩，也就是说，这具尸体的腐烂情况很不均匀，身上有些地方没有腐烂，而有些地方又腐烂得太严重。

如此一具尸体，看着真是让人不舒服，我在一边扯下块铁皮把尸体盖住。再次回到机翼上后，把副班长背进驾驶舱，我收集了所有似乎能烧的东西，比如说，尸体上的皮帽和皮鞋，点了起来。最幸运的是我在机舱残骸里找到液压管，里面的油全干了，只剩下一层黑泥一样的东西，给我刮出来，连着管子一起烧了，热量很足。

火焰很小，但是对于我们来说已经是救命稻草了，身上的伤口也不再流血，两个人逐渐缓和过来，衣服也干了。

我都没有想接下来该干什么，现在的情况是我们干任何事情都没有用，只能等待救援。但我们又不知道，可不可能会有救援。

衣服完全干了以后，我们找不到任何能烧的东西了。所幸衣服可以保暖，我们挑出里面的蚂蟥扔进炭火里烧死，然后围着炭火开始打盹儿。

这里看到的景象十分匪夷所思，其实最起码有一百个理由让我睡不着，但我实在太累，松懈后直接就睡着了。那时，我的脑海里有很多很多的疑问，但都无关紧要，直接眼前就黑了。也不知道睡了多久，火全灭了，我才莫名其妙地醒过来。

这一觉其实睡得很暖和，眼睛一睁开却感觉相当不对劲，心说：我怎么突然就醒了，而且耳朵很疼？下一秒钟，我顿时醒悟过来，因为我听到从飞机的残骸外面传来了一连串“嗡嗡嗡”凄厉的巨响。

我一开始感觉莫名其妙，心说：这是什么声音？

听了一会儿，我才发现那凄厉的声音，竟然是警报声！

这里怎么会有警报？我大惊失色，怎么回事？难道电力已经恢复了？

我们做过三防训练，这警报声太熟悉了，我马上爬出驾驶舱的破口，到了顶上。

四周还是一片漆黑，只听到从黑暗的远处传来的、犹如厉鬼一样的警报声，在暗河上回荡，空气一下子充满了极度的躁动，不知道即将发生什么。

副班长也被吓醒了，爬上来问怎么回事。

我听着警报声，发现竟然越来越急促，顿时，我的心里突然爆发出一股极度不祥的预感。

第三十章 防空警报

不知从何处传来的警报声在空旷的黑暗中回荡，频率越来越高，而我们穷尽目力，也无法在这黑暗中窥得任何的异动，空气中弥漫着不安的气氛，让人只想拔腿而逃。然而这四周的环境又让我们走投无路，焦急间我们也只有站在飞机顶上，束手等待着警报下的危机。

然而，出乎意料的是，警报在响了大概五分钟后，突然静止下来，但是没等我们反应过来，接着，一声巨大的轰鸣声传来，像什么机械扭曲的声音，下游黑暗处的水声也猛地响了起来。

我忐忑不安地看着声音传来的方向，不知道那里发生了什么，连脚下的飞机残骸都轻微地抖动了起来。我低头一看，四周的水流变得更加澎湃，而且，水流的水位竟然下降了。

难道是水坝？！我突然意识到，刚才的警报和声音，确实是水坝开闸放水的特征，日本人竟然在地下河里修建了一座水坝？

我有点难以置信，但是，既然地下河里可以“坠毁”一架轰炸机，那修建一座水坝，似乎还是比较合理的事情。我和副班长对视了一眼，都看着退下的水位，有点发蒙。

水位迅速下降，半小时后就降到了那些麻袋以下，无数的尸袋连同飞机的机身露出水面。那种情形实在太可怕了，你在黑暗中会觉得，并不是水位退了下去，而是底下的尸体浮了上来，连绵一大片，看着就喘不过气来。

幸运的是，我们还看到一条由铁网板铺成的临时栈道，出现在水下的麻袋中间。铁网板是浸在水里的，但在上面走肯定不会太过困难。

虽然不知道这排水是人为的，还是由这里的自动机械控制的，但是我们知道这是一个离开困境的绝好机会。我们马上爬下飞机，顺着麻袋一路攀爬下到了栈道上。栈道下面垫着尸袋和木板，虽然已经严重腐朽但还是可以承受我们的重量。我们快步向前跑去。

很快水位就降到栈道以下，我们不用蹚水了。跑了一百多米，咆哮的水声更加震撼，我们感觉自己已经靠近水坝了。此时已经看不到飞机了，巨大的铁轨出现在水下，比普通火车的铁轨要宽了不止十倍，从铁轨和出现飞机的位置来看，应该是滑动飞机用的。

同时我们也看到了铁轨的两边有很多巨大的变电器，是巨型的水力发电设备的附属设备，在这里的激流下，似乎还有一些在运作，发出轰鸣声，但是不仔细听是分辨不出来的。

此外有吊车，还有指示灯和倒塌的铁架哨塔，随着水位迅速下降，各种各样已经严重腐蚀的东西，都露出了水面。

我们真是想不到这水下竟然淹没了这么多的东西，不过奇怪的是，这些东西怎么会设置在河道里？

再往前，我们终于看到了那座大坝。

那其实不能称为大坝，因为只有一长段混凝土的残壁耸立在那里，很多地方已经裂开缝了。但是，在地下河中，你不可能修建非常高的建筑，这座大坝可能只是日本人临时修建的东西。

我们在大坝下面看到了警报的发生器，一排巨大的铁喇叭，也不知道刚才的警报是哪一台发出来的。而栈道的尽头，有那种临时的铁丝梯，我们可以爬到大坝的顶部。

抬头看看，只有几十米，看着大坝上潮湿的吃水线，我心有余悸，副班长示意我——要不要爬上去？

我心里很想看看大坝之后是什么，于是点头。两个人一前一后，小心翼翼地踩上那看上去极不牢靠的铁丝梯。

幸好铁丝梯相当稳固，我们一前一后爬上了大坝。一上大坝，一股强烈的风吹过来，差点把我直接吹回去，我赶紧蹲下来。

我原本估计，一般大坝的另一面是一帘巨大的瀑布，这一次也不假，我已经听到了水倾泻而下的声音，声音在这里达到了最高峰。

然而又不仅仅是一帘瀑布，我站稳之后，就看到大坝的另一面是一片深渊。暗河水奔腾而下，一直下落，但是奇迹般地，我竟然听不到一点水流在下面撞到水面的声音，根本无法知道这下面有多深。

而最让我感觉恐惧的是，不仅大坝的下面，大坝的另一面同样完全是一片虚无的漆黑，好比一个巨大的地底空洞，我的手电在这里根本就没有照明的作用。我们也无法知道这里有多大。

我感觉到一股空虚的压迫感，这是刚才在河道中没有的，加上从那黑暗中迎面吹来强劲的冷风，我无法靠近大坝的外沿。我们就蹲在大坝上。副班长问我：“这外面好像什么都没有，好像宇宙一样，是什么地方？”

我搜索着大脑里的词汇，竟然没有一个地质名字可以命名这里，这好像是巨大的地质空隙。出现这么大的空间，似乎只有一种可能，那就是大量的溶洞体系寿命终结，突然崩塌，形成的巨型地下空洞。

这是地质学上的奇景，竟然可以在有生之年看到如此罕见的地质现象，我突然感觉自己要哭出来了。

就在我被眼前的巨大空间震惊的时候，突然“轰”的一声，几道光柱突然从大坝的其他部位亮起来，有几道瞬间就熄灭了，只剩下两道，一左一右地从大坝上斜插出去，射入眼前的黑暗中。

我们吓了一跳，显然是有人打开了探照灯——大坝里有人！

副班长戒备起来，轻声道：“难道这里还有日本人？”

我心说“怎么可能”，惊喜道：“不，可能是王四川！”说着，我就想大叫一声，告诉他我们在这里。

可没等我叫出来，一股极深的恐惧顿时笼罩了我，我浑身僵住了，眼睛看到那探照灯照出来的地方，一步也挪不开。

我一直认为惊吓和恐惧是两种不同的东西，惊吓源于突然发生的事物，就算这个事物本身并不可怕，但是因为它的突然出现或者消失，也会让人有惊吓的感觉。而恐惧则不是，恐惧是一种思考后的情绪，而且有一个酝酿的过程。比如说，我们对于黑暗的恐惧，就是一种想象力思考带来的情绪，黑暗本身是不可怕的。

如果你要问我当时在那片深渊中看到了什么东西，才能够使用“恐惧”这个词语，我无法回答，因为事实上，我什么都没有看到。

在探照灯的光源下，我什么都没有看到，这就是我莫名的极度恐惧的来源。

在本身的想法中，这个巨大的虚无空间有多大，我已经有一个定量的概念，我认为它的巨大，是与我见过的和我听过的其他地下空洞比较得来的。但当探照灯的灯光照出去后，我发现“巨大”这个词语，已经无法来形容这个空间的大小。

我在部队以及平时的勘探生活中，深切地知道，军用探照灯的探照距离，可以达到一千五百米到两千米——这是什么概念？也就是说，我可以照到一公里外的物体，还不算两千米外的弱光延伸。

但是我在这里看到，那一条光柱直射入远处的黑暗中，最后竟然变成了一条细线，没有任何的反光，也照不出任何的东西，光线像被黑暗吞噬了一样，在虚空中完全消失了。

那种感觉就像探照灯射入夜空一样，所以我一开始没有反应过来，但随即想起什么，顿时就愣住了。

副班长看我的脸色不对，一开始无法理解，后来听我的解释之后，也僵在了那里。

此时我的冷汗也下来了，一个想法控制不住地在我脑海里出现。我顿时理解了，为什么小鬼子要千辛万苦地运一架轰炸机到这里来。

难道，他们竟然想飞到这片深渊里去？

第三十一章 深渊

这实在是匪夷所思，不管是眼前的景象，还是日本人的所作所为，都让我感觉到毛骨悚然。我也深刻地感觉到了日本人做事的乖张和诡异。这种事情，恐怕也只有这种偏执的民族才能做出来。

“巨大的深山轰炸机，从地下一千二百米处的地下河起飞，飞入那片虚无的地底深渊，消失在了黑暗中。”

在之后的很长时间，这个影像就像一个梦魇一样，在我脑海里挥之不去。

我甚至能想到日本勘探队当时到达这里的情形，这种大自然鬼斧神工的神迹，在日本那种岛屿国家不可能看到。他们当时会怎么想？就像我现在一样，看着这好似无边的黑暗，他们难道不会涌起强烈的探知欲，想看看这地下一千二百米处的深渊内，到底隐藏着什么东西？

我看着那道消失在黑暗尽头的光柱，出神了好一会儿，才给冷风吹得醒过神来，浑身无力、震撼不已。我马上又收敛心神，对自己说此时不适合感慨，浪漫主义情怀需要安定团结的环境，这里显然不适合。

此时，那台探照灯射出的光柱在微微移动，显然是有人在不停调整角度。我心说“肯定是王四川”，于是和副班长互相搀扶着，往探照灯的方向走去。在这里多一个人是一个人，我们得马上和他会合，想办法离开这里。我们的任务，可以说已经完成了，日本人干的事，恐怕我们的人也得干下去，不过绝对没有我们这支勘探队的份儿了。

探照灯应该是安在水坝的机房里的，水坝调节水位肯定有开启阀门的机械，只是我们不知道入口在哪里，副班长叫了几句“王工”，也知道这声音根本传播不出去，一出口就给风吹到哪里都不知道了。

走到探照灯的正上方，可以看到灯柱从我们脚下的坝身某处射出来，但是这里没有任何可以进入的地方，反倒是大坝的外部，有刚才我们上来时攀爬的那种铁丝竖梯。但是那实在太吓人了，下面是万丈深渊，我想王四川就算胆子再大也不敢从这里走。

我们只好继续往前，结果走着就碰到了大坝损毁的部分，坝顶塌陷了很大一块，缺口的地方却有一道类似逃生梯的设施。我无法形容那东西的样子，当时心慌意乱也没有仔细看，反正顺着它下去，就看到了一旁大坝内侧的一道吊脚铁门。

大坝内部的机房十分复杂，我这一辈子就进了那一次，还是日本人在中华人民共和国成立前造的，里面很黑，不过外面也是黑的，我没有什么不适应。进入之后，我们发现果然是修建的临时大坝，混凝土墙是功能性的修法，四处可以看到裸露的钢筋和断裂的缝隙。

机房分了好几层，但是混凝土楼板不是实的，都是窟窿，就好像现在拆房子拆到一半的感觉。我们进入的那一层还有大量的木头箱摆在那里，盖着干性油布，一抖全是灰。我们从楼板上的窟窿往下看，可以看到下面好几层的楼层，在某个地方有微弱的光，应该是探照灯的尾光。最下面应该是真正的机房，模糊中可以感觉到有巨型机器。

在这里风小了很多，但外面的水声还是相当骇人，我们叫了半天，声音还是太小，看下面也没有什么反应，应该是听不到，而这里也找不到什么路可以下去。

我问副班长怎么办，水坝机房的楼层可不是普通楼房的楼层，相当高，跳下去我可不行。副班长找了一块混凝土就朝下面扔，也不知道打到了哪里，一点声音也没有，下面还是没有反应。他说看来这里下不去，要找其他地方。

我心里暗骂一声，最后用手电照了照，手电的光芒已经完全不行了。按照以往在野外使用手电照明的经验，这只手电已经属于超常发挥，早在我们进入落水洞的时候就应该亮不起来了，此时也不能太过奢望它还能坚持多久。

我对副班长说，必须先建立一个新的光源，否则手电一旦完全没电，我们可能就寸步难行。

我们找了找四周，可以点燃当成火把的东西倒不少，那些堆积在角落的箱子里也不知道放着什么。副班长撬开了其中一个，发现里面大部分是电缆和焊条，还看到水泥袋，都已经硬化了，把这些箱子和袋子都凝结在一起。

这些应该全是维护水坝的物资，不从事水利的人都不知道，水坝每年都需要往坝基和山体接合处灌水泥浆，不然坝基会逐年外移，非常危险。所以在发生长期战争的时候，水坝如果荒芜，那么下游居民最好离开排洪区。

我们一连拆了四五个箱子，找到最有用的东西也就是钢盔和棉大衣，大衣拿出来就报废了，里面潮得要命，和从棺材里挖出来的差不多，钢盔倒保养得不错，我戴了一顶，可以挡风，此外还发现了一箱子水壶，我自己的装备早就没了，于是也带上一个。

这一次的搜刮，当时我并没有感觉有多重要，现在想起却是有点后怕。最关键的是，如果当时没有拿那个水壶，那我现在肯定不是在这里回忆，而是仍旧在那地底深处的大坝中，慢慢地腐朽。

本身机房就不大，我们走了一圈，大部分东西翻过了，因为腐朽和灰尘实在厉害，到后来我们都无法呼吸。我们拆出来几条木棍，绑上油布带着，准备等手电完全熄灭的时候备用。

就在我们准备的时候，却突然又发生了变故。

突然间外面又传来了“嗡嗡嗡”的声音，我一听，又是刚才那嘹亮刺耳的警报声，这一次就在我们附近，声音之响简直震耳欲聋。

我此时已经有了心理准备，心说：难道要关闸门了？这是怎么回事？难道这里有自动水坝维护装置吗？

幸好我们已经到达了这里，不用再担心水位上涨给困在那架轰炸机残骸上。

我们走出门朝下看去，想看是不是水位开始上涨了，但是副班长突然皱起眉头，对我道："吴工，你仔细听听，这警报和刚才的不一样。"

我仔细听了听，一时间也听不出来，问他有什么不同。他道："这是拉长的警报，是为了让警报声能够尽量传远，我们在军事演习的时候经常需要辨认警报种类，现在的警报，听起来好像是空袭的预警警报。"

我心里愕然，空袭？这里也会发生空袭吗？

第三十二章 空袭

不管怎么说，我相信副班长的说法，这是空袭警报应该没有错，毕竟那时部队几乎天天演练。我长年在野外，所以了解得不多，早年在学校里虽然有强制性的疏散训练，一年一到两次，不过那时我只知道完成训练，都是老师带着，只觉得好玩，谁会去听警报的频率。

但这里不可能有空袭，这毋庸置疑，我更相信这里的警报是一种其他功能性的警报，比如说，有人逃跑或者我不了解的情况。

副班长还告诉我，现在是空袭预警，鸣三十六秒，停二十四秒，是一种有空袭可能性的提前警报，空袭来临的时候会加快到鸣六秒，停六秒。

在大坝里听着这道警报声，简直是心惊胆战，我们出门重新爬上了大坝，迎着风回到探照灯光的上方，发现探照灯转了方向，正在扫射这个巨大空洞的上空。

理论上这个深渊顶部的高度不可能超过一千二百米，所以这一次在探照灯的尽头，我们隐约可以看到隆起的山岩，但是照射面积太小，无法看清楚那些岩石的真实样貌。但是无论如何，我们可以知道这里肯定是一座大山的底部。

没有任何空袭的迹象，狂乱的警报犹如一个玩笑，探照灯扫来扫去，除了岩石，其他什么都没有。

扫了一段时间后，似乎也发现这是浪费时间，我们看到，灯光重新移动到水平位置，接着往下，往深渊的下方照去。

这片深渊的深度完全无法想象，连水流倾泻下去都听不到落地的声响，我当时心说“怎么可能照到底”，但是趴到大坝边上往下一看，却出乎我的意料。

探照灯的光柱照下去，虽然模糊，我们却发现，可以照射到深渊下的情形——深渊似乎并不深。

我再仔细一看，马上醒悟过来：探照灯照到的并不是深渊的底部，而是一团巨大的灰色浓雾缓缓飘升上来。

这就好像探照灯照射到天空中的云团一样，光线无法穿越，扫来扫去，都只能在云层上滑动。小时候，不了解这个情况，大家都会认为天上被罩着一个盖子。

那个年代的我们十分熟悉这样的现象，而令我感觉到惊奇的是，那团浓雾并不是静止的，我隐约可以感觉到，这团浓雾正在缓慢但是有节奏地翻滚，同时向上飘。

这是一种奇景，特别是配上如此庞大离奇的背景，更加让人感觉头皮发麻。我心说：这种雾气到底是怎么产生的呢？这雾层的下面是怎样的地质情况？

惭愧的是，在当时这么混乱的警报之下，看到这样的情形，我竟然没有将两者联系起来，仍然就是看着，心中只觉得感慨和惊奇。浓雾一点一点靠近，探照灯的光线照射下去的可见距离越来越短，接着预警警报停止，然后猛地转换成急促的空袭警报。我错愕下，才突然醒悟到——原来这警报预警的，好像是这靠近的浓雾！而浓雾已经上升到大坝底下目测不到二百米的地方。

我当时还想：难道这浓雾有什么危险？随即我就想到了当时在落水洞看到的那具牙龈发黑的尸体，一股冷汗顿时从头到脚地冒了出来，我一下子腿都软了，简直想抽自己一巴掌，心说：怎么早想不到！

这浓雾，十有八九是有剧毒的！

顿时我就待不住了，一阵一阵的冷汗冒出来，我拉住副班长想往回逃，先逃到飞机的残骸那边，离这浓雾越远越好。他比我还木，也没想到，我把这个和他一说，他也吓白了脸。

我拉他走的时候，他却拉住我，说：“不行！王四川还在下面，我们得去救他，不然就是见死不救，以后怎么也过不了自己这一关。”

我这时才想到，顿时又惭愧又焦急，此时哪里还有时间去找到达那里的路，再次探出头去，也不见这小子有醒悟的迹象。探照灯还是射向下面的浓雾，在里面摇曳，不知道它到底要找什么。

不过这一看，我又看到那条在大坝外的铁丝梯，我看了副班长一眼，副班长也看了我一眼，马上把脚探了下去，对我说：“你快跑！我去通知——”

话还没说完，突然他脚下踩的那根铁丝梯就断了，他一个踩空，人往下一沉，一下子就摔了下去。

第三十三章 铁舱

副班长刚说那句话的时候，很有英雄气概，大有电影里张志坚的派头，可惜我当时还没来得及激动，他一下子就摔了下去，让我感觉十分措手不及。刹那间我下意识地用手去拉，但是他摔得太突然，我还是晚了一点，他贴着几乎是垂直的大坝滑了下去。

我大惊失色，瞬间慌了神，差点和他一起滑下去。幸好大坝有非常轻微的坡度，他贴着大坝滑了两三米，乱抓的手就扯住了下面一截铁丝梯，这才没直接摔死。但是这一下子冲力太大，那铁丝梯虽然没有断，但是一边也给他扯出了混凝土，几乎抓捏不住，手一直往下滑溜。

我忙对他大叫："别慌，我去拉你。"我说着就趴下去，但是我的手根本连一半的距离都够不到，人往外探去，探出上半身，再往外探我就要滑下去了，还是差了很大一截。

亏得副班长是当兵的，反应和力量就是和别人不同，看着我将手伸下去，他做了一个相当大胆的动作，用脚一踩大坝，借着这短时间的爆发力一下蹿了上来，正好抓住我的手。

我一把抓住他，马上屏住了气，用力去扯他，当时估计用错了自己的力量和姿势，我当时已经探出大坝非常多，刚开始还好，等他的力量全部压到我的手臂上，我才发现我竟然撑不住，两个人同时往下滑去。

我惊慌失措，到处去抓，但那个姿势就算抓住了也使不出力气，我只有一秒钟的错愕，终于不可避免地，被副班长拖了下去。

我看着副班长，他的眼神当时很复杂，而我真的可以说是脑子一片空白，因为这一切发生得太快了。

我摔下去之后，下巴马上擦到了粗糙的混凝土，接着翻了个跟头，朝下面滚去。我的脑门磕到了一根铁丝梯，传来一阵剧痛。

刹那间我就用手去抓那铁丝梯，但是眼前一晃就错过了，两个人转眼贴着大坝摔下去好几十米，一直摔到探照灯那里。灯光一闪间，我看到大坝上有一个方窗，白光从那里射出来，照得我睁不开眼睛，一秒都不到，我就摔了过去。

上帝保佑，就在那个时候，我突然感觉一顿，肩膀一紧，落势竟然突然停住了，好像是被什么东西钩住了。我摇了摇几乎无法思考的脑袋往上一看，只见这里的混凝土外墙上，每隔一只巴掌长短就有一条钢筋的尖端暴露出来，施工的时候可能为了安全，将它弯成了钩子的形状，而我刚才搜刮来的水壶的带子，就碰巧挂在一个钢筋钩上，硬是把我扯住了。

副班长却不见到了，唯一的手电加上我准备的火把都摔没了，我上下看都是一片漆黑，幸好这里有探照灯的光散射，不然真是完了；也不知道班长是和我一样停住了，还是已经遇难了。

我定了定神，拉着水壶的带子开始往上爬，钢筋打成的钩子相当结实。我用脚尖踩着，发着抖爬到了那个有探照灯光射出的方窗，就在我用手去抓的时候，却突然感觉手没力气，怎么样也使不上劲。

那种感觉很熟悉，我马上就知道可能是骨折。就在我绝望的时候，突然从那方窗里伸出来一只手，将我抓住了，接着我就被拖了进去。

我一摔到地上，感觉到极度眩晕，也不知道是怎么抬头的，抬头去看是谁拉我，只看到一个缩在探照灯后面的影子。只那一眼，我就发现这个人非常瘦小，绝对不是王四川。

我一直以为打开探照灯的是王四川，刹那间看到这个人，还以为自己看错了。

随即那个黑色的人影从探照灯尾光的黑暗中走了出来，我看到一个戴着老式防毒面具的人，他看了看我，就来扶我。

我心说：这人是谁？难道是遗留下来的日本人？

我下意识就想躲避，他对我叫唤，声音从防毒面具里发出来根本听不清楚，他叫了几声我一直摇头。他挠了挠头，只好扯掉了防毒面具。我一看，惊讶得张大了嘴巴：这人竟然是副班长留下来照顾陈落户和袁喜乐的那个小兵。

惊讶之后，我突然欣喜，想给他个拥抱，无奈手上一点力气也没有，就问他其他两个人怎么样了，但是他神色紧张，对我道："快跟我来！"说着自己又戴上了防毒面具，把我扶起来就往房间里拉。

我对他说副班长可能还在外面，不知道是摔下去了还是和我一样挂在那里，他点头，说等一下他去看看。

说着，我就被扶到房间里面，里面竟然亮着暗红色的应急灯。这里应该是机房的技术层，下面是铁丝板和混凝土拼接的地板，从铁丝板的部分可以看到下面的水流和大型的老旧机械，好像一个个巨大的铁锭，和混凝土浇筑在一起。没有进过水电站的人无法想象这种机械有多大，成捆的铁锈电缆和管道从下面伸上来，在这里交错，在房间的尽头，我看到了一面完全由铁浇注的墙壁，上面有一道圆形的气闭铁门。

这是气密性很高的三防门，锈得好像麻花，小兵转动转盘式的门闩。这门闩内部显然有助力器，他很轻松地将门打开，接着把我扶了进去。

里面是准备通道，我看到墙壁上挂着日式三防服，他关上门之后，整个房间开始换气，接着他跑到准备室的尽头，那里同样还有一道三防门，他同样转了开来。

里面就是一间密封的房间，散发着铁锈的味道，四周全是铁的，有铁制的写字桌椅，上面非常凌乱，四周挂着地图，一些日文的标语，亮着两盏应急灯，小兵让我在这里别出去，自己马上又折返。

我一眼就看到袁喜乐缩在房间的角落，整个人几乎缩成一团，而陈落户则坐在椅子上，看到我，神经质地站了起来，眼里全是血丝，嘴巴一张一合，也不知道想说些什么。

我也不知道说什么好，在这里看到他们，实在是出乎我的意料，虽然分开其实还不到一天，如今却恍如隔世一样——发生的事情太多了。

我问陈落户他们是怎么来到这里的，他说他当时发现涨水之后，那小兵就来救他们。他们撑起皮筏艇，一路往下，结果水涨得太快，在暗河的顶部一路过去应该有不止一个岔洞，只是我们探路的时候没有发现。涨水的时候他们控制不住航向，结果给冲到一个岔洞里，最终就被冲到了这里。

我心说：原来是这样。我们确实可以说一直是在底部走，没有注意上方的情况，而最后水位升高，那些岔洞必然给淹到了水下，成为水下涵洞，老猫他们过来的时候才没有发现。

之后的事情，陈落户的回答就没有了逻辑，他的精神状态应该是到这里就接近极限了。不要说他，如果我不是落水的时候受惊过度，看到“深山”的时候也不知道是怎样的反应。

沉默了一会儿，他就问我其他人呢，上头是不是会派人接我们回去。

我不知道怎么跟他解释我经历的事情，只是大概跟他讲了一番。他听到老猫下来了，脸色变了变，突然又放松了，我想，如果这里才是我们的目的地的话，那现在，诡异的电报把他们引到这地底的什么地方去了？

正说着的时候，三防门又被打了开来，小兵背着副班长冲了进来，捂着鼻子大口喘气，对我们大叫道：“快关门！”

我还没反应过来，陈落户已经跳起来关上了门，然后我和他一起拧动轮盘闩，拧了十几圈，直到我们听到里面发出“嘎嘣”一声，才停手。

我从门上的玻璃孔往准备室看去，只见准备室外的气闭门没有关，一股灰色的雾气，正缓缓从门口蔓延进来。

第三十四章 困境

很难形容那种雾气给人的感觉，到现在为止，我都没有见到任何一种雾气是那样的形态，我印象最深的是那种灰色，让人感觉非常重，但是偏偏又是飘动的。

雾气迅速从门外涌进来，速度十分均匀，让人感觉它从容不迫。因为光线的关系，实在无法看清，我们转头帮小兵放下副班长，再回头时，整个准备室已经一片漆黑，光线全部被雾气阻挡了。

而紧闭的气门，成功挡住了雾气再度蔓延。这废弃几十年的老旧三防设施，质量好得超乎我的想象，虽然如此，但我还是下意识地不敢靠这道门太近，总感觉那雾气随时会从缝里进来。

我暗暗咋舌，心里想：如果现在我还在外面，不知道是个什么样子，难道会和我在落水洞里发现的尸体一样？

一旁的陈落户招呼我帮忙，副班长被我们抬到了写字台上，满头是血，小兵大口喘着气，手忙脚乱地检查他的伤口。

我问小兵是他在哪里找到副班长的，他说就在下面一点点距离，大坝中部出水口的地方有防止人跌落的水泥缓冲条。副班长没我这么走运，摔下去直到撞上缓冲条才停下来，已经昏了过去。从这个机房可以下到那里，小兵直冲下去，当时那浓雾已经在脚底，幸好副班长还死死抓着手电，他一眼看见就一路狂奔把副班长背了上来。那雾气几乎就跟着到了，他连门都来不及关。

我们都有紧急医疗的经验，在野外这种事情经常发生，特别是坠落的伤员。此时我的手也很疼，几乎举不起来，但还是忍着疼帮忙解开副班长的衣服。

副班长心跳和呼吸都有，但是神志有点迷糊，浑身都软了，脑袋上有伤口，估计是最后那一下撞昏了。这也是可大可小的事情，我见过有的人从大树上摔下来，磕得满头是血但第二天包好了照样爬树；也见过有的人在打山核桃的时候，给拳头大的石头敲一下脑袋就敲死的。其他部位倒是奇迹，没有什么特别的外伤。

小战士看着机灵，看到副班长这样却又哽咽了，我拍拍他让他别担心，自己的手却揪心地痛。

我撩起来一看，可以确定没骨折，或者说骨折得没那么厉害，手腕的地方肿了一大块，疼得厉害，可能是关节严重扭伤了。这地方也没有好处理的条件，我只好忍着。

我们给副班长止了血让副班长躺着，我就问那小兵他们到达这里的情况，他又是怎么找到这个三防室的。

小兵一脸茫然，说不是他找到的，是袁喜乐带他们来的。

他说他们的皮筏艇被水流带着，一直给冲到大坝边上。他们找了一处地方爬上去，刚上去袁喜乐就疯了一样地开始跑，他和陈落户在背后狂追，一直追到这里，到这里袁喜乐马上就缩到了那个角落，再也没动过。

我哑然，水坝之内的建筑结构之复杂，并不在于房间的多少，而在于它的用处和我们平时的住房完全不同。事实上普通人所处的建筑结构给人造成的行走习惯在特种建筑场合就一点用处也没有，这也是我们做勘探的时候，遇到一些废弃的建筑都不主张深入探索的原因。比如，一个化工厂，你想在里面奔跑，恐怕跑不到一百步就得停下来，因为有些你认为是路的地方，其实根本不是路。而水电站就更加不同，其建筑结构完全是为了承压和为电机服务而设计的，袁喜乐能够一口气穿过如此复杂的建筑跑到这里，只能说明一个问题：她对这里的结构非常熟悉，她肯定来过这里。

我突然觉得有点悲哀，如果是这样的话，她肯定是花了相当大的力气才能够回到我们遇见她的地方，见鬼！我们竟然又把她带回来，要不是她神志失常，恐怕会掐死我们。

小兵还告诉我这样的雾起来已经是第二次了，上一次也是先泄洪，但是没有飘到这么高。袁喜乐听到警报之后就像疯了一样，要关上这里的门。小兵是工程兵，对于毒气以及三防方面的知识相当丰富，当时也意识到这雾气可能有毒。

我问他按照他的理解，这一切是怎么一回事。

他说，如果按照工程角度来说，这里肯定有一个水位感应器，在水位达到一定高度之后，水坝会自动开闸放水。显然这个装置要么这二十几年一直在这样有规律地运作着，要么就是前不久被启动的。

而这大坝之下的深渊如此深邃，他估计这层浓雾就是给高速落下的水流砸起来的，被那种向上吹的横风带上来，也不知道是什么成分。

这小兵的分析真的是十分有道理，后来我们回去再考虑，也觉得这是唯一的可能性。

我当时问了他叫什么名字，他说他叫马在海，是温州乐清的兵，三年的老工程兵了，一直没退役。

我说“那你怎么还是小兵”，他说他的家庭出身不好，每次班长给提档都被放到一边，他都换四个班长了，自己还是小兵。副班长和他一样，都是家庭出身不好，不过副班长打过印度人，所以升了一级。他们两个人一直在班里待着，他第一个班长都提正排了。他说我要是觉得他可怜就帮他向上头说说，好歹也弄个副班长当。

这事儿我也帮不了他，只好干笑不作答，心说：看现在的情况，能活着回去再说吧。

浓雾一直持续，气闭门外漆黑一片，两个小时也不见有消散的迹象。我们躲在这铁舱里，只能通过那个孔窗观察外面，什么情况也看不清楚。好在封闭舱里相对安静，我们能听到水流的轰鸣声，这里面最清晰的声音，则是我们的呼吸声和整个混凝土大坝承压发出的那种声音。

没有人知道浓雾什么时候会退去，我们一开始还说话，后来就静静待在舱里休息。副班长昏迷一个半小时便醒了过来，精神萎靡，但是还算清醒，似乎没什么大碍。马在海喜极而泣，我则松了一口气。

之后有段时间，我担心这房间里氧气会耗尽，但是很快发现这里有老式的换气装置开在踢脚线的位置上。后来，1984 年的时候我参观了一艘海军基地里缴获的日本潜艇，想起这种开在踢脚线上的长条形小窗，有点像那艘日式潜艇的换气系统，想想觉得可能那时看到的就是从报废的潜艇上拆卸下来的系统装置。这个人防工事修在大坝的机房里，似乎本身就是为了应对这种特别的地质现象。

当时也没有人能和我商量事情，我只能一个人在那里瞎想这里到底发生过什么事情。

显然袁喜乐如此熟悉这个地方，她所属的勘探队肯定在这里待过很长一段时间，我不知道他们在这里发生过什么事，显然他们遇到的我们很快也会遇到。现在我所知道的情况是袁喜乐神志不清，而另一个似乎是他们勘探队的人严重中毒死在了半路上，我可以肯定这里发生的事情必然不是太愉快的。

其他人到哪里去了？按照马在海所说的，袁喜乐对于这种雾气的恐惧如此厉害，会不会其他人已经牺牲了？另一个关键问题，当年日本人又是怎么想的呢？

这些事情全都毫无头绪，我的脑海里一下闪过巨大的“深山”轰炸机，一下又闪过巨大的深渊和鬼魅一样的雾气，简直头痛欲裂，似乎所有的线索也只有这么几条，反复思考都得不到一点的启发。

瞎琢磨了将近三个小时，雾气还是没有退散，我痛苦莫名，又想到了生死不明的王四川，老猫他们现在又在哪里，我们又该怎么回去，诸如此类的问题一个又一个，在焦灼中我浑浑噩噩地睡了过去。

当时没有想到，这是我在这个洞穴内的最后一次睡眠，这噩梦连连的短暂休息之后，是真正噩梦的开始。

在睡醒之后，我再一次尝试和袁喜乐交流，不久宣告失败。这可怜的女人的恐惧似乎已经到达了极点，听不得一点声音，只要我一和她说话，她就蜷缩得更加紧，脑袋也不由自主地避开我的视线。

我只好放弃，开始和副班长他们商量离开的路线以及方法。

值得庆幸的是，马在海说他们来时乘坐的皮筏艇应该还在那个地方，如果水流没有这么湍急，我们可以逆流划船返回。但现在不知道应该是顺着这条巨大的地下暗河逆流，还是寻找我们摔下的落水洞，回到我们和老猫分开的地方。

最明智的路线就是袁喜乐的路线，只是不知道她是怎么走的，如果她还清醒，倒是可以带我们一程。

副班长说要是能找到指示图或者地图就好了，这里肯定有这样的东西，如果能找到，我们就能知道日本人当年是怎么规划的，那样就可以找出一条最短、最安全的道路来，这里许多的设施已经腐朽，如果硬闯，恐怕并不现实。

我也点头，心说：确实是，这些搞工程的，一看图纸就能知道很多东西，只是这图纸估计撤离的时候已经完全销毁了吧。

几个人在那里商量来商量去，大脑也逐渐清醒起来。我当时是放松的，因为无论怎么说，现在是返回，我们知道目的地有什么，而我们也有选择，可以选择自己行进的路线。无论什么时候，有选择总是幸福的——这是我后来总结出来的格言。

只是我们当时全都没有意识到最关键的问题，不在我们的归途，而就在我们的眼前。

十个小时之后，我们大概确定完计划，也统计了剩下的食品以及燃料，再一次探察孔窗的时候，发现外面仍旧是一片漆黑，此时，我才突然想到那个关键问题——

这雾气会在外面维持多长时间，一天，或者是一个月？

在我提出来前，没有人想到这个问题，在大家的观念中雾气总是很快就消散的，我提出来之后，我们也都没有意识到问题的严重性，只是有点恐慌，希望我的想法不会变成现实。马在海对我说，上一次虽然雾气没有上来，但是退下去也比较迅速，他估计这雾气再有几个小时就肯定得散，不然那横风也能把它吹淡。

我也想当然地同意他的观点了，因为在这样的局面下，找个理由让自己安心总好过让自己窝心。我们当时都忘记了自己刚刚下过的判断，这鬼魅一般的雾气，是被万丈激流冲起来的，现在落水根本没有停止，雾气必然是不停地翻滚上来，如何能有散的时候？

所以很快，马在海的说法就开始站不住脚了。

我们在忐忑不安中，又安静地等待了五六个小时，雾气却仍旧弥漫在我们的舱外，一点也没有消散的迹象。

这时候，之前那种似有似无的恐慌，就逐渐变成了现实。我们不得不承认这样一个命题：这浓雾短时间内不会消散了。

对于当时的我们来说，承认这么一个命题，相当痛苦，这就意味着我们的撤离计划一下子无限期地延迟了。但是我也知道这时候再干等，那就是把头埋进沙子里的鸵鸟。

我们十多个小时前干劲冲天的那些说辞、计划，现在看来就像是笑话一样，这样的境遇颇为尴尬。

副班长和马在海对我说："我们是不是要有耐心？现在想这些会不会是自乱阵脚？"我对马在海他们说，我们得面对现实，看样子，只要水闸不关，这雾气只会越来越浓，不可能消散了。那样的话，我们必须采取措施：一方面我们要分配口粮和水，尽量延长生存的时间，希望能等到雾气散去；另一方面也要积极想办法。特别是第一个措施，就算雾气一个小时后可能散去，我们也得做好一个月后才散去的准备。

我说完这个，马在海的脸色就很难看，他对我们说，其实，口粮的问题还可以，他们带来的几个包裹里，有足够的压缩饼干和蔬菜，因为他们当时急着救我们，所以把大量的装备丢弃，只把食物带了过来，我们主要的问题是水，他和陈落户，两个人只有两壶水，其中一个还不是满的。

我听完这个，心直往下沉，喉咙一下子感觉干渴起来。在入洞初段行军的时候，我也想过实在没水的时候要喝尿，顿时心里犯堵，心说自己当时他妈的也真是缺心眼儿，现在是现世的报应。

当时我们的裤管早就干了，不然还能拧出水来，我脑子转得飞快，但是没用，很快就绝望了。

在我的记忆里，被困住的同样经历并不多，最危险的一次是1959年在川东，我才参加工作，当地地质局组织了一次洞穴勘探，我们被涨水困在一个气洞里三天两夜，好在水最后是退了。不过，当时我们有十几号人，干粮和水都很充足，最缺乏的是经验，所以哭鼻子的一大堆，现在倒好，经验丰富了，没水，这实在比哭鼻子要命得多。

这时候马在海说，要在这个密封舱里待到雾退，我们恐怕要很好的运气，如果能到达其他地方，说不定还有转机，比如说，可以找到老旧的水管或者蒸汽管道，里面也许有水，要不要试一下。

我心说：这里哪儿有这样的管道？

我只见他蹲下来，指了指踢脚部位的通气口，说这里的通气口连通着气滤装置，这是“二战”时德国人使用的技术，后来被苏联学去了，我们现在的地下工事大部分采用这种装置的改良技术，这里面也许有水管。

我似乎看到了一线生机，但是这管道口窄得只能放进去一个脑袋，人怎能钻得进去？

马在海说他个子小，问题应该不大，说着就趴了下去，先是拆除防鼠网，然后试探着自己能不能进去。

我也趴了下去，一看就知道不可能，这洞口的大小已经窄于马在海的肩膀，他到底是个男的，当兵的骨架大，无论如何都挤不进去。而这个通气口，怎么看也不可能通过任何人。

马在海滑稽地做了很多匪夷所思的动作，然而他的脑袋也只能侧着探入，身子无法进入分毫，最后扭伤了脖子，只好退出来。

其他人，陈落户脑袋很大，我是个大个子，副班长脑袋上有伤，而袁喜乐就更不用说了，这个提议算是白提了。

我沮丧地坐在地上，几个人都不说话，一边的陈落户更是脑子有问题地把自己的水壶抱在了怀里，似乎怕我们去抢。

我没心思去理他，脑子一片空白，就在这个时候，突然传来“啪”的一声，雪上加霜的事情发生了，密封舱里的应急灯突然熄灭了，我们顿时闻到一股烧焦的味道，显然是电线老化终于烧断了。

第三十五章 失踪

突然的黑暗让我们措手不及，那瞬间什么也看不到了，陈落户吓得一下子就摔倒在地上，而我们各自愣了一秒钟，我马上听到黑暗中马在海大骂了一声“狗生”，显然不是什么好听的话。副班长也叹了口气，我听到了他的苦笑声。

我心中突然就涌起一阵烦躁，本来已经到走投无路的地步了，这一下子死得更彻底，连照明设备都没了，不过死在黑暗里倒是符合我们的职业。

隔了五六分钟，我听到窸窸窣窣的摸索声，不久后一道手电光打了起来。突如其来的光线一下照得我们又睁不开眼睛，打起手电的是马在海。

他搬了把铁制的椅子到应急灯的下方，踩上去看烧毁的灯座。这种应急灯我知道一般不会坏，特别是不常使用的时候，因为结构简单，放上几十年都和新的一样。马在海敲开应急灯下面的储电盒，是里面的老线路碰线烧断了。

这里没有维修的条件，一点办法也没有，马在海用手拨弄一下，结果被烧了一下，疼得他又骂了一声，被副班长呵斥了一通，当兵的不能这么浮躁，不提倡骂人，马在海很服副班长，马上就认错。

我们都很沮丧，有点不知所措的感觉，这样接二连三的打击非常消磨人的志气。

唯一有点欣慰的是，这里的灯一暗，却从那孔窗中射进来十分微弱的光芒，这光芒在里面亮的时候几乎是看不到的，如今却十分显眼，表明准备室的灯还是亮着的。

副班长让马在海关掉手电，这样可以节省一些电量，他这手电的电量也不多了，光线暗淡得很。马在海郁闷地挥动一下手电，最后照了一下那个老式应急灯，然后就想关。

没承想他这一扫之下，我突然就有一股异样的感觉，一刹那，冷汗突然就从背上渗了出来。

黑暗的房间内，那一扫之间，我似乎看到了什么东西，和我在灯亮的时候感觉不一样了。而那个东西，虽然我没有看清，却让我条件反射地出了一身的冷汗。

“是什么东西？”我马上叫喝了一声，让马在海别关手电，照一照这个密封舱。

马在海被我的大叫吓了一跳，随即用手电再次扫了一下，这一次我们所有人都发现了问题所在，副班长一下子就剧烈地咳嗽了起来。

原来，在袁喜乐待的那个角落，只剩下一个背包，她本人却不见了。

我们马上用手电照了好几圈四周，想看看她挪到什么地方去了，角落、桌子下，甚至天花板上，但是，很快结果让我们毛骨悚然起来：无论怎么照，我们都无法找到她，袁喜乐竟然消失了！

从灯暗掉到现在有几分钟，我就算不掐着表算，也能知道不会超过十分钟。这十分钟的黑暗，我们都只是郁闷和沮丧，谁也没有注意到袁喜乐的动静。但是，我知道，在常理中，无论她有什么举动，都无法离开这间几乎密封的舱室。

我们一开始根本不相信，加上光线不好，都认为是看走眼了。陈落户掏出自己的手电，两个手电仔仔细细地照了十几分钟。

但是，袁喜乐确实是不见了。

这密封舱其实根本不大，照了一遍又一遍，我的冷汗很快就几乎湿透了我的全身。

“真的没了。”最后是陈落户几乎呻吟着说出了这个结论。

我突然头痛欲裂，简直太匪夷所思了，在短短十分钟的黑暗里，竟然有一个人凭空消失了，这太恐怖了。日本人在这里干的事情已经诡异到了极点，而我也无法再接受这种事情。

我抱着脑袋就贴着墙壁缩了起来，突然就感觉自己是在做噩梦，但就连思索这个问题，我都没办法进行了。

副班长也是脸色惨白，几个人你看我，我看你，都彻底蒙了。

接着他和马在海就蹲了下来，再次去看那个通风口，只有这个地方，是唯一可以离开的地方。

这下是真的慌了神，我绝对不相信人可以钻进一个如此小的通道里。这真是见鬼的事情了。

后来我回忆这件事时，就感觉当时马在海和副班长做出这种举动是有道理的，因为整个铁舱并不大，我们可以看到用大量铆钉固定的铁壁。除了正门，唯一能通行一个人的地方，只有那个小小的通风管道口，而且就在灯灭之前，我们还尝试着进入里面，所以几个人在当时就不约而同地把注意力集中到了那里。

我当时心里想的就是袁喜乐的体形，那个年代，国民特别是女孩子的身材普遍很娇小，我不知道袁喜乐是什么人，但她的身材肯定是我们这里最小的，可是也没有娇小到能进这么小一个通风管的地步。

马在海第一个趴下来，没有了应急灯，只能满头冷汗地用手电去照那个通风口。

我们都凝神屏气地看着，刚才突如其来的悚然没有消退反而更加激烈。我的心跳则犹如打雷一样，这种感觉只有我第一次偷生产大队鸡蛋的时候才有过。虽然如此，我们都没有想到，马在海在打开手电的一刹那，会突然以那样凄厉的声音惊叫起来。

那是一声极度惊恐的叫声，接着他像触电一样跳了起来，面色惨白忽然又摔倒在地，像看到了什么极度恐怖的东西。

我被他吓了个半死，忙拾起手电，赶忙蹲下去照，手电的光柱一下就射到了通风口的深处。接着我的脑子嗡的一声，头皮一直麻到脚跟，浑身凉得犹如掉入冰窖。

这里要说明的是，应急灯亮着的时候，我们只能看到通风管道口的地方，但是手电是平行光，光线可以射得很深，所以我一下子就看到了管道深处。在那里，有一张被挤压得严重变形的脸，而我，根本无法辨认那是人的脸，还是什么“东西”的脸。

自然，这么远的距离，我们也无法分清这张变形的脸是不是袁喜乐，我更是打心眼儿里一百个不相信，这里面竟然塞着一个人！

第三十六章 通风管道

三个人直吸冷气，我更是过了好久才缓过来，才敢再去看。

仔细看时，不知道是因为之前产生的心理压力还是因为那张变形的脸实在太过令人恐惧，我的恐惧竟然更加深重，最后到了窒息的地步。

那确实应该是一个“类人”的东西。因为挤压而变形的面孔，最突出的是它的鹰钩鼻和高耸异常的额头，也不知道这样的五官是被挤压出来的，还是这个东西本来就长得如此诡异。如果是前者，那这个人肯定已经死亡，脑部组织全部碎裂了。

不过，唯一让我松口气的是，这张鬼脸上找不到一点袁喜乐的特征。

当时很长一段时间，我们都面面相觑，不知道应该和对方说什么，这种事情，实在是超出我们能理解的范围。

后来是马在海最先明白了过来，他站起来就去扯背包里带的绳索，上面有生铁的三角钩，然后就要去拆卸那张长长的写字桌子，我们立即明白了他的意图，他想做一把钩，将里面的“东西”钩出来。

可惜那写字桌实在是结实，底部都有焊接的措施，我们尝试了半天都没有松动。

几个人翻了半天，最后副班长找到一根在墙壁上焊着不知道是什么用处的有小拇指粗细的铁丝，我们硬掰了下来，然后把头弯成钩子。几个人蹲下来就想去钩。

那是手忙脚乱的场面，副班长有伤，也不能蹲得太久，最后是我用手电帮忙照明，马在海去操作。

他趴在地上，我打亮手电，其实马在海此时一万个不愿意，但不得不服从命令，嘴唇发着抖，我们让他小心，其实也无从小心，三个人趴在那里，看着铁钩一点一点地靠近。

那过程只有半分钟不到，我们却好像盯了一整天，最后钩子快碰到那“东西”面孔的时候，我的眼睛都疼了。

就在钩子要碰上那东西前的一刹那，我们已经做好了所有可能发生的反应，包括突然那东西“动了”，或者往后闪避。然而事实上，我们的钩子碰上它的时候，它一动不动。

接着，无论我们怎么拨弄，它也没有反应，而且，马在海说，好像软趴趴的，手感不对，最后他用力把钩子刺进了那东西的脖沟里，一下子钩住了脑袋，往外一扯。

几乎没什么阻力，那东西就给扯动了，我的心跳陡然加速，几个人全部不约而同地站起来，做好了往后疾退的准备，以防看到恐怖莫名的东西而来不及反应。

最先出来的是脑袋，白花花的，接着是身体，我看到了类似手和脚的东西，一刹那，我的脑子麻了一下，只觉得这东西怎么这么奇怪，那种被扯出来的感觉，似乎是浑身发软，没有骨头的软体动物一般，心就猛地一跳，下一秒，我的喉咙就卡了一下，因为我突然就意识到这是什么东西了。

从通风管道口被拖出来的，并不是什么怪物，而是一件古怪的胶皮衣，看上面翻起的胶皮，应该也是中华人民共和国成立前的，而我们看到的扭曲的面孔，是已经给压碎的防毒面具，而且这是一个头盔样的面具，从正面看上去，额头高耸，诡异异常。衣服和头盔是一个整体，我从来没有见过这样的造型，想必并不是单纯的防毒用处。

马在海用铁钩戳了戳那衣服，里面空空的，似乎没有东西。他松了口气，又想骂人，嘴巴张出个形状，大概想起副班长的话，就闭嘴了。

副班长表情还是非常凝重，马在海想去察看清楚，被他拉住，他说道："先别动。"

我其实也这么想，马在海看我们的神情，也感觉出有什么不妥，暂时没有行动。我们围在这衣服边上，暂时缓和着自己的情绪。其间，马在海用铁钩把衣服拨弄开，用手电照着，戳着。

这种情形让我想起了以前衣服里爬进一种金线蛇的情形，我的母亲也是用竹竿敲打衣服，把蛇打出来的。不过，此时那衣服一点脾气也没有，无论怎么打，我们都没有发现什么蹊跷。

最后马在海把那件衣服翻转过来，我就看到那胶皮衣连着头盔的地方已经破了，想必是马在海铁钩子的手笔，而衣服胸口的地方也已经腐烂了，可能当时已经粘在通风管道底壁上，被我们硬扯破了。我们可以看到衣服的里面空空如也。

我们都松了口气，虚惊一场。

马在海上前，将胶皮衣东扯一块西扯一块，很快就扯成了碎片，确实什么都没有。

副班长说："奇怪，这玩意儿是谁塞到里面去的？又是出于什么目的？"说着，马在海又蹲了下去，再次用手电照射那通风管道。

第三十七章 又一个

我也跟着蹲下，此时我可以感觉到通风管道中有微弱的风吹来，手电照下去，黑黢黢的一片，并没有看到我想象中的东西。深邃的管道尽头混杂着一股奇怪的气息，不知道通向哪里。

让我记忆深刻的是，那股微风中，我闻到了那股熟悉的化学产品气味，虽然比在落水洞电机站的地方淡很多，但是还是可以断定这是同样的气味。我并不知道这是什么味道，但是它在此时出现，总让我感觉到有什么不妥当。

难道当时有人用这件衣服来堵塞这个口子？该不会这个通风系统出现纰漏，现在堵塞的东西被我们一拿开，外面的毒气正一点一点泄漏进来吧？

我心里想着就感觉不太舒服，马在海和我收拾起一堆的杂物，把那个通风管道口象征性地堵了堵，这样稍微有一些安全感。

几个人坐下来的时候，精神都严重萎靡了，一连串的惊吓真的太消磨人的意志力。

马在海轻声问："如果不是从这里出去的，那么袁工到底到哪里去了？"

我看着口子，下意识地摇头，其实我们都在自欺欺人，那样大小的通道，就算袁喜乐能爬进去，也是不可能前进的，前提就是不可能。但如果不是这里，那袁喜乐又在哪里呢？这里可是一个封闭的空间。除了这个口子外，其他的任何孔洞恐怕连蟑螂都爬不进来。

想着这些事情，我下意识地又用手电照了一圈四周。

刚才的混乱把整个房间弄得杂乱不堪，一片狼藉，可见我们刚才惊慌的程度，还是没有袁喜乐，这里只剩下了我们四个人。

就在我想到“四个人”的时候，我的脑子突然跳动了一下，又发现一点异样，而且这种莫名的异样感，非常熟悉，似乎刚才也有过。

我再次照射了一番房间，在疑惑好久后，突然意识到了异样感的来源。

我刚才认为这里剩下了四个人，除了我们三个之外，第四个人就是一直缩在角落的陈落户。但是在手电扫射的过程中，我突然想起我不知道从什么时候起，就没有看到过他了。

我站了起来，颓然的心情又开始紧张，手电再次反复地照射，那种诡异的感觉越来越明显，最后我几乎崩溃地意识到：陈落户也不见了！！

那一刻我真的崩溃了，血气上涌，再也支撑不住，感觉一阵头昏脑涨，人摇摇欲坠，直想坐倒在地上。好在马在海将我扶住，他们问我怎么回事。我结结巴巴地叫出来，几个人再次变色，手电的光线马上在铁舱中横扫，马在海大叫“陈工”。

这种累加刺激犹如一个幕后黑手设置的棋局，一点一点地诱导我们的情绪走向崩溃，每一步都恰到好处，在闪烁的手电光圈中，很快所有人都陷入了歇斯底里的状态。

我们当时在想什么，我已经无法回忆，但恐惧是必然的，现在想来，当时我们碰到的是一种人力无法解释的现象，我甚至都不知道自己在恐惧什么，是害怕消失还是害怕被一个人抛弃在这里。这一切都陷入了混沌的情境中。

我们敲打着铁舱的壁，发出刺耳的声音，大声呼叫，趴下来检查地板，本来凌乱的铁舱变得更加混乱。

然而这些都是徒劳的，坚固的毫无破绽的墙壁，让我们的内心更加恐慌。

一直折腾到我们筋疲力尽，副班长第一个静了下来，我们才逐渐冷静，马在海抓着板寸头，颓然坐倒在椅子上。而我则头顶着墙壁，用力狠狠撞了一下。

这一切，已经失去秩序了，天哪，难道这里有鬼不成？

三个人再也没有话，安静地待在自己的位置上，我们能听到彼此沉重的呼吸声。气氛，可以说当时我们的脑子都是空白的，根本没有气氛可言。

时间一点一点流逝，也许是两小时，也许是四小时，谁也没有说一句话，激动过后，潮水一样的疲惫向我们涌来。

那是一段长时间的头脑空白，我并没有睡着，但是那种疲倦是我从来没有经历过的，在我的地质勘探生涯中，经历过很多次几天几夜不睡觉的情况，但是身体的疲劳可以调节。我们都是抗日战争开始不久后出生的人，童年已经经历过很多难以想象的艰苦劳动，所以身体的劳累我们并不在意，而这种精神的疲倦，是最难以忍受的。

不过，这样一段长时间的冷静与休息，确实使我们的心境慢慢平缓了下来。

也不知道到底过了多久，我想大概是冷汗收缩带来的寒冷让我清醒了起来，又或许是饥饿。

我深吸了一口气，关掉自己手里的手电，找一个地方坐下来，开始想自己多久没有吃东西了，在这封闭的铁舱内，待了多长时间。

没有天黑天亮，这里的一切都混乱不堪，我没有手表，那个年代，手表属于家用电器，连打火机都是限量供应的，更何况手表。

随着各种感觉回归，我开始思索，几乎是强迫般地，整件事情开始在我大脑里回放，想阻止都没有办法。

后来我对老猫说过，在这整件事情中，那个时候的考虑，我认为才是真正的考虑，可以说当时我考虑问题真正地开窍了。我一直认为我之后能在业内有现在这些小成就，这一次的经历是起了催化剂作用的。

也许很多人无法理解，这里要插一段说明，在我们那个年代，其实很多像我们这样的人，都特别单纯，考虑问题的方式非常直接，这也和当时我们只能接触非常有限的信息有关。你可以让你们的父母回忆一下当时的电影，样板戏，都是非常简单的情节，好人坏人看长相就能分清楚。所以，当时的我们几乎没有考虑过太复杂的问题。这也是“十年浩劫”破坏力如此惊人的原因。

我一开始，大脑里全是那两个人消失时候的景象，满是晃动的手电光。我头晕目眩，强迫自己不去想，而转向对这整件事情的思考上来。

这肯定是一个不一般的气闭舱，或者说，肯定有什么我们不知道的古怪，在这一千二百米深的地底深处。在几十年前废弃的日本人残留设施内的古怪气闭舱里，有两个大活人，在绝对不可能消失的情况下突然不见了——我假设这个命题正确，那么在我们注意力涣散的几分钟里，我们的身后，在我们没有注视着他们的情况下，这个气闭舱里，肯定发生了什么事情是我们所不知道的。

那么到底是什么事情呢？

我苦苦地回忆，哪怕一点能让我感觉到不对的感觉。

第一次袁喜乐消失，是在一片黑暗当中，我们的注意力全在找手电上，没有去听四周的任何声音，可以说当时袁喜乐可以利用那些时间做任何的事情。

第二次陈落户消失在半黑暗当中，我们的注意力全在通风管道口上，我们的身后同样是一个完全的视觉死角。

可以说，他们失踪的时机实在是太完美了，都是在我们把注意力集中到一个地方之后发生的。

我叹了口气，心里就有了一个自然而然的荒唐念头，难道在这个铁舱里，只要你一走神，四周就会有人消失吗？

这实在是荒谬绝伦的事情。

不过，想到这里，我就浑身一寒，突然意识到，我现在的这种状态，不也是走神吗？我猛地惊醒，忙抬头去看四周，找副班长和马在海。

映入我眼帘的是一片黑暗，不知道何时，他们的两个手电光点，竟然已经熄灭了，而在我发呆的过程中，竟然一点也没有发觉那是什么时候发生的。

一股莫名的恐惧顿时又涌上来，我的喉咙不由自主地发出了呻吟声。

想到这一点，没来由地，我在一刹那就突然陷入极度的恐惧，整个人都害怕得缩了起来，一口气在我的胸膛出也出不来，下也下不去。我马上勉强发出了一声叫声，我自己都无法辨认我在说什么，只可以勉强称为一个声音。

没有任何的回应，在漆黑一片的空间里，似乎真的只剩下了我一个人。

脑子顿时又开始发蒙，刚才歇斯底里换来的片刻镇定顿时就消失了，我努力又喊了一声，同时一下子打开了手电。

一瞬间，我真的以为会看到一个空空如也的铁舱，在这地狱一般的废墟里，我一个人被遗留在了这里，被困在一个漆黑一片的密室里，外面是有毒的雾气，而和我同来的人犹如鬼魅一样离奇消失。这实在是太过恐怖的境地了，如果真的如此，恐怕我会立即疯掉。

所谓现实和小说的区别，往往也是在这个地方，小说趋于极端的环境，但是现实往往不会把人逼到那种地步，我的手电一打开，就看到马在海几乎凑在了我的面前，一张脸好像死人一般惨白，似乎在摸索什么，把我吓得大叫起来，同时他也被我吓得往后缩了好几米。

另一个手电亮了起来，朝我照来，我看到了在铁舱另一边的副班长正疑惑地看着我们。

我松了一口气后就大怒，问："你们在搞什么鬼？关了手电一声不吭的干什么？！"

马在海被我结结实实吓了个半死，说不出话来，副班长解释说，他想着两个人不见的时候，整个铁舱都是基本处在黑暗状态，是不是这里有什么机关，在一片漆黑的时候会打开，所以让大家关了手电找找，当时他说的时候我也关了手电，他以为我也在找。

我当时肯定是走神了，对他说的话一点印象也没有，此时看到他们两个人还在铁舱里，才再次松了口气，对他们说，我刚才以为他们也不见了。

两个人都脸色发白，很能理解我的感受，显然他们也有这样的顾虑，不过正规的军人到底是和我不一样的，这种事情，他们只是放在心里。

于是我问他们："那你们有没有在黑暗中摸到什么？"马在海就摇头。

这其实也是一种自欺欺人的做法，按常理来说，在光亮的时候都发现不出的破绽，如何可能会在黑暗中发现？但是副班长能够想到这些已经很不错了，那个年代的工程兵并没有非常高的文化水平，最多在专业上受过一些训练，最典型的就是当时的英雄铁道兵部队，有一句老话就是，铁道兵三件宝：铁锹、洋镐、破棉袄——很能体现当时特种工程部队的状况。

我们坐下来聚到一起，都是一脸的严肃，我对他们说别慌别慌，从现在开始我们三个人抱成一团，要是再有人不见，我们也能知道是怎么回事！

几个人点头，让我欣慰的是，我们的情绪都稳定了下来，形势没有任何的变化，我肚子里强烈的饥饿感也告诉我，我们面临的问题还有很多很多，只不过现在无法去思考那些。而面前的两个战士让我感到安心。

在唯物主义的指导方向下，我们在深山中遇到过很多奇怪的事情，都可以在事后用很牵强的理由解释。不过，在很多的情况下，最后我们发现这些牵强的理解是正确的。这里面有多少是妄加的，有多少是正确的，谁也说不清楚。但是现在的情况，恐怕单纯以唯物主义来解释是不太可能的了。

我开始想着，如果袁喜乐和陈落户从此不再出现，而我也活着回去了，那以后该如何对别人讲述这个故事？

而这鬼魅一样消失的两个人，现在又在哪里？是完全消失了，还是到了其他的地方？

我抬头看向四周，刚刚进来的时候，没有考虑到这个铁舱在这里的意义。这个几十年前建造的日军基地，一切都是如此陌生，铁舱在这里我只觉得同样地陌生而已，从来没想过这个铁舱是否同样是这个基地内十分特别的地方。

这铁舱是用来做什么的呢？我突然想。

看这里的摆设，这里好像是一个临时的指挥室或者避难室，这个铁舱位于大坝的中层机房的一角，一个完全由铁皮修筑的舱室，外面有过渡用的准备室，表面上看上去，这里是用来在毒雾上升的时候，临时避难用的铁舱。

但是真的是这样吗？

日本人在这里经营出了一个匪夷所思的局面，巨大的大坝和战斗机，这些几乎无法解释的东西都出现在了这个巨型天然岩洞的尽头，他们的目的我们现在根本窥探不到，那会不会这个铁舱也是他们计划中的一部分？

我站起来，看着四周的铁壁，突然就有了个疑问，这铁舱的铁壁的后面是什么？混凝土，还是我所不知道的东西？

我站起来，第一次不是去敲，而是用手去触摸这层铁壁，这里的锈迹坑坑洼洼，犹如被强酸溶蚀过，可以看到铁壁的表面，涂有一层白色的漆的痕迹，只能说是痕迹了，因为连指甲盖大小的漆面都没有了，铁壁冰冷冰冷的，我一摸到，所有的温度瞬间给吸走了。

不对！我突然意识到，太冷了！这温度，犹如冰冷的地下河水的温度，冷得让人吃不消。

我又把耳朵贴上去，去听铁壁后面的声音，此时副班长和马在海都非常诧异地看着我的举动，其中马在海就问我怎么了。

我举手让他别出声，因为我一贴上去，就听到了一种令人费解的声音。

我一开始无法辨认那是什么，但是随即就知道了，一个巨大的问号出现在我的大脑里。

我听到的是水声。不是水流击打岩石的那种咆哮，我很熟悉这种声音，因为我家人是渔民，我知道这种声音，是在吃水线下水流摩擦船壁的那种沉闷的“梭梭”声。

这个发现是我始料未及的，我非常诧异地又听了一段时间，确实没错，是那种声音。但是，我知道这是不可能的，铁舱是在机房的上方，我清晰地记得水面在我们的脚下好几层的地方，铁舱的四周不可能有水啊。这里是水坝“背水面”，就算在这过程中，水闸关闸蓄水了，暗河水位上升，也不可能升上来这么高。

我把我的发现和马在海、副班长他们一说，他们也觉得很奇怪，都趴上去听，也都听到了，马在海苦笑说：“难道我们现在在水下？”

我拿起他刚才用来钩衣服的铁杆，用力砸了一下铁壁，砰的一声被我砸出了火星，但是声音非常沉闷，一点金属空鸣都没有。

四周好像真的全是水。

我愕然，此时想到了一件事情，这铁舱外面，是一块巨大的铁制墙壁。

那就是说，显然这铁舱的装置，是独立于整座大坝的混凝土结构的，这个铁舱是被一个巨大的四方形铁盒子包起来的。天哪，我打了自己一巴掌，心说我怎么早没有想到这上面去。水坝里是什么装置需要这样的东西？那太简单了，在我的印象里，只有一种设备需要这样的铁皮外壳！

第三十八章 沉箱

在某些二十世纪三四十年代日本人修建的大型水坝中——比如说，松花江的小丰满，发电机组都处在水下十米左右的地方，到达发电机的技术层就需要一种特别的升降机，叫作“沉箱”的装置，也是在大坝建设的时候用来运输大型电机零件的，一般在大坝测试完成的时候会拆掉，如果不拆掉则一直作为检修时候到达大坝最底层的唯一通道使用。

在我脑海里，只有这种巨型的升降机是完全用铁皮包住的，它的外壁是正方形的混凝土垂直管道，里面包着钢筋加固的铁皮板。

这种升降机一般不在泄洪的时候使用，因为泄洪的时候，整座大坝的底层完全是泡在水里的，降到下面也没有用处，但是我当时看着这个铁舱，突然就意识到，这个铁舱会不会是焊接在这种巨大的升降机上的？

我们进入的时候，那面铁墙其实就是升降机的入口，我们进入铁舱，其实就进入了那升降机的平台上。

想到这里，我茅塞顿开，一下子想起了很多的事情——在铁舱里听到的，我以为是大坝受压发出的声音和各种奇怪的响声，现在想想就感觉不对，那似乎是轮轨摩擦的声音。难道我们进入这平台之后，这平台竟然动了？

现在又听到了铁舱外面的水声，我心想：难道在我们进入铁舱的这段时间里，有人启动了这台升降机？我们不知不觉，已经降到大坝最底层的水里了？

这只是我的推测，想完后我觉得很荒唐，如果真的是这样，何以我一点也没有感觉到？但回忆起来，当时的情况之混乱，要说觉得绝不可能是我想的那样，我也不敢肯定。

另一个我觉得我的推测可能是正确的原因是：如果真的是这样，那袁喜乐和陈落户的突然失踪，倒是有一个极度合理的解释了。

我的注意力投向了铁舱内的一个角落，是我刚才在恐慌的过程中从来没有注意过的，我此时自己都觉得有点奇怪，为什么刚才根本就没有想到这个地方。事实上，这个地方是最有可能让人消失的，可能性远远高于那个饭盒一样的通风管道口。

这个角落，就是铁舱的气闭门，也就是我们进来的那道门。

我走到门边，看着门上的孔窗，窗外黑黢黢的，隐约能看到一点点的光，现在看来，不像是外面透进来的，而是我们手电的反光，整体情况似乎和我们刚进来这里的时候一样。

我看着这门就发起呆来。

我的想法很简单：刚才之所以根本没有想过这道门，是因为我们认为这门外是骇人的毒气，所以，袁喜乐和陈落户如果是从这道门出去，不仅他们会死，我们也肯定会受牵连，也就是说，只要这道门一打开，无论是闻到味道，还是毒气侵入，我们都必然发现。所以既然我们都没有死，那这道门绝对没有开过。

但是，按照我刚才的想法，如果我们所在的铁舱在不知不觉中已经沉入了大坝的底部，那外面就不是毒气了。那在刚才应急灯熄灭的时候，袁喜乐完全可以在黑暗中打开这门出去，陈落户也是同理。

当时我们谁都没有注意门的方向，虽然听上去好像有点不可思议，但理论上这完全有可能办到，或者说，这是现在唯一可能的解释了。

问题是，我做出推测的前提正确吗？门后确实没有毒气？

我把我的想法原封不动地说给了副班长和马在海听，马在海马上摇头说“不可能”，在他看来，这种说法有太多的破绽了。这么大的东西如果真的下降过，这个铁舱里的人不可能没有感觉。而且，袁喜乐何以能在黑暗中准确地找到门的位置呢？开门的声音呢，为什么我们听不到？副班长低头不语，但是看表情显然也是同意马在海的看法。

这是我所没有想到的，我想了一下，心说：确实是这样。

事实上，如果我还原整个过程的话，就会发现里面还有一些很难解释的部分——首先如马在海说的，袁喜乐如何在黑暗中清晰地知道门的位置，接着就可以延伸出，她是如何在黑暗中避开所有人混乱的手脚，毫无声息地通过的，她又不是猫。

这是一个反命题，也就是说，在我们认为黑暗蒙蔽了我们的双眼，放走袁喜乐的前提下，我们必须解释袁喜乐是如何解决同样的问题的。

这看似是一个无法解决的问题，但是我看了整个铁舱内的布置后，就发现这个问题其实非常简单，因为在整个铁舱的中央，有一张焊死的长条形的铁皮台桌。

台桌上是凌乱的纸和无法辨认的碎片，但是可以非常明显地看到，桌子的一头是袁喜乐蜷缩的角落，另一头就是那道气闭门，而当时我们再混乱，也不会爬到这桌子上去，当时只要踩着这个桌子就能非常迅速地到达气闭门。

而陈落户就更容易解释了，毕竟当时我们所有的注意力都在通风管道。

不过马在海听了我的解释就去看那铁皮桌，发现整个铁舱已经乱得根本无法还原，现在去看也没有任何的痕迹。也就是说，我的想法根本没有实际的根据。

我们三个人大眼瞪小眼，一下子也有点无所适从了。

现在想来，我当时的说法其实并没有缓解我们的紧张感，反而让我们几个平添了许多的烦躁，因为当时我的话确实已经影响了他们，他们也开始动摇。但是这样一来，我们现在的处境就变成了作茧自缚，那道黑黢黢的铁门后的情形变成了一个巨大的梦魇。

如果这门后真的如我所说，没有毒气，那我们就应该毫不犹豫地打开那道气闭门，看看这大坝底部的空间是什么情况，袁喜乐和陈落户又跑到哪里去了。

但是，如果我错了呢？那我们打开这道门，不是等于自杀吗？

当时，想着这些让人发狂的事情，三个人都看向那道铁门，露出了非常复杂的表情。

之后的一段时间，我们可以说是在一种精神上的煎熬中度过的，因为最令人无奈的发展，就是毫无发展。我们在铁舱中，时间一点一点地流逝，饥饿感越来越强烈。在毫无办法的情况下，我们也不得不在角落进行大小便，臭气熏天，在这样的环境下，四周的一切却好像永恒一样完全凝固了。

没有人提出来，接下来应该怎么办。所有人都看着那道门，其实，我们知道，现在的问题，打开这门就马上有答案。

这其实就是唯物论和唯心论之间的一种斗争，看的是我们选择哪一方。作为一个虔诚的共产党员和解放军军官，我们当时的选择应该非常明确，实际上，当时的焦虑丝毫也不比普通人少，反而还掺杂着一种复杂的情绪。

如此说你也许无法理解我们的苦闷，因为单纯从几个男人的角度，特别还是我们这种农民阶级出身的穷苦人家的孩子，在一个有屎尿臭味的封闭空间里待上几个小时，并且饿着肚子，其实并不算什么大不了的事情。

事实也是如此，如果这件事情有一个期限，比如说，一天，或者一个星期，我并不会觉得这有多困难，更何况如此的事情还被冠以任务的头衔，那比被拖到印度去打仗要轻松很多。

但是事实上，让我感觉到如坐针毡的是，我们在这里的困境是无限期的，也就是说，只要你不打开那道门，这一切就将继续下去，直到我们死亡。

这实在是让人要发疯的事情，一想到这个我就感觉浑身的毛孔都要炸开了，而我烦躁到这种地步的情况是非常少见的，在这之前几乎没有发生过。

我们一开始先是讨论，然后坐立不安，安静一阵子，然后又烦躁一阵子。我和马在海轮流去看看孔窗，又去摸摸铁壁，做着很多毫无意义的事情。副班长则坐在那里，闭着眼睛，也不知道在思索什么。

这种令人窒息的烦躁与抉择，我们整整做了七个小时，最后，是副班长突然站起来，走到气闭门的边上，一下抓住了轮盘门闩，接着就往外开始拧。

副班长当时的表情，我还记得清清楚楚，我很想形容那是镇定与坦然的革命大无畏精神。但是事实上，我知道他也和我们一样，心理承受能力到了极限，而他们这种从战场上下来的人，看惯了生死，在某些关头往往更容易做出决定，所以他第一个做了选择。

轮盘门闩弯到一半，我们那时候刚刚意识到他想开门，我做了一件相当窝囊的事情，竟然想冲上去抱住他阻止他，不过还没有动作，副班长自己停了下来。

他的表情很冷静，转头对我们挥了一下手，说让我们靠到内壁，如果情况不对，他还可以马上关上门。

马在海这个死心眼儿就是坚持要和副班长在一起，副班长说他这就是上过战场和没上过战场的区别，凡是上过战场的，都知道不去干那些白白送死的事情，因为活下来才对祖国有价值。马在海不听，被我死死拖住，副班长后来烦了，呵斥一声“别吵了”，马在海才安静下来。

我和马在海退到远处，看着副班长，只见他深吸了一口气，几乎没有犹豫，猛地一转门闩，从门内发出一声相当轻微的“咯吱”声，气闭门的四周猛一缩，门悄然就开了一条缝隙。

我其实还没有做好准备，当下整个人就一震，那一瞬间三个人都僵硬了，时间凝固一样，而我脑海中一片空白。

然而，似乎什么事情也没有发生，一切和开门之前没什么两样。

我屏着呼吸又等了好久，发现似乎真的没事，突然就意识到自己的想法对了。

我松了口气，马在海和门口的副班长也长出了口气，我刚想说“谢天谢地”，突然副班长整个人一放松，一下子倒在地上，门给他带开了大半。我一惊，就看到外面一股汹涌的雾气瞬间涌入这个铁舱。

我脑子嗡的一下，心说“我命休矣”。

一刹那，从半掩着的气闭门后，我看到的是一片深邃的黑暗，浓烈的雾气从黑暗中迅速涌了进来，然后发散腾起，好比一只巨大的软体动物正在侵入这个铁舱。

我的神经一下子绷到了极限，脑子里只有一个念头，就是死定了，背后是冰凉的铁壁，退无可退。

也许给我更多的时间，我还会感觉到后悔和气愤，因为自己一点根据也没有的推论，一下子把自己和战友推入了这样有死无生的境地。这最后几秒的恐惧远远大于最后死亡带来的伤害，我应该会狠狠扇自己一巴掌，然后抓掉自己的头皮。

然而，根本没有那个时间，只在我意识到不妙之后十秒内，涌入的雾气已经逼到了我的面前。

马在海早就冲进浓雾中似乎想去扶副班长，我知道这是徒劳的，那雾气扑面而来的时候，我下意识地屏住了呼吸，用力往铁壁后压去，想要再多活哪怕一秒。

这同样是徒劳的，我闻到一股冰凉的味道，接着我整个人给裹到了雾气里。

第三十九章 雾气

我闭上了眼睛，脑中一片空白，感觉自己应该摔倒，或者口吐白沫死去，这种感觉现在想来非常奇妙。死亡降临的一刹那，想的东西倒不是死亡了，这让我很意外。

当然，我最后并没有死去，既然我在这里把这些经历写出来，想必大家都会意识到这一点。我之所以把这段经历写得如此清楚，是因为对我的成长或者说蜕变起了相当大的作用，不能说是大彻大悟，但至少让我成熟了。事实上，经历过这种事情，我才理解修炼出老猫那种沉稳需要付出什么代价。

那么，当时发生了什么事？我为什么没有死呢？

我在雾气中等死等了十几分钟，就感觉到一些异样，那是寒冷开始侵袭我的身体，我的毛孔开始剧烈收缩，热量极速给抽走。

一开始以为这是死亡的前兆，但是当越来越冷，最后打了一个喷嚏，我就意识到了不对劲。接着我睁开眼睛，发现浓烈的雾气竟然在我面前稀疏了，我能够大概看清楚前面的情况，马在海背着副班长站在门边上，也是一脸疑惑。

没有毒？这是当时我的第一个念头，接着我就突然感觉太可笑了——怎么会这样？难道我们一直在和自己的臆想做斗争吗？

但是这里的雾气很稀薄，而且冷得要命，我又感觉不对。

那门口显然相当冷，马在海缩着身子，看了我一眼，就缓缓将气闭门完全拉了开来，接着我们的手电都照到了门口的空间。

雾气腾腾，手电光什么也照不到，只有滚动的雾气，其他什么也看不到。

雾气确实无害，副班长似乎是因为力竭晕倒了。一路过来，他一直是精神压力最大和体力透支最厉害的人，又受了伤，如今也不知道到底因为什么问题，终于晕了过去。

马在海背着他，我们收拾装备，一前一后踏出铁舱，踏入了雾气之中。

我无法形容我看到了一个什么景象，因为前后左右全是雾，朦胧一片，手电光照出去没几米就被吞没。而此时我们的手电只能勉强使用，事实上在这种光线中，就算没有雾气，我们也看不到太远。

雾气大部分积聚在我们膝盖以下，白而浓烈，再往上就迅速地稀薄，我们一动雾气就开始翻滚，好比走在云里。而且铁门外极度寒冷，才出来几秒，我就感觉下肢无法静止，冷得只有动着我才能感觉到它的存在。

这种冷已经不是寒冷的地下河水所能比拟的了，我们缩起身子，有点惶恐地看向四周。

冷却的气温让我很快恢复思绪，只凭感觉，我已经发现这种雾气并不是我们在外面看到的那种沉重的灰雾，而是冰窖中常见的那种冰冷的水汽。而且这里的温度应该远远低于冰窖，因为实在太冷了。

我们取出睡袋披在身上，勉强感觉暖和一点。我跺了跺脚，脚下似乎是铁丝板，很滑，冻着一层冰。而我跺脚的声音，竟然有回声，显然这是一个比较空旷的房间。

这里是哪里呢？我越来越迷惑，大坝的底部应该是什么？不是应该沉着发电机的转子吗，怎么好像是一个巨大的冰窖？

我们小心翼翼地朝前走去，脚下的铁皮和铁丝板发出有节奏的震动声。越往前走，雾气越稀薄，很快我就看到了自己的脚下，那是一条类似田垄的铁丝板过道，过道的两边是混凝土浇的类似水池的四方形巨大凹陷，有点像烧石灰的工地，只不过修筑得正规了很多。凹陷处里面应该是冰，而冰下黑影绰绰，一个一个有小牛犊子那么大，不知道冻的是什么。

手电根本照不下去，我踩了一下，完全冻结实了，水深起码有两米多，看样子我们不可能知道那是什么东西。

继续往前走，越走越冷，大概走出去有五十米，我都想回去了，马在海也冻得直哆嗦。这时候我们看到前面的“田垄”尽头，出现了在上头看到的同样的铁壁，同样有一道气闭门开在这铁壁上。

只不过，这道门上结满了冰屑，厚厚的一层，地上有大量的碎冰，还有一根撬杆靠在那里，想必是在很短时间内有人用这样的简易工具打开过这道冰封的门。

我上去看了看碎冰的情况，确定是不久前造成的，长出了一口气，心说：难道袁喜乐真的是按照我推断的方式跑出来的？这门是她开的吗？

我拾起撬杆，刚想插到轮闩里开门，突然就看到那轮闩咯噔自己转了一下，我吓了一跳。接着，那轮闩开始缓慢地转动，我瞬间意识到，后面有人在开门！

当时，我给这突如其来的变化吓了一跳，随即和马在海两个人退后一步。我条件反射地举起手里的铁杆防卫，马在海则侧着身子，贴到了门边上的墙上。

门随即就给缓缓推了开来，在我还在猜测里面出来的是袁喜乐还是陈落户的时候，一张黝黑的大饼脸从里面探了出来，看了看我们。接着我们几个，包括大饼脸的主人都愣住了。

我足足花了一分钟，才认出门后探出来的这张黑脸就是王四川，倒不是因为我的反应慢，而是他的变化实在太大了。他整个人就好像从屠宰场里出来的一样，满脸都是血痂，额头上的皮都翻了起来，而且，脸上黑得很不自然。

他看着我们，似乎也无法反应过来，过了好久，才大叫了一声：“老吴，你他妈的没死啊！”

我上去一把就把他抱住了，眼泪立刻下来了，接着马在海也认出了王四川，顿时也哭了。王四川大概身上有伤，被我一抱疼得就叫了起来。

对于当时的我来说，王四川没死，真的是太好了，就好像中奖一样。不过流眼泪到底是不光彩的事，我很快止泪并用袖子擦掉，打量了一下他，问他怎么回事。

他的身上比脸上好不了多少，衣服都烧焦了，而且我拥抱他的时候，闻到了一股焦臭味。他大骂了一声，说他在电机房踩断了根电缆，差点烧煳了。

之后的情况和我们经历的差不多，但他应该是爬上了水坝的另一头，那里有一幢大概三层楼高的水泥塔，塔的顶上是探照灯，应该是照明用的建筑。塔顶有铁桥通到大坝上的一道铁门，里面就是和我们看到的一样的电机房。和我们不同的是，他进入的那个机房似乎是配电室，里面横亘着无数巨大的老旧电缆，绝缘皮都冻化开裂了，他从来没有想过这么多年后这些电缆还通着电，一脚下去，直接就给击倒了。

当时他形容得很有趣，说是自己先闻到了烤肉的味道，接着就感觉人飘起来了，从脚底麻到头顶，再接着就给弹飞了，摔到地上，照理应该很疼，但是当时他的脑子里只有那烤肉的味道，他太饿了。

我看着王四川给我比画的电缆粗细，又一次觉得不可思议，我的想法中，这里只是一个临时的大坝，只需要很小的发电机组就可以满足照明或者其他的需求，但是王四川给我比画着电缆的粗细，很显然这里的发电机功率相当高。

这让我不禁想：这里需要这么多电干什么？那些多余的电是输入哪里的？不过，这里奇怪的事情太多了，我也没工夫去细想。

王四川万幸没有被电死，之后大坝泄洪、警报等事情，都和我们经历的一样，而那配电室里也有一面铁制的墙壁，触电之后他恶心呕吐，有很长时间人是处在混沌的状态，只好躲进铁舱里休息，之后又经历了一些事情，一直到现在，开门就遇到了我们。

我听完后，拍了拍他，感慨他的命大，也亏他的身体魁梧，如果换我，肯定已经完全焦黑，死了都快一天了。

几个人又感慨了一番。说实话，看到王四川之后，我突然整个人放松了。在现在的小团体里，我对马在海这样的新兵是很不放心的，副班长又是伤员，而且明显有责任心但是应变能力不强，我其实变相就是这个团体的负责人，无形的压力很大。但是现在碰到了王四川，我感觉他能为我分担很多的压力和责任，所以我的心情一下子就变好了。

王四川遇到了我们，自然也是心情大好，说完他问我们的情况，我一五一十都说了，他听完袁喜乐的事情就发呆，我们说得这么玄，他真有点不相信，但是在这种情况下又不得不信。

我不知道怎么能说得更明白点，因为事实上，对于袁喜乐和陈落户的事情，我和他一样无知。我便对他道，现在最重要的是弄清楚我们到底在什么地方。

从他的叙述来看，我感觉这座大坝应该是一个对称结构，两边都有一个“沉箱”升降机，表明大坝的两边都有安置电机的水下机房，最少一边两台电机，一台主、一台副，也有四台。在当时的情况下，中国的工业极度落后，几乎没有电灯（你可以考察《小兵张嘎》中的城乡，非常真实，中华人民共和国成立后很长一段时期，我们生活的环境也还是这样，特别是农民），这样的电量可以支撑一个镇了。

马在海说，这样的大坝应该是从两边开始修起，最后在中间合拢，他跟着苏联人的时候听过这种方法。

王四川纳闷了，问我们现在在大坝的哪个位置。

我心说：沉箱能够到达的底层的位置，应该是大坝的基部，用混凝土灌装电机的地方。但我们刚才走过来看的时候，发现显然不是，外面有巨大的空间，似乎是一个巨大的冰窖，不知道冰冻着什么。

王四川并不是我们的救星，虽然他可以在精神上为我分担不少的压力，但是在业务方面，并没有带来多少改变。不过有他在，我确实是最大限度地镇定了下来，开始琢磨接下来怎么办。

这里所有的人，伤的伤，晕的晕，没伤的也又冷又饿，不是危言耸听，我们当时所处的状况，如果换上现在的小年青，肯定早就崩溃了。我所说的疲倦和饥饿在我们当时看来还是可以忍受的，但是对于现在这种生活品质来说，那是相当严重的过劳，附近又是情况不明。回头想想，我们所谓的猜测和推论，鬼知道对不对，这里谁知道是不是大坝的底部，说不定这里已经是地狱了。

我冷静下来的第一个想法，就是我们必须回到大坝上去，毒气必然有散去的时候，想想我们发现袁喜乐的地方，离这条地下河的洞口那么近，我们应该也可以，只要没有像她那样丧失神志，那我们回到洞口的概率会很高。

我的想法是，既然沉箱会沉下来，自然也能升上去，当时我问王四川他是怎么启动沉箱的，他却说不上来，这个时候我意识到了我疏忽了这个问题——这个沉箱是怎么启动的？任何的升降机都有一个电闸，但是光秃秃的铁舱内壁，显然没有这样显眼的装置。

当然也有另外一种可能性，而且是比较合理的可能性，就是这种沉箱和旧社会大型老矿井用的升降机一样，开关在升降机的外边，有专人负责。为什么是这么麻烦的设置——因为那时候的矿工一般没有人权，为了控制矿工或者当时叫作包身工的活动空间，就得防止他们逃跑。

但如果是这样，那么是谁拉下动下降的电闸呢？我想到这里就感觉冷汗涟涟，难道这大坝内，有除我们之外的其他人？

这实在是让人毛骨悚然，因为这个人存在，那么必然可以看到我们，但并没有任何和我们接触的表示，而是在我们进入铁舱之后，悄悄把我们沉到了大坝的底部，那这人的意图是什么？

如果不能解决这个问题，那另外一种可能性，我是不想去承认的。但是如果我们不能升上去，我们的结局如何，想来也不用我说。

我们在这个铁舱里犹豫了很长时间，到最后，还是王四川的一番话提醒了我。他说，按照我刚才的说法，袁喜乐和陈落户消失的唯一唯物主义解释，就是他们跑进外面的巨大冰窖里了，但是并没有进入这个 2 号铁舱里来。如此说来，他们应该还在外面。我们不能丢下他们不管。

王四川的责任心是我这辈子最钦佩的品德，也大概是因为他有这种一个都不能少的品德，让我有安全感。但是以当时的情况，我不认为去寻找袁喜乐是正确的，因为我的想法是，不是我们丢下了他们，而是他们丢下了我们。

不过假设铁舱无法上升，那不管怎么想，我们唯一能做的，就是去搜索外面的坝底空间，看看那里有没有出路。

王四川最后说服我的说法是，我所形容的袁喜乐的行为，说明这里的事情袁喜乐肯定经历过了，她的神志又不清醒，那她刚才的行为，很可能就是在重复她上一次逃跑的过程，如果能找到她，说不定她能带我们逃出去！

这话确实是相当有道理，当下我们就决定了，按照王四川的说法，搜索袁喜乐和陈落户，同时看看这里到底是什么地方，然后再做打算。

这个时候，副班长还是昏迷不醒，我们知道他这种状态不能再受冻了，让王四川留下照顾他我又感觉不妥当，于是让马在海留下，我和王四川去。人少点速度也快。

说好之后，我们吃了点东西，紧紧把睡袋裹在身上，集中几个手电的电池，就正式出发了。

第四十章 冷雾

大概是因为那层冷雾的关系，我们一开始以为外面的空间会很大，因为能见度极其低，看不到光线的尽头，所以有这样的错觉。我和王四川哆哆嗦嗦地沿着我来时走的铁丝板田垄又走回去一段，就已经看不到2号铁舱的舱门了。

王四川第一次出来，注意力都给外面混凝土池里冰冻住的黑色影子吸引了，不时停下来，想用手电照出厚冰下的影子到底是什么。但是这里冰的通透性实在不好，加上冷雾的散发，要想在冰上看清楚冰下的东西确实是不可能的。

我一边走一边看，这一次比来的时候看得更加仔细，心里也疑惑这个地方日本人是用来干什么的。这么冷的话，显然已经低于地下水的温度，这里肯定有制冷用的压缩机，当时还没有冰箱的概念，冷冻压缩机都是大型用于冷库的，而这里，很像一个水产用的冷库。

我们走到一个地方时，王四川提议我们走混凝土池和混凝土池中间的“纵向”田垄。这些长条的混凝土凸起一直通向雾气的深处，走在上面虽然比较难保持平衡，但是比踩着冰走要现实。

我同意，一起走了上去，小心翼翼，好像走钢丝一样一点一点地向雾气的深处走去。

离开那条铁丝板正规田垄，让我多少有点心虚，因为这个东西就好比一条生命线，离开了这条线，让人很没有安全感。

那是一段很漫长的行进，大概是因为实在太冷了，或者是走得太小心，其实走得相当慢，所以实际走了多长时间我们也没有把握，只觉得走了很长的路，其间因为太过寒冷，而且四周全是雾气，也没有什么可以讨论，就一直没有和王四川说话，到了后来神志都有点恍惚。

最后，王四川先停了下来，他其实走在我的后面，叫住了我。这个时候，我才发现在前方的雾气中，出现了一排排很大的、大概半人高的影子。我们加快了脚步靠近，很快就发现，这个空间的边缘到了，那些影子是靠墙安置的不知名机器，上面全是冻霜。很多很多的管子从这些机器里延伸出来，插入混凝土水池的冰里。

这些机器的上方，有很多的标识牌子，王四川把几块牌子上的冻霜敲掉，发现都是编号，机器上是“冷—03—A”之类的字样，一直排列着，管子上则是复杂得多的编号，似乎是标记这些管子是负责哪一个混凝土池的制冷的。

我猜测这些就是制冷用的压缩机，我们顺着边走，感觉这里冷得离谱，很快牙齿开始打战。

走了没几步就看到一个开在混凝土上的大型门洞，用的扭矩门闩，有一道厚实的铁门半掩着，门上全是白霜，王四川踢了几脚，这门纹丝不动，厚度惊人。我看着这道门感觉很眼熟，不过一时间没想起在哪里看到过，等王四川掰掉门上的几块霜，露出了门上的字的时候，才醒悟过来。

那门上写着很大的：53，谋略。

这门和我们在暗河的第一段从石头下挖出的那道大铁门几乎一模一样，当时有人说里面是引爆炸药的地方。

我心里说：难道这门后面也是引爆炸药的地方？但我觉得不是很有可能。

门刚好开了能容一人进入的缝隙，整道门其实已经和边上的混凝土冻成了一个整体，轮轴处的霜冻硬得惊人，想要再开一点根本不可能。

我深吸了口气，和王四川鱼贯而入，里面的温度高一点，所以雾气特别浓，不过往里走几步就好多了。我们定睛观瞧，门后是一条铁皮铺就的走道，很高，横宽都和门齐平，有五米左右，似乎是用来运送大型东西的通道。我们往里走，铁锈的味道越来越浓，并且脚下感觉不太稳。

通道不知道通向哪里，前方一片漆黑，连手电都照不到尽头，这让人有点恐慌，就在我开始犹豫要不要深入时，王四川又发现了东西，他拍了我一下，指指墙上，我转头一照，照到边上翻着无数铁锈鳞的铁皮给人用手擦过了，留下了一条长长的印迹，铁锈片落了一地，我们在地上也看到了清晰的脚印，而且有两对。

这些痕迹相当新，我顿时兴奋起来，看样子，似乎是找到袁喜乐的线索了。

跟着这些痕迹，我们加快了脚步，一直往通道的深处跑去，同时手电不停地扫射四周，唯恐错过什么。大概跑了半支烟的工夫，我们终于从出口出来，来到一处平台上。

平台的上下方豁然开朗，上方相当高，出现了钢结构的横梁。往下面照的时候，令人吃惊的场景出现了，只见下面好像是一个巨大的吊装车间，两根巨大的铁轨卡在车间的地板上，犹如两道巨大的伤疤，特别显眼。

由平台边上的铁丝梯，可以下到下方的吊装车间，下到下面之后，更加能感觉到这个车间的巨大，到处都堆着器械，老旧的积满灰尘的篷布盖着一堆又一堆的东西，头顶上吊着起重用的钩子，二十多年时间的荒废在这里倒不是很显眼，至少没有严重的铁锈味。

后来我们才发现，在车间墙壁的踢脚线位置上，也有相同的换气装置，显然其中的一些二十年来还在运行，使得这里常年保持着干燥和洁净的空气。

我们打着手电，有点茫然地在里面搜索，日本人在东北留下的建筑，少有保存得如此完好的，大部分在离开前焚毁了，这里的情况实在有点奇怪，难道日本人当时离开得过于仓促？

不久我便在一面墙壁上，看到了大量粘贴上去的东西，乍一看很像“大跃进”时候的卫星招贴，仔细一看，才发现都是日文的计划表，以及一系列我看不懂的结构图。这些图纸上都有少许的霉斑，整个已经发黄酥软了，一碰就整片整片地往下掉。

我不敢用手，一直用手电照着，往前看去，偶尔有几张战争时期的宣传画和黑白照片夹在里面。

我就对王四川说，这里肯定是小日本组装“深山”的地方，当年分解“深山”运下来，显然需要分解到最小的尺寸，重新组装的工作可能持续了好几个月。在这里，那些零件要保养，上油，然后组装成大型的组件，比如说，发动机、起落架等。

虽然不知道这些结构图是不是“深山”的，但是这里的大小和设施基本可以证实我的推断。

王四川说，那把这些东西运到上面去，肯定有一个巨大的升降机，我们得去找找，说不定那就是出路。

我们边走边看，到一处地方的时候，墙上的东西引起了我的注意。那是一块挂在墙上的木板，上面贴满了黑白照片，大大小小的，有合照，有单人照，都穿着电视上的那种小日本的军装，带着可耻的笑容，这些可能是他们在这里过什么节的时候拍摄的东西。我不知道这块木板对于他们是什么意义，只是其中的一张，引起了我的兴趣。

那张照片上，我看到了十几个中国的劳工，骨瘦如柴，正拖着什么东西。那个东西是从水里拖出来的，还有一半在水里，黑黑的好像一条水母，一个日本兵在边上察看，因为照片太模糊了，我实在无法看清楚这些人在看什么。

我刚想叫王四川过来一起看，却发现他也在叫我，他已经走到了很远的地方，正在把一块篷布掀开，表情非常不妥当。

我忙走了过去，他正好把那篷布扯开了一半，我看到篷布的下面，有一只惨白的人手。

篷布扯开之后，我看到了惨不忍睹的一幕，是分段的钢筋和水泥锭，一具穿着工程兵军装的尸体，夹在两对钢筋的中间。我们将他搬出来的时候，发现尸体已经完全僵化了，大概是因为这里的温度低，整具尸体硬得犹如石头，肯定死了有段时间了。

我们将他翻过来看，是一张陌生的面孔，呈现惊恐的表情，眼睛瞪得几乎要鼓出眼眶，这又是一张年轻的脸。我认不出他是不是和我们同期进来的四支队伍中的人，不过以尸体的情况来看，最大的可能还是属于袁喜乐的队伍。这样算上我们之前发现的尸体，已经找到三个人了，两个死了，一个疯了，那其他的人，又在哪里呢？

不管怎么说，又牺牲了一个，我当时心里十分不舒服，主要是因为这个战士太年轻了，我总认为让这些还没有真正开始享受生命的孩子冒险，非常不公平。

王四川并不多愁善感，他们蒙古族对于生命的流逝相当看得开，表面上他总是说自己是唯物论者，其实我认定他骨子里还是个纯种的蒙古族人。他总认为死亡是受长生天的召唤，回到跑着苍狼和白鹿的草原上去了。

这样的超脱并不是不好，不过我后来和他讨论的时候，总是和他说："一个人对于死亡越超脱，也意味着他对敌人越无情，你们的成吉思汗对敌人毫不手软，也许在心里，他只是认为自己把这些弱者送回天上去了。"但是王四川当即反驳我说："秦始皇对于死亡并不超脱，如此怕死的人照样杀人如麻，你的论点根本就不成立，与其如此，不如超脱一点地好。"

尸体上凝结着大量的血，几乎半个身体全是，王四川感觉有点不正常，我们解开了尸体硬邦邦的衣服，才发现他的背上有两个大拇指粗的血洞，皮都翻了起来。作为军人，我们对这种伤口太熟悉了，这是枪伤。

他竟然是被人用枪打死的。

王四川的黑脸也白了，这太不正常了，任何的意外死亡，我们都可以认为是正常的，毕竟是在进行洞穴勘探，以及这里有这么复杂的环境，意外死亡是难免的，特别是这些没有经验的新兵。勘探不同于打仗，有经验和没经验，有时候就是一个生一个死的区别。

但是，如果他是被人用枪谋杀的，这性质就完全不同，有弹孔就有开枪者，也就有开枪的理由，但是在这里谁会开枪杀自己的战友呢？

日本人？实在是不太可能，但是又不能完全排除。因为离他们撤离只有二十年，如果说当年新的关东军补充进来的学生兵只有十几岁，那现在也只有三十多岁，不过这里实在不像是可以生活人的地方，我们一路走过来没有见到一点生活的痕迹。

那难道真的有敌特?

当时我们自然而然同时想到这个东西，并且心里都慌了起来。

王四川想着，突然就把尸体搬回钢筋中去，我问王四川干什么，王四川说既然敌特在这里杀了人，肯定是暴露了自己的身份。他把尸体用篷布包起来，就是不想别人知道他的存在。如果让他知道我们发现了尸体，那么知道自己瞒不下去，肯定会向我们下手，他有枪我们死定了，所以我们要重新把尸体盖住，这样，他以为我们还不知道他的身份，就会出现。毕竟混在我们当中，存活的概率大很多，而我们也可以在他不注意的时候制伏他。

我一听觉得这太有道理了，忙帮王四川把尸体再次藏了起来。

弄了半天，我们才把尸体归位盖起来，王四川说“现在要加倍小心了”，我点头，心里很慌。这种慌比面对自然障碍要不同得多，我们两个人都叹了口气，转身准备继续往里面走。

才转身，我突然就感觉到不对，手电一照，顿时“啊”了一声，整个人一惊坐倒在地上。

原来在我们的背后，不知道什么时候趴着一个人，这个人有张惨白如死人的脸，直勾勾地瞪着我们。

这样的惊吓，我因为袁喜乐已经有过一次了，这一次仍旧没有免疫，主要是这个人离我们太近了，几乎就站在我们的身后，也不知道是什么时候贴上来的，一点声息都没有。特别是他趴在地上的动作，完全像是一个诡异的动物，这一下效果实在是立竿见影，我和王四川都吓了一大跳。

我整个就给吓瘫在地上，腰椎磕在钢筋上，疼得我差点背过气去。王四川的反应比我慢半拍，也吓得倒退了一步。

我回过神忙用手电再去照，却看见那人一闪，躲过了手电的光斑，突然就爬起来朝车间的黑暗处飞也似的跑去了，一刹那的动作，就像一个动物。

“抓！”我瞬间醒悟过来，对王四川大叫一声，因为我这个时候站不起来，而王四川是站着的。

王四川的做法却和我不一样，他应了一声，叫我“照着照着”！我忙用手电光追着那人，接着他掂起自己的手电筒，吆喝一声，对着那人就扔了过去。

我看着那个手电划过一道令人惊叹的弧线，狠狠砸在了就要消失在黑暗中的那人的膝盖上。那人闷哼一声，滚倒在地，接着又想爬起来，但是显然王四川打得极重，他站起来又摔了下去。

这是我第一次看到王四川施展他投掷“布鲁”的技艺，作为在中蒙一带混过的人，我多少听过一些关于蒙古人投掷布鲁的技艺神乎其神的描述。但是，我没有想到的是，真正用于“狩猎”的时候，这种技艺施展起来竟然如此有美感。

王四川后来告诉我，他投掷的方式是“吉如根布鲁”，如果他想用力气，我根本就看不清楚手电的运动轨迹，只能听到破空的声音，不过这样那人的膝盖会被完全打碎。真的好看的是另一种用来打飞鸟的布鲁，他的安达中有一个高手，比他厉害多了。

我们追过去的时候，那个人还是已经爬了起来，一瘸一拐地撞进篷布罩的物资堆放区。里面连绵一大片全是叠在一起的篷布，他一下就不见了踪影。

我和王四川也追了进去，地上全是固定篷布的绳网，很容易绊倒人，王四川一边往里面闯，一边就扯掉边上物资的篷布，看看他是不是躲在下面。

那些篷布里都是罐头和一些瓦楞片一样的装置，类似过滤网，还有很多的油箱。这些军用物资的堆放方式，都是物资放在浅舱板上，然后盖上篷布后将四个角用麻绳网或者铁丝包紧，一看就知道是空降用的打包方式，德式的物资底盘十分明显。

当时中国的15军用空降技术都是苏式的，但很多非军用空降技术，比如我们在内蒙古戈壁上接空投物资的时候，其中有一些用的是从日本人那里缴获的德制底盘，所以我认识。不过这种底盘数量很少，怎么说呢，各方面都优于苏联的，想必当时领导人留了一手。

很快追到很里面，走进了物资堆放区的深处，满眼望去都是一模一样的篷布堆儿，近的地方寸步难行，远的地方黑影绰绰，好像迷宫一样。我心说：糟糕，这下难找了。

这个时候，王四川却对我做了个“别出声”的手势。

我朝他手电照的地方看去，只见我们的左边，有一块篷布很不自然地凸出了一块，还在不停地颤抖。

我们蹑手蹑脚地走过去，王四川深吸一口气后，突然用力掀掉了那块篷布，然后我定睛就想扑上去。

没想到篷布一被扯起来，呼的一下一大层灰就从篷布下面扬了起来，接着一个白影从篷布下蹿出来，一下把我撞倒在地。混乱间，我被呛得连眼睛都睁不开，剧烈地咳嗽，什么也看不到，只听到王四川大骂一声，似乎追他去了。

我心里一边骂一边挥手把眼前的灰甩开，忙眯着眼睛看他们往哪里跑，却发现两个人竟然都没影了，我大叫了一声："王四川！"刚想随便找个方向去找。

这时候，鬼使神差地，我忽然眼角一瞥，人就顿了一下，竟然硬生生地停住了。

我就看到，给王四川扯掉的那块篷布下面，露出一个我十分感兴趣的东西。

初始我还不肯定，等我一边挥开灰尘，一边走近把篷布全都掀开之后，心里就激动了起来。我看到在这块篷布下面，有一张军用沙盘，一座已经被压坏的木制大坝的微缩模型，镶嵌在沙盘之上。同时，一架微缩的"深山"，架在大坝内部的"水面"上，四周吊车，机架，大量的细小装置，一应俱全。

所谓"沙盘"，不知道各位了不了解这种东西，抄一段说明：它是根据地形图、航空相片或实地地形，按一定的比例，用泥沙、兵棋和其他材料堆制的模型。

被篷布盖住的沙盘，有可能在暗河上最后组装飞机的时候，用来模拟过吊装过程。如此巨大的一架轰炸机，在一个地下空洞中完成最后组装自然不可能像在厂房中那么方便。

那张沙盘的完成度可以说是精细与粗糙的完美结合体，就其中的单个模型来说，粗糙得令人难以置信，全都是用木头和木板随意雕刻，大概有个样子就行了。然而，就是这么粗糙的模型，其涵盖的内容十分惊人。这么多年下来，要我回忆起所有也不可能，我记忆最深的只有已经损坏的大坝和一边的"深山"。

从整张沙盘的地势上，可以看出地下暗河的大概地貌。因为巨大的水量冲击，这里的暗河宽度惊人，而原本的地质裂隙样的刀切地貌已经给冲击成了比较平缓的暗河河床。日本人在水里下了大量的钢筋混凝土结构，在水下垒起了一个架空的巨大平台。

平台之下有过滤网的水道，可以贯通暗河的水，平台上架着大量的设备。让我吃惊的是其中三根架空的铁轨，长长倾斜向着虚空的方向架着，犹如一门三管的高射炮，对准了虚空里的目标。铁轨下用的是三角结构，整个结构犹如被放倒的高压电塔，而“深山”就停在铁轨的后方，三条铁轨末端，也就是“炮口”最后的高度，恰恰高出大坝一半左右。

边上有高高低低大大小小的指挥台，功能掩体、吊车、小轨道，我们过来时撞上的水下拦截暗网都有清晰的标识，我甚至可以清晰地看到王四川说的他被拦停的沉沙池入口。

看到这样的设施，我已经出了满身的冷汗。虽然一直以来我都是这么想的，但是此时才最后确定，小日本他娘的真的有心把那架“深山”开到那个黑色的巨大地下空洞中去！

日本在“二战”时期拥有相当丰富的航空母舰起飞经验，虽然当时我并不完全了解，但是从沙盘上搭建的结构复杂的起飞设施来看，显然“深山”从这里起飞，日本人认为是完全可以做到的。

我想起了那架淹没在水中的“深山”的残骸，心中充满了疑问，心说：既然日本人在这里做了这么多的事情，那么，那架“深山”到底有没有起飞呢？而且，为什么现在的水下堆积了如此多的缓冲包？我也没有看到那三根铁轨啊。

想着，突然像有一道闪电划过大脑，我只觉得一股巨大的凉意从我脖子蔓延到了我的脚跟。

我想起了那架飞机残骸的样子，特别是它的机头，我清晰地回忆起来，那架“深山”的机头，是背向大坝的！

天哪！

也就是说，这架沉在水中的“深山”残骸，并不是没有起飞就废弃在这里的，而是不仅起飞了，而且已经从深渊中飞回来了！

第四十一章 深渊回归

对于在洞穴中起飞一架重型的轰炸机，我并不了解这种操作需要多少精确计算，也没有什么概念，但是，如果有一架如此巨大的轰炸机要从那片深渊中返航，并且降落，这个难度我是完全可以预想的。

首先要控制飞机飞进暗河口，就已经是相当困难的操作了；而要在如此狭小的空间内完成降落，对飞行员的要求是超高的。降落跑道的长度不是问题，可以使用大量的拉索，主要的问题是这里的高度实在是不容许犯一点点错误，否则就是坠毁。

日本人显然也知道这一点，所以我感觉他们一开始就没有准备让飞机安稳降落，放置这么多的缓冲包，显然早就做好了飞机坠毁的准备。他们是想使用迫降的方式回收飞机。而且，看飞机残骸的样子，他们的确也这么做了，从深渊中返航的那架“深山”确实是完全损毁了。

我想着那片令人心悸的虚空就感觉毛骨悚然，小鬼子真是敢干，那么，那架“深山”的驾驶员在深渊中有没有看到什么东西呢？

我没有驾驶过飞机，但是想着飞行在地下一千二百米下的无边无际的深渊中，这种感觉真的让人毛骨悚然。

正在臆想着，背后传来了王四川的声音，我回头一看，只见他灰头土脸地提溜着那个被他打到膝盖的人。那个人被他扭出了一个极度不舒服的动作，王四川的力气极大，一般人被他扭住是完全挣脱不开的，那人显然已经完全放弃抵抗，被王四川拖死尸一样拖了过来。

我忙走过去，王四川把那人按到地上，骂了一句："真他娘不容易，这家伙跑得比兔子还快，乌漆抹黑的，老子差点就给他跑了，还好老子眼神也不差。"

我用手电去照那人惨白的脸，这才看清楚那人的样子。

那是一张陌生的脸，面无血色，浑身是汗，也不知道是跑的还是他本身就这么湿，如今正用极度怨恨的眼神盯着我，满眼血丝，整个人都在颤抖。

让我有点意外的是，细看后，我发现这人的装扮和我们之前碰到的袁喜乐和那几具尸体都不一样，他没有穿工程兵军装，穿的是列宁服，看样子不是当兵的。他这样的打扮，更像是所谓的中科院李四光他们那时候的打扮，像是下派的专家。

我们搜索了那人的衣服口袋，结果搜出了他的工作证，得知这个人叫苏振华，他果然是地质部的人。

"看样子，第一批人的组合和咱们不同，确实规格高多了。"王四川沉下脸来说。

袁喜乐是苏联撤走后相当于擦苏联人屁股的中坚人物，相当于土地革命时候的王明博古，地位非同一般。而地质部的人肯定是搞政治工作的，虽然不一定是地质专业的，但是最起码是直接负责几个老头子的，相当于特派员。类似当年苏共派到中国来指导工作的李德，我虽然很讨厌特派员这种身份的人，但当时只要是重要的事情，肯定能看到这种人的身影。

我叫了几声"苏振华"，但是那个人还是那样瞪着我，好像对我有着极深的仇恨，我扳了扳他的脸，就发现他和袁喜乐一样，好像也处于一种疯癫的状态。

好嘛，又找到一个疯子，我心里想，第一支队伍到底出了什么事情，怎么人不是死了，就是疯了？

王四川也很无奈，问我道："咱们拿他怎么办？这小子犟得跟牛似的，我一松手他肯定跑，咱们难道要绑着他？"

我也不知道怎么办，心里想要么先把他送回 2 号舱去，让马在海看着他。

我刚想说话，那个苏振华突然从牙缝里挤出来一句话，一嘴不知道哪里的口音，那句话说出来我一点也听不懂。不过当时王四川的脸色就变了，显然听懂了。

我问他苏振华说的是什么，王四川脸色有点怪，低声说那是蒙古话，意思是："小心影子，里面有鬼！"

这是苏振华在我们面前说的唯一一句话，看他说话的表情，也不知道是警告还是诅咒，自此之后，他就再没有说过话，只是顶着犹如要把我们生吞活剥的表情死死盯着我们。

我无法理解他话中的意思——影子里有鬼，这句话实在是匪夷所思，你要光说有鬼，我也许还能理解，但是影子里有鬼？哪里来的影子？这里在手电光照射下，这么多的影子重叠，难道里面都有鬼？而"鬼"又是什么概念？

不过说到影子，我不自觉地就想起了外面冰窖中冻在水池底的黑影，这些东西确实让人有一种诡异莫名的感觉。我想着，也许苏振华讲的是那些影子？

无法再想下去，小鬼子的地下基地里死了这么多人，真要有鬼魂存在的话，这里有鬼实在是不稀奇，但我们是唯物主义者，绝对不会承认鬼魂存在这种事情。

和王四川合计了一下，王四川说把他带回到2号舱，让马在海看着他，我们继续搜索。这里的情况，看来有门，而且有这么多东西，我们应该好好搜索补给一下，我们的状况实在是不太好。

我说："既然这样，那你就别把这小子带回去了，我回去把马在海他们带过来就行了，你先看看能不能生点火，我们回来的时候就能取暖烧水，这里比那2号舱要好得多。"

王四川一想觉得也是，就让我先去，这里他来弄，这里这么多的油料，生火还是很容易的。

我裹了裹衣服，让他小心点，这里说不定有炸药，我回来的时候这里别已经炸没了。他大笑说自己在草原打篝火的时候我还在睡炕呢，哪儿来这么多废话。

我照着原路，一路小跑重新跑上那条铁皮通道，接着从铁门出去，循着来时走的路往回走，刚才追苏振华的时候身上出了汗，现在冰窖里的温度一下来，我那个难受就别提了，当时我一门心思就想着快点把马在海他们带过来，然后喝热开水舒服一下。

此时从来没有想过，就在这么短的一条路上，我还能出什么事情，一路凭着记忆力往回跑。但是我跑着跑着，突然发现四周变得一模一样了。刚开始还没有意识到发生了什么事情，但是等跑了十几分钟，发现四周还是冷雾弥漫，一望无际的冰田，我就明白了，他妈的我们来的时候没做什么记号，我竟然迷路了。

那一次迷路，对于整件事情来说，也是相当重要的一个环节，我后来想到觉得那是必然。因为在那么空旷的地方，视野又那么不清晰，我们来时一点都没有意识记忆来时候的走向，现在走回去也只是靠着自己的直觉，所以走到后来发现陷入雾气之中找不到方向，是几乎毫不意外的。

当然这并不是一件大不了的事情，我根本也没有在意，只是在最初的几分钟感觉有点懊恼。当时我很疲倦，如此一来，我显然要在这个冰凉的地方待上更长的时间，这是一件让人讨厌的事情。后来，我选了一个方向，继续向前走。

我当时的想法是，只要继续往前走，中间的铁丝板田垄，或者墙壁，我至少能碰到一样。有了这些参照物，我就能决定下一步的走向。

而我走了有两三分钟，也如我所料，结满了霜的混凝土高墙出现在雾气的尽头，显然我刚才可能转弯太早了。

我在那里大概判断了一下方向，就转弯走上另一条垂直的混凝土田垄，开始顺着墙的方向走。2 号舱应该在前面，此时我冻得已经有点扛不住了，于是加快了速度。

当时，因为墙根的地方放的都是巨大的给白霜冻住的机器，且大量的管道电缆从那里延伸出来，插入冰里，所以那块都是大大小小的霜堆，我根本就弄不清楚那些霜堆下面埋的是什么。这些大大小小的管道都压在我走的那条田垄上，使得这一条田垄比其他田垄高出很多，崎岖不平，相当难走，这里是低温源，也使得田垄边的冰面上覆盖了一层厚霜。

这样两个条件使得我最后走在了冰面上，因为结了霜，冰面并不是太滑，而且也比较好走。我走得越来越快，也没顾上看脚下的冰，更不认为这里的冰面会发生什么变化。

可是我的想法是错误的，大概往前走才十分钟，我的脚就突然踩到了什么东西。就在我停下来的时候，突然脚下一空，整个人往下一溜坡，竟然摔了下去。

情急之下我反身顺势坐了下来，一屁股蹲到冰上，好在下落的势头不大，竟给我硬生生坐住了。

忙往身下一看，只见我脚前的冷雾中，竟然有一块巨大的黑斑，我仔细一看，才发现原来那一块冰田，不知道为什么被人挖出了一个深坑。

仔细看的时候，我发现那个冰坑并不大，大概只有解放卡车车头的大小，远远用不上“巨大”那个形容词。我感觉它大，只不过是突然看时产生的错觉，但是坑确实很深，应该已经挖到了混凝土池的底部，里面雾气渺渺，也不知道下面有什么。

显然，有人在这里进行了一项破坏工作。在冰上打洞我们都做过，入冬时，大兴安岭钓鱼都要打洞，如果冰层太厚的话，破冰是相当艰难的，眼前这个坑要敲出来，我能想象需要多大力气和多少时间，而且不太可能是一个人干的。

我摸了摸冰坑的边缘，发现显然是用蛮力砸的，有裂缝——是谁干的？

难道是苏振华他们？

我想想觉得有可能，袁喜乐的队伍到达这里之后，不知道发生了什么变故。在发生变故之前，他们必然有一番探索，看着这里奇怪的冰窟和冰下的影子，应该会有人提出挖开来看看。要是我们这一支队伍没有遇到这么多的事情，完整地到达了这里，相信我也会有这样的想法。

我一下子来了好奇心，心说：这冰下到底是什么东西？他们有没有挖出来？

想着我蹲下了身子，把手电探进坑里，想看看能不能照到什么。

我的性格是偏谨慎的，所以当时没有一丝念头跳下去看看，如果是王四川，说不定就下去了，这也是万幸之一。手电照下去之后，我一开始并没有看清楚下面的影子，只是很奇怪地发现，似乎是挖掘到一个地方，就草草停止了。

这是相当容易分辨的，因为挖掘冰坑，由于冰的硬度你不可能像地质钻孔一样均匀地挖掘下去，肯定是先砸一边，然后从这一边向四周延伸，所以如果是砸到一半就停止，坑底是极度不平整的。

我看到那坑底的情况就是这样，挖得乱七八糟，能隐约看到冻在冰下的影子，已经露出了一点。显然当时挖掘到那影子之后，他们马上就停手了。

我越来越好奇，心说：他们为什么不继续挖了？

当时我就琢磨是不是应该跳下去，但是两米左右的冰坑是相当危险的，下去后很可能上不来，冻死在里面。东北有一种陷阱就是这么挖的，熊掉进去后坑壁只高过它一个头，它就爬不出来了。

正在犹豫是先去找马在海，还是先下去看的时候，我突然就感觉身后有风吹过来。

在那么寒冷的情况下，突然有风吹来，即使只是十分微弱的风，人也十分敏感，我冷得打了个寒战，就想转头去看。

可没等我动，突然就有人在我背后狠狠地一推，我本来就蹲得不稳，一下子就失去平衡，一头栽到了坑里。

第四十二章 暗算

我是头朝下摔下去的，慌乱间马上蜷曲起身体，用手护住脑袋，好在我的身手还可以，连撞两下到底，七荤八素下还能分清哪里是上哪里是下，马上翻起来往上看去，心说：是哪个浑蛋暗算我！

没想到头刚抬起来，突然一大堆冰块劈头盖脸地砸下来，砸了我一脸，我被迫低下头，再次护住脑袋。冰块一下子就拍在我的后脑上，冰凉的碎屑直往我的后衣领里钻。我心里大怒，甩着头想顶着冰块抬起来，可才抬一半，又是劈头盖脸的冰块，这一次数量更多，重量更大，有一块猛砸在我的后颈上，砸得我差点晕过去。

当时我马上就明白，对方是想用冰块埋住我，在这种环境下，就是想置我于死地。

我心中大骇，搞地质虽然会遇到很多的危险，但是遇到有人要杀我还是第一次，难道是埋伏在这里的敌特看我落单，要对我下手？随即我大怒，心说：那你不用枪而是用这种方法就大错特错了，我虽然是一个技术兵，但那年头当过兵的哪个是好惹的？好歹我也是扛过沙包跑过五公里的。

想着我就抓起一块边上的冰，狠狠地朝冰块跌落的地方扔了过去，也不管有没有扔中，马上接着扔，冰块的落势就减缓了，显然推冰下来的人在闪躲我扔上去的冰块。

我知道机不可失，时不再来，马上用力踩着冰壁往上爬，才爬了几下心里就一沉。

太滑了，我根本无法着力！

脚刚踩上去根本一点缓冲都没有，我就滑了下来。

妈的！我一下就急了，大吼一声发狠往上一跳，我一下子就扒到了坑岸，可还没用力把整个人抬上去，就看到眼前黑影一晃，下巴猛地给人踢了一脚，人直接又摔了下去。

这一摔比刚才摔得重多了，疼得我眼前一黑，抓在手里的手电都掉了，但是，在那一瞬间，我看到了对方的衣服。

摔到坑底，我一下就愣了——那是什么衣服？天哪，我的心脏缩了起来，那是日本人穿的军装。

日本人？

这真是一个让我极度恐惧的发现，难道想把我活埋的是一个日本兵？

早就和王四川他们想到过这个，这里荒废了不过二十年，如果有足够的食物，当时的日本残兵确实有可能存活下来，但是这样的可能性太低了。我们一路看来，这个洞穴实在是不适合生存。

这个想法一闪而过，我就再次给推下来的冰块一下埋了半截，外面的人显然改变了策略，想把那些碎冰一下全推下来，直接把我埋死。而冰块已经冻在了一起，他想一次性把我干掉是不可能的，然而我想在乱冰之中爬出去也是不可能的。

大概是因为冰屑的寒冷，我的脑子极度清醒，当时马上就想到这样下去不行，我上不去就是一条死狗，对方埋不死我，也有足够时间想其他的办法杀我，这事情不能这么下去，不然对我不利。

但是我有什么办法可想，难道装死吗？

这时候我落下的手电一下子给铺下来的冰块埋住了，这么一来就更要命了，我条件反射，一边用力把双脚挣脱出冰堆，一边蹲下把手伸进碎冰里乱摸。

没想到这一摸，我没有摸到手电，却摸到了一个手感奇怪的东西。我抓了一把，心里就咯噔一下——糟了。

我顾不上头顶上的暗算，一边用左手护头，一边开始扒拉脚下的碎雪，因为虽然刚才的手感让我不太肯定，但还是感觉可能摸到要命的东西。

刚才的手感，顶部是圆锥形，冰冷冰冷的，和周围的冰一样地冷，只露出一点，好比一个冻在冰里的铁砣。如果换了别人，根本就不会感到异样，但是我就不同，因为我在学校里去佳木斯实习的时候，曾经就在那里的冰蚀洞里摸到过这东西。当时我们吓得半死，一队人几乎是趴着从洞里出来的。

扒了几下，手电就给我扒拉了出来，我抽出来用手电当工具继续挖掘，很快坑底重新被我挖了出来，一个黑色的圆锥体出现在我眼前。

虽然我早就意识到了那是什么，可实际看到后，还是倒吸了一口凉气。

那真的是一枚弹头。

因为露在冰上的只有一点，我无法判断冻在冰下的整个弹头是什么口径的，但是肯定不是九二炮的炮弹。这枚弹头大得多，应该属于某种大口径的重型火炮。

我猛然明白为什么当初挖掘的人只挖出这一点就不挖了。这他妈的要是我，我也不敢，这枚炮弹引信盖都拧掉了，当时再一铲子下去，保准全部炸飞。脑子一想就浑身发紧，我真没想到这冰下冻的竟然是这个，那如果外面那么多的冰池里全是炮弹，这里有多少枚？

看空间大小，五千枚是肯定有的。

可是，当初日本人为什么要用冰冻住这些炮弹？

头上一大块冰砸下来，结束了我的思考，上头的那人还在不停地把冰推下来，我无暇再考虑，但是心里也多了很大的顾虑，忙扒拉碎冰把弹头埋起来，想着必须脱身，把这件事情通知王四川他们。

暂时不知道是什么弹头，如果是普通当量的弹头，那日本人把这些炸弹堆在这里，肯定是准备过把大坝整体炸毁。

在爆破工程学上，大坝这种堡垒一样的巨型混凝土建筑是极其难以炸毁的，用普通小当量的炸药，几乎不会对破坏大坝起一点作用，当年国民党准备爆破小丰满的时候也遇到这种问题，要彻底毁掉一座大坝，像这样在大坝的底部堆积大量的炸药是最有效的做法。如此一来，我们待在这里，简直是待在火药桶上，实在是不安全。

依我现在的处境，却又有一个难题，此时我不得不拱起身子，保护下面的弹头不被大块的冰块压到，这样就乱成一团，更别说脱身了。

这实在是让人发疯的经历，就好像你的把柄给人抓到了，人家打你你又不能还手，但是你又极度不服一样。

过十几分钟，我的身上已经冻僵，几乎给冰掩埋了，可还是没有办法。这个时候，我心里已经感觉自己可能要死在这里，一口气上来，就什么也不管了，扯起一块冰往上再扔，就对着上面大喊："我操你个王八羔子！这下面有炸弹！你他娘的再扔老子让你一起死！"

上面用一块飞砸下来的冰表示回答，我低头躲开，还想再骂，上面却安静下来，一下子没声音了，接着滑冰也停止了。

我隔好一会儿，又大骂了几声，发现没有反应了，这才反应过来，用手电开始往上照，已经照不到人。

走了？我心里突然害怕起来，心说：他会不会看这样太慢，回去拿凶器了？

我忙用力扯身把脚拔出来，此时底下全是碎冰，一踩整个人就陷下去，像雪地一样，踏了两下，发现无法着力，这个时候，就有两道手电光从上面照了下来。

我抬头背光看不到人，但是听到了马在海的惊呼："是吴工！"

我心里顿时就一安，忙对他们大喊："当心！这里有日本人！"

马在海没听清楚，这个时候我又听到副班长的声音，他是听懂了，但是显然没理解。

马在海伸手将我拉了上去，我浑身都是硬的，他们问我怎么回事。

外面有风，我冷得瑟瑟发抖，忙用手电去照四周，但是哪里还有那个穿日本军装的人的影子。

马在海是在副班长醒了，被副班长训斥之后才出来找我们的，副班长的意思是，他们工程兵部队跟着勘探队下来，就是要保护我们几个工程师的。他们为什么要保护我们？因为我们是国家的人才，需要牺牲的时候他们工程兵应该冲在前面。不然他们下来岂不是还给我们添麻烦？

如今竟然是两个工程师去探路，工程兵却在窝里睡觉，这个脸谁丢得起？于是副班长逼着马在海出来找我们。

我听他这样说也觉得挺感动，但是这样的想法显然太过阳刚了，当时那场合，我也没说什么。

我把刚才的事情和副班长他们说了，他们都感觉不可思议，马在海说真有日本人那这事就复杂了，咱们真得小心点，抗战都胜利这么多年了，还给日本人杀害就不值得了。而这冰下的影子竟然是弹头，他们也想不到。

我们在四周稍微搜索了一下，根本找不到那个日本人的痕迹，副班长说不妥当，有可能对方不止一个人，刚才看到他们的手电光就逃跑了，等一下说不定带帮手来，我们在这里待着不安全，要赶快离开。

他们既然出来找我们，那我就不用回到舱里，这样省了不少时间，我判断了一下方向，接着马在海背着我就朝那个铁门的方向走。

这一路走得顺利，回到吊装车间后，我老远就看到了王四川的火光，一想到有火，我浑身都刺痛起来，真想快点过去烤烤。

副班长他们也冻得够呛，几个人一路跑过去，马在海还大叫了一声“王工”！

我们马上看到篝火边上有个人动了一下，接着我们就看到在一边的帆布后面，十几个穿着日本军装的人站了起来。

第四十三章 日本人

那一刻，我、副班长、马在海三个人，通通被吓得遍体生凉，僵直在了原地。

我刚刚其实还半信半疑，怀疑刚才看到日本人的军装是自己的错觉，我当时被人踢了一脚，前后才几秒的时间，不太可能看得清楚。

没想到没过多长时间，我竟然猛地看到这么多的日本人。这一下，好比我们穿过了时间隧道，那令人厌恶的黄色大衣一下子让我感觉走入抗战年代。

随即我发现不对，这几个日本人怎么这么眼熟，看着好像还认识我们?

我再一看，顿时看见其中一个探出头来看我的日本军官竟然是老猫!

我还在讶异，裴青和王四川已经走了出来，王四川一下接过我，看我一身冰碴觉得奇怪，问副班长我是怎么回事。

我被拉过去，马上就被脱掉衣服架到篝火边上，这团篝火真大啊，真暖和啊，我的眼泪当时就下来了，也不知道为什么哭。

后来想想，碰到大部队的这种安全感，实在太好了。

当时，我们几个衣衫褴褛，老猫他们却一律穿着整齐的日本军用大衣，特别是老猫，穿着深色的军官装，配上他那种不阴不阳的表情，像极了电影里的日本参谋官。我被裹上睡袋后，和他两相对望，都笑出了声来，接着边上的几个人都笑了。

我问："他娘的怎么回事？你们这帮老鬼怎么回事？什么时候全都倒戈成日本鬼子了？"

裴青就说："你别冤枉好人，我们是敌后武工队化装的。"说着我们大笑。

仔细一问，我才知道这些衣服都是他们在另一个物资仓库里翻出来的，裴青说他们走的那条路太冷了，也不知道是什么原因。后来他们在一个仓库里搜，刨出来这些衣服，一开始还没人敢穿，后来冻得受不了才套上，这一套整个就是一支日本的关东军大队。他们自己看着都可乐。

我想起和他们分别的时候，又问他们是怎么到达这里的，有没有找到那电报的源头。

我这一问，几个人的脸色都沉了沉，裴青叹了口气，点头说找到了，不过，人已经死了。

说着他就比画着，把他们找的过程和我们简单地说了一遍。

这里要重新整理一下思路，因为裴青他们只是简要口述了他们的经历，事隔这么多年，要我完全记忆内容太难了，其中很多细节已经记不清楚，或者，裴青当时也可能说得不太详细，不过这些都不重要。

他们是顺着电缆线一路朝那一条水路——我们在这里称呼为"6号—川"，这是日本人命名的名字，稍后就会说到——的深处漂去，和这座大坝所在的这一条"0号"在地理上是主流和支流的关系。

我们自在落水洞那里分开以后，他们一直往内漂流，和那个老唐分析的一样，到落水洞之后的一段，出现电缆以及水下的铁轨，都意味着已经是日本人废弃前的活动密集区，地势以及周围的环境，都趋于平缓。他们前进越来越顺，没有一点阻碍。而日本人活动的痕迹也越来越多，越来越多样化。

一直往内漂流了大约四十分钟后，暗河的河底就呈现出向上的趋势，河水越来越浅，不久，他们的前方就出现了大量凸出水面的浅滩，再往里去，浅滩越来越多，在前方连成了一片，暗河就到此为止，取而代之的是一大片连绵的岩河滩。

刚开始的岩河滩上也有水，但是无法在上面行进皮筏艇了，他们只好蹚水。裴青他们就发现，"6号—川"挂在暗河顶部山岩，从这里就开始分岔。

河滩是一个斜坡，他们往上走，很快就走到了干燥的地方，爬到河滩的顶上，河滩后面是一个很大的溶蚀山洞，里面相当平坦，但是一片狼藉，刮下的钟乳上面挂满了各式各样的电缆，地上全是用防水帆布遮盖的一堆一堆的东西，他们掀开帆布，里面是堆满了文件的写字台和通信器材，其中让他们印象深刻的是大量的电缆，从粗分到细，地上、顶上到处都是。还有临时床和很多木箱物资。他们的日军军装就是在里面找到的。

溶洞的尽头还有大量的岔洞，有些里面堆满了东西，有些深不见底，不知道通向哪里，但是大量的电缆还是延伸到了这些岔洞中去，显然里面也有需要用电的设备。

裴青说，老唐根据整个布局分析，“6号—川”尽头的这个地方，是整个暗河洞穴工程的通信枢纽，也就是老式电话系统的接线中心。这个接线室由我们过来时经过的落水洞小型发电站直接供电，且相当隐蔽，在战时可以保证一定程度的隐蔽性。

从里面的情况来看，日本人没有销毁文件，而是把这些东西用帆布完整地盖起来，显然撤离的时候没有想过再也不会回来了。这和我们之前看到的一切情况又有矛盾，我们实在是想不通在这个地下基地最后的时间里，发生了什么事情，他们接到的到底是什么命令。

草草观察了一番后，他们就开始顺着电缆，寻找点响落水洞发电站的电报源头，老猫认为很有可能早于我们的第一批勘探队幸存者在这个地方等待救援，他吹起了提醒哨。

但是凄厉的哨声没有得到任何的回音，最后还是老唐和那个电话兵检查线路，在无数的插头中找到了那条电话电缆。他们扯着那条电缆过去，最后发现它一直延伸，竟然是通往洞穴深处一个岔洞的。

老唐带着人进去，大概深入岔洞中二十米，就闻到了腐臭味，接着就看到了一个电报室，里面有一台自动发报机。而边上有一堆靠墙被盖着帆布的东西，裴青掀开后，发现下面是三个死人。

这三个死人，是两男一女，男的中有一个老人，他们都披着日本人的土黄色大衣，但是里面穿的是和我们一样的解放军军装。三个人都已经开始腐烂了，整个电报室充斥着轻微的腐臭味。

把尸体翻过来后，裴青发现是三张陌生的面孔，看穿着的确是老猫判断的幸存者，但是很可惜，并没有活着，而且牺牲有一段时间了。

搜索队成员非常沮丧，他们将尸体从电报室里抬出来，裴青就把还在自动发报的电报机停了下来。想找出这三个人的死因，他们察看了尸体之后，发现尸体的牙龈上有黑线，与我们在落水洞看到的尸体一样，似乎是中毒死的。

老唐认为，他们当时是中了一种慢性毒，并没有立即死亡，其中某个人编写了电报之后，他们一直等在这里，不过还是没有撑到最后。老猫听了之后摇头说“不可能”。

这三个人都给盖在了帆布下面，如果是老唐说的这样，那肯定还有一个人幸存着。

当时一支勘探队的编制人数并不确定，但是不可能很多，特别是对勘探区域未知的情况下，我们可以预见勘探队的人数应该是在五到十人之间。在当时的情况下，除非是超大型的勘探任务，否则也就这么多人。

那么第一支探险队死亡的人数，老猫他们没有我们掌握的信息，当时统计的是三人，加上幸存的袁喜乐，以及老猫说的幸存者、我们看到的年轻战士，应该还有少数人没有被找到，老猫相当头疼，一边让其他人继续搜索四周的溶洞，一边和老唐商量对策。不过他们说话的时候神神秘秘的，裴青也没法去听，并不知道他们当时的决定是什么。

这洞穴深处的洞系相当复杂，当时的搜索相当不顺利，老猫带来的工程兵也大多是新兵。老唐是个软蛋，技术上谁都服他，也能打，但是一有事情他没那种感染别人和他一起豁出去的魅力，所以带的兵四处跑，发现那些洞都深不可测，有些还是垂直向下的，最后都退了回来。

他们困在那里，骂也骂不动，老猫自己本身也是个阴阳怪气的人，此时也完全没办法，只好就地休整。而同时我已经在顽固的副班长和不要命的王四川带领下摔进了巨型暗河“0号—川”。

我对带兵并没有什么特别的经验，这么多年的军旅生涯下来，也知道什么样的人能带好兵。真正的军官，大约是副班长那样固执地执行命令，勇猛得犹如王四川，且又狡猾得犹如老猫，这样的人实在少之又少。

我并不知道他们在那里休整了多久，如果不是老唐发现了那电报室的问题，老猫可能已经宣布任务失败，回来找我们会合了，那我们也就不会在这座大坝内的吊装仓库里会合，出现刚才那种啼笑皆非的场面了。

其实在裴青和我讲述整个过程的时候，我已经感觉到了里面有“讲不通”的地方，但你要理解当时裴青是用口音很重的普通话来讲述这整个过程的。当时普通话教育普及了几年我搞不清楚，反正效果还没有出现，裴青的语速又快，我在听的时候并没有精力听懂每一个细节。不过这个“讲不通”的地方，在他们收敛尸体的时候，给老唐这个“钉子精神者”发现了。

问题就出在那个电报室上。

抗战时候的电话系统虽然简陋，但是已经可以实现短距离通话，而当时的无线电报主要用于超远距离的通信，电报的使用条件相当严格，发报机的位置必须在高点，所以一般适用于平原一带，而在山谷之中，因为山脉的环绕，会对信号传输造成相当大的困难，在山谷之中尚且如此，何况在更加复杂的山洞之中。

所以在这暗河尽头的溶洞内，架设一台发报机，有何用处？实在有点奇怪。

老唐发现，那确实是一个正规的电报室，日本人的读码本，以及大量的电报资料都在这里，他们推测，这一台自动发报机的发射天线肯定不在这里，可能在地面上，用于和其他要塞的电报台联络。

当即就出现了一个问题，如果真是这样（事实上他们都认为肯定是这样），那么这台自动发报机发出的电报，将信号传递到电话线上，是否只是偶然？有没有可能当时的发报人也发现了这个可能，他的目的也许是将信号传到地面去，而我们从电话线路中听到电报，完全是一种故障？

要是这样的话，这信号有没有被人截获？地面上的“七二三”指挥部是不是早就知道这洞里有危险？

裴青当即就把这个问题给老猫提了出来，并问老猫是否在他们下来之前就知道了很多他们并不知道的事情。他直接质问老猫，这种处事方式现在看来不太可能，但是在当时的人际关系下是十分正常的。

老猫并没有理会裴青，他说这谁也不知道，如果发射天线真的一直接到地面上，这么多年风吹雨打，难保不会早就坏了。

老猫这么说有点打太极的嫌疑，在他们争论的时候，老唐和那个电话兵就在摆弄那台自动电报机，就在裴青准备继续发难的时候，戴着耳机的老唐把他们阻止住了，并把耳机拿掉，让他们听。

原来自动发报机除了发报之外，还有收报的功能，此时老唐为了验证老猫说的陆上天线是否损坏，就开启了机器的收报功能，没想到的是，他们马上听到正从耳机中传来急促的连续电码。

听到这里我相当惊讶。虽然通过发报机截获电报不是困难的事情，特别那还是密文电码时代，不存在跳频的发报机，而截获电报往往需要相当长的调频准备，一打开收报机就收到电报，这说明这台发报机和对方的发报机有着相同的频率，这样的可能性很小，除非是两台机器事先约定好的。

裴青并没有想到这一点，他认为这封电报肯定是露在地表的天线截获了国内电报，这说明这台发报机天线肯定是有用的。

老唐和电话兵却已经发现了问题，电话兵努力听码听了十几分钟，发现编码方式完全不对，根本无法听出。接着他们查看了日本人的听码本，发现耳机里的电码频率竟然是日本人的编码。

要知道这是军用编码，就算日本本土的电报能发到中国的内蒙古，也只会是民用的编码，不可能和当初的加密日本电文相同。这马上就变成了一件糟糕的事情：在地下一千二百米处的关东军基地电报室的自动发报机，能收到日文的军用加密电码，他们却不知道这电码是从什么地方发出来的。

这实在是匪夷所思，这电报机肯定有一条天线，但这天线在什么地方？

当时他们推测，就在我们搜索的内蒙古原始森林深处，肯定有另外一处日本人的秘密基地，这发报机收到的电报，肯定是来自那里。

当时所有人都接受了这个解释，因为事实上没有其他的解释了。第一，他们认为电报不可能来自地下，因为不符合物理规则，那么电报必然来自地面上的“天线”；第二，在1962年，地面上的天线不可能接收到日本本国的军用电码，而且还是使用1942年密码本的电码，所以这电码必然来自1942年废弃的另外一个地方，这地方也应该在内蒙古。

因为没人懂日文，所以就算有所有的读码本，也没有办法知道这电报讲的到底是什么，只是电话兵听了相当长的时间，发现电报的内容有点长，而且也是循环频率，即对方也是一台自动的发报机。

老猫此时倒是放松了，虽然没有救到人，但是找到了这段电报，以及这么多的资料，对他来说，也应该可以交差了，于是他们记录下所有的电码频率，拆掉发报机背上，然后带上了所有的电码本和解码机。老猫准备先返回，让专业人员破译了这段电码再说，看看到底电码里说的是什么。

在收拾那些电报资料的时候，老猫他们有了一个惊喜发现，一个小兵在成沓的资料本里，意外地发现了一张工程剖面图。这张关键的图纸只有一半能看清楚，在那能看清楚的一半上，清晰地画着我们所在的大坝、飞机起飞结构，以及大量的暗河支流信息。

靠这张图纸，他们通过所在溶洞的岔洞，进入了落水洞下的溶洞发育系，在里面跟着电缆穿行十几个小时，才到达大坝一端，来到了那一处巨大深渊边上。之后，他们又经历一些事情，最终在这里碰上了我们。

事情相当清楚，我的脑海里也理顺了脉络，显然老猫和裴青他们经历的事情相当轻松，这让我有点懊恼，因为让我们进入落水洞的是一张字条。这张字条如果是他们中的一个塞给我的，那我就感觉似乎是被一个不负责的人推入了相当危险的境地。

我后来想想，我们摔入那条巨大暗河中完全是意外。如果没有发生这种意外，那么我们进入落水洞下的溶洞发育区，最后会走到哪里，实在不可预测。

我们经历的事情，王四川早已经讲述给了他们听，连队伍中可能有敌特都和他们说了，此时老猫的脸色是相当难看，因为加上他们遇到的牺牲者，可以知道的死亡名单就很长了。

电报室——三人死亡。

落水洞发电机——一人死亡。

吊装仓库——一人死亡——苏振华疯了。

加上之前疯了的袁喜乐，这第一支我们所不知道的勘探队中，我们找到的人已经有了七个，其中竟然没有一个是正常的，不是死了就是疯了。

我问老猫说："已经到这个时候，你应该和我们说一些事情了，你至少应该告诉我，这一支队伍到底有几个人。"

我一说，裴青马上附和，一边的王四川、马在海和副班长也都跟着我问。裴青相当激动，之前他就和老猫吵得相当厉害，这一次我们都站了起来，他就更加按捺不住了。

老猫和老唐都沉默，他们下面的兵肯定是不知道的，要知道什么也应该是他们两个知道。

两边僵持了一会儿，谁都没说话，最后老猫突然就松口了，叹了口气，对我们道："好吧，不过我只能告诉你们这一点，你们不能再问了，知道太多，对你们和我们，都没有好处。"

我就道："你说吧，我理解你。我们出去后不会提这件事情。"

老猫有点古怪地笑了笑，道："这支队伍是半个月前进入这里的，一共九个人，四个专家，四个工程兵，一个特派监督员。"

"九个人？"马在海吸了口凉气，道，"那么说，我们还有两个人没有找到？"

老猫就摇头，对他说："不，是一个。"

马在海掰起手指，数了数，说道："不对，九减去七，不是二吗？"

老猫道："还有一个人，活着出来了。"

我们顿时都吃了一惊，马在海就问是谁。

老猫眯着眼睛，指了指自己："就是我。"

第四十四章 老猫

我愣了很长时间，好久才反应过来。其他人也是一样，王四川又问了一遍：“你说你进来过？”

老猫掏出烟点上，点头。

我们全乱套了，好几个人脸都白了，面面相觑。

我的脑子还是混沌一片，可转念一想突然就想笑，发现这事情其实相当合理，而且早就有迹象了。

首先，老猫在我们下来之前，就知道大校那帮人早就发现了那个洞。起初我以为是他熟悉组织的一些做派，现在看来他早就进去过，当然知道这件事情。

其次，在暗河涨水的时候，他能够及时出现，而且知道继续往前的通道是在暗河的顶部。我一开始也以为是他的经验丰富，此时想，也是因为他进去过。

这真不知道是我们太单纯还是怎的，竟然就没有想到这一点。

静了片刻，裴青第一个反应过来，冷冷地问道：“毛五月，我早知道你有问题，但是没想到你牵扯得这么深，这到底是怎么回事？你要是不说清楚，别怪我们不讲阶级友情。”

老猫不慌不忙，摇头对我们道：“刚才说了，我只能说到这儿，上头有他们的考虑。而且，我不说是为你们好。”

“奶奶的，你他娘的装什么干部！”王四川是性情中人，一下子就翻脸了，跳起来要冲上去打老猫，才挨上去，一边的老唐一下就冲上来，把王四川扭成了一个麻花。老唐是练家子，出手很利落，王四川那么大块头都一下被他制住了。不过王四川也不是好惹的，顺着翻身立即用一个摔跤的动作把老唐掀倒在地，两个人就扭打在一起了。

我本不打算把事情闹僵，眼看裴青也冲过去，吓了一跳，以为要大打出手。不过他是去劝架的，把两个人拉了开来，老唐就指着王四川骂道：“你是不是当兵的？充什么知识分子大爷，老猫不说是有纪律在，你他娘的算哪根葱？我们听你的还是听团部的？”

这话看似不猛，其实老唐已经在里面提了两点：第一，不是不说，而是不能说；第二，命令是团部下的。这是暗示我们别问了。

工程兵团部都被搬出来了，我知道老猫是打死也不会说了。王四川是那种血气上来政委也敢打的人，我怕他再说什么废话，要给别人扣上一顶“反革命”的帽子就坏了，忙拦住他让他别说了，两边都少说两句，马在海在边上看气氛不对，见风使舵岔开话题就说：“几位领导先别管这个，那不对啊，如果毛工是一个幸存者，那这洞里应该只有一个人了，会不会就是刚才想杀吴工的那个人？”

这事情其他人都不知道，一说有人要杀我，老猫都感觉到很意外，问我：“什么杀人？”我就把刚才差点给人埋死在冰坑里的事情和他们说了。

老猫听完后，皱起了眉头，老唐就问要不要派人去搜搜，老猫马上摆手，道：“不要派，这事情不对！”

我问：“怎么不对？”老猫就说，按照他之前拿到的消息，这一支在我们之前的秘密勘探队，一共是九个人，而且其中有3个是女人。根据发现的尸体，我们已经发现了七个人，老猫自己也是其中之一，那么就是还有一个人没有发现。而这个人，经过性别筛选，我们可以知道应该是一个女人。

根据我刚才形容的袭击我的穿日本军装的人，显然是一个强壮的男人。

王四川问我，当时我在被袭击的时候，是否能看清对方是男是女。

我回忆了一下，就坚决说那肯定是一个男人，长这么大，小时候村里打架打得多了，是被女人打还是被男人打，我总是分得出来的。

那这事情果然就不对了，如果打我的是一个男的，而勘探队没被发现的是一个女人，那就说明打我的人不是勘探队里的一员。那么，这个男人是谁？怎么会多出一个男人来？

难道这基地里真的有日本人？

所有人议论纷纷，但是想来想去也想不出其他的可能性。后来裴青“啧”了一声，阴阴地对我们道：“会不会是陈落户？这里只有他不见了。”

王四川就摇头，说不可能，陈落户那胆子，怎么可能打人。

裴青说：“人不可貌相，越是貌不惊人的人，可能越是会伪装，我就觉得他胆子小得有点过分了。”

我此时感觉全乱了。老唐摆手，再次把他们的声音压下去，说我和副班长身上都有伤，他们一路到这里也疲倦了，需要休整，这些事情暂时不要想了，让我们休息，他会安排他的人稍微搜索一下这里，等精力恢复过来，我们再商量下一步怎么办。

我确实已经相当疲倦，老唐这么一说，我们都安静了下来。老唐说的是对的，我们在当时再想也不会有什么收获，于是各自分开，一下子气氛就松了。

他们已经烧了水和煮了压缩的蔬菜糊，几个工程兵给我盛了一碗，老唐看我冷，就给我夹了他带来的辣椒酱，我吃得浑身冒汗。

不过我还是困了，吃着吃着，就感觉眼皮耷拉下来，几乎要睡着了。

以前有人和我说过，打仗的人坐在马背上都能睡觉，我在各地勘探队里奔波，不要说马，四条腿的家畜除了狗我都骑过，却没有一次能睡着，所以一直不相信这种说法，但是现在相信了。我的困意非常重，只觉得什么都不重要了，都让它去吧，就算是有人要杀我就杀吧，现在我只想睡觉。

然而，我还是没有睡着，因为看到老猫他们在火堆边展开了很多的图纸，要开始查看什么。

我知道那肯定是这里的结构图，于是强忍着睡意，爬起来凑了过去，向老猫要了一张看。老唐让我去休息，我说不用，我想看看这个地下基地到底是怎么一回事，老猫就递给了我一张。

结构图有点年头了，拿在手里酥软软的，我铺在地上看。这时候王四川也凑了过来，也对这有兴趣，而且他精神头很好，他娘的游牧民族的体力就是比我们吃大米的好。我努力集中精神，看到了老猫给我的是整个暗河体系的平面图，我一眼就找到了我们所在的大坝以及“0号—川”暗河的标识。

日本人地图的精细程度让人咋舌，这张平面图上，暗河的大小支流清晰无比，我们进入暗河的地面洞口，也清晰地标在上面：同时我们还看到其他的地表洞口，一共有四个，但都是在其他支流上。

整个暗河体系相当庞大，课本上的知识在这里已经没有多大的用处，这个时候就要发挥我们的主观判断能力了。我们逐渐又凑拢，围在一起来研究这些图。

暗河的支流一共有七条，其中3号、4号、5号、6号全都是由“2号—川”发育而来的，我们由地表岩洞进入的就是“2号—川”，从图上可以看到，“2号—川”上的这四条小支流最后全都渗入了岩隙，发育中止，没有完全成形为成熟的暗河，尽头也没有蓄水湖。除了“6号—川”的尽头是日本人的通信中心外，其他三条支流的尽头并没有日军的设施。

这是一个独立的体系，犹如一棵四枝丫的大树，“2号—川”是树干，3号、4号、5号、6号是四根树枝。

另外两条暗河又是另外一个独立体系，“1号—川”和“7号—川”这两条暗河在上游汇聚，变成了大坝所在的“0号—川”。

令人惊奇的是，这些暗河并不是完全独立的，在各条支流之间，可以看到大量的还在发育中的溶洞体系，日本人都清晰地标注了出来。通过这些复杂的犹如迷宫一样的洞系，日本人可以在这些支流之间轻易地来回穿梭。

除此之外，还有类似落水洞小型发电站一样的若干个临时发电机组标识在上面，其中有几个地方的标识符号我们无法辨认，不知道那是什么设施。

看着看着，我就想到了一个问题，我问老猫：“你们现在是什么打算？没有撤退，反而靠着这些结构图前进来到这里，是为了什么？难道是为了救那个最后的女人吗？

老猫摇头，指了指结构图上的一个地方，说："是这个。"

我向他的手指看去，只见他指在那座大坝的标识边上。一开始我还以为他指的是那架"深山"轰炸机，后来才看到他指的原来是大坝的另一边，那一片巨大虚无的地下空洞。

我有点理解不了，那片无垠的黑暗在亲眼看到时的震撼让人头皮发麻，但是在这张结构图上，只不过是一片空白，老猫何以对这片空白感兴趣？

我把我的问题提了出来，老猫抽烟不语，边上的老唐就接嘴，指了指结构图上的一条长短间隔的虚线，做了一个轻声的手势，然后低声道："你不是搞工程的，无法理解不奇怪，你先看这条线，我来解释给你听。"

我点了点头，他继续道："日本人的标识和我们不同，但是通过线的种类在图纸上出现的频率，我们可以猜出这些是什么线。你看，实线代表着输电电缆，这种线在图纸上最多，几乎到处都是，犹如藤蔓一样。这些线都是由发电站通出来的，所以很好辨认，然后你看这种点线。这些线的尽头都有电话的图案，数量也很多，说明这是电话线。而这一条长短间隔的虚线，我看着就非常刺眼，因为在整张地图上，这样的线只有一段，这我无法理解。我就想这一段到底是什么线路？"

接着他把手沿着这条虚线移动，最后指了指一个地方："后来我看了这条虚线的两头，就明白了原委，你看这是哪里？"

我顺他的手指看去，就看到这一条虚线的一端，竟然就是"6号—川"尽头的电报室。我露出了惊讶的神情，边上的王四川也"啊"了一声："电报室，那这条线……？"

"对，这条线就代表着电报室里发报机的发布接收天线。我们一直认为这天线是通向地面，用来和其他的要塞联系的，可是，我仔细查看图纸后，发现不是这样的，这条天线的另一端并不在地面上，而是在这里！"他指向了大坝的外沿，天线的另一头就在这里中止，变成了一个"*"字符的标识，一看就知道是大型的天线。

我突然就冒出冷汗，头皮整个儿就发麻了！

他娘的！我在一瞬间就理解了老唐的意思——

发报机的天线在大坝上，对着那片虚空。

他们从发报机里收到了日本人1942年规格的加密电码，信号不可能来自地表。

那么，他们收到的信号来自哪里？我看着“*”字符的天线标识，知道只有一个答案。

信号来自那片无尽的深渊的某处。

二十年前，日本人已经下去了，并发回了信息。

第四十五章 电报

老唐说这些话的时候，说得很轻，但是我和王四川他们还是感觉到一种无法言喻的毛骨悚然。

“二十年前，一架日本的‘深山’轰炸机，竟然在地下一千二百米处的暗河上起飞，飞跃了地下水坝，滑翔入水坝之外的巨大地底空腔，消失在了那片无边际的黑暗中。我们谁也不知道这架‘深山’在黑暗中会遇到什么，飞机上的飞行员会看到什么。”

光是这样的事情，已经超过了我的接受程度，现在我们还发现，在那片黑暗中，竟然有神秘的电报传了出来。这实在太匪夷所思了。

随即我就想到了这里大量堆积的空降捆绑的物资，心里顿时就明白了这些东西到底是要运到哪里去的。

这里整个基地，所有的布置，显然都是为了把人空降入这个巨大的地下空腔所做。并且，如果日本没有战败，这样的空降活动还会进行无数次，一直到这个仓库所有的物资都被空投下去为止。

老唐说，这个发现实在是太让人震惊了，所以他们有必要验证一下。他们下到大坝中来，就是为了寻找这一条天线。如果情况属实的话，这事情就完全是另一种性质的了。我就问他们有没有找到那条天线，老唐摇头，说暂时还没有，因为他们无法下到大坝的底层，所以才会到这里来寻找继续往下的道路。

下去，这是一个什么概念，不言而喻。

二十年前，日本人肯定也会想到类似的问题。在第一次看到这片虚空的时候，他们一定会问自己：这里是什么地方？里面有什么？如何下去？

现在我们面临的局面，显然表示，他们应该已经解决最后一个疑问，而且发回了消息。

此时的我脑海里对这里发生的事情已经有了一个很清晰的概念——二十年前日本人发现这里，进行了大量的基建改造，并且成功地使用战略轰炸机进行了空投。虽然轰炸机在最后的降落过程中坠毁了，但这整个过程，已经可以用疯狂来形容。

我甚至可以推测出很多的细节。比如说，这架坠毁的“深山”必然不是第一架飞入深渊的飞机，日本人为了测试可行性，我们之前在水下发现的小型战斗机残骸，必然是进行飞行可行性试验的首选。日本有着相当成熟的航空母舰技术，在这里起飞一架战斗机比一架巨型轰炸机要简单得多。

我问老唐接下来的打算，他就说了他的计划。

我和老唐他们不同，工程兵必须严谨，所以必须去求证一些东西，使得自己的报告百分之百正确。这是毛主席当年批示的工作准则，工程兵永远在军队的前方，开山铺路，遇河架桥，任何的失误都可能导致战略意图败露，所以无论干什么都必须严谨。

所以老唐对我们说，他们必须完全确定这信号是从深渊中发出的，只有事情属实才能下这个结论，否则会给组织上带来极大的误导。

搜索救援工作也必须继续，大坝外部的情况我们不得而知，过于具体的计划也没有用处，还是以不变应万变。搜索大坝的工作将由工程兵完成，我们勘探队不应该走散了，工作已经完成了。

我心想地质勘探队的任务早就结束了，这片虚空之下，肯定不会是几十万公顷的石油湖。这边日本人进行的活动，显然和地质资源的关系不大，从进入这片地下暗河开始，我们的任务其实就已经结束了。

这样说无可厚非，确实接下来的事情已经无法插手，我们没有继续前进的道路，也没有后退的地方。

于是没有人反对，老猫并没有表态，默默地喝着茶，听我们说话。看他的表情，似乎感觉我们在谈的这些都很可笑。

我当时觉得无所谓，没有想到，不久之后，自己也有了这样的感觉。

带着梦魇一般的震惊，我进入了梦乡，在这样的刺激下不可避免地做了一个长梦。梦里那巨大的虚空好比一张巨大的嘴，而我站在大坝的顶部，迎着狂风看见它朝我蔓延。四周的岩壁慢慢被那种看似没有尽头的黑暗腐蚀。我又梦到我坐在飞机上，在虚空中没有目的地飞行，四周什么都没有，怎么飞都飞不到头。

这种惶恐比第一种还要可怕一些，不过我没有因此醒过来，睡了十小时，到吃饭的时间，才被王四川推醒。

老唐他们已经带着人出去了，老猫也走了。我已经预料到就算我们不动，老猫也肯定会跟着工程兵活动，因为他肯定有其他的身份，否则不可能逼着荣爱国派冲锋舟进来救我们。

直觉告诉我，这里的事情已经全部超出我的理解范围，我已经不想再思考任何一部分。

我一边吃饭，一边听裴青和王四川讲这大坝的事情。他们在猜测这里的冰窖到底是怎么回事。

我们对整座大坝的结构只有一个模糊的认识，特别是这种有特殊用途的大坝，我们完全不知道在这里有些设施是用来做什么的，自然也无从推测可能出现的结构。

现在唯一明了的是，大坝的两边有沉入水下的沉箱运送物资，大坝的水位之下，是一个巨大的冻着大量炮弹的冰窖和囤积着大量物资的吊装仓库。

王四川吃着蔬菜泥对我们说："我感觉，我们所在的地方应该已经是大坝的底部。因为这些大口径弹头如果是用来在最后炸毁大坝的，那么，就应该安置在大坝的底部，这样爆炸的时候才能保证有效地把坝基以上的部分完全摧毁。"

但是，我们无法理解的是，日本人为什么要把这些弹头全部冰冻起来？只有硝化甘油需要冷冻，但硝化甘油无法用来做炮弹，在出膛的时候高温肯定会使弹头比炮弹壳更快爆炸，而且运输的危险太高了。

说起来，要低温保存的东西，好像只有一种，那就是细菌弹头。

日本鬼子在中国的细菌战有相当多的史料记载，但大部分的老百姓只知道731。

只有一小部分，比如说，我们这些经常钻林子钻洞子搞地质勘探的人才能够知道，731只是冰山一角。我们在几十年的地质勘探过程中，在东北的丛林深处发现过大量日军侵华时期遗留下来的水泥建筑。这些建筑基本上已完全被焚毁，但从建筑结构来看，都有地牢和解剖室的痕迹。我的一个战友曾经告诉过我，细菌战的规模，在中国绝对不只是这么点。

外面不太可能是细菌弹，这和这里的环境没有什么交集，日本人探索这片区域，目的明确，不会莫名其妙地堆一堆细菌武器在这里。这些弹头到底是干什么用的？

我当时有一个念想：如果这些压缩机停止工作怎么办？这里的气温虽然很低，这些冰块也会逐渐融化，那么，弹头会发生什么变化呢？

显然谁也猜不出来。

老唐带人出去，外面的冰窖应该不会很大，我能听到一些大的动静，不时有人回来。这些新兵蛋子冻得鼻涕直流，这时候看上去真的还是孩子。

等得相当无聊，我们聊了一会儿，王四川坐不住了，吆喝我们也出去看看。

我们裹紧大衣，走到外面的冰窖里，顺着声音传来的方向走去。走了十几步，我觉得不对，这里好像更冷了，我的眉毛上都结了霜，早先没有冷到这种程度。

我们搓着手跺着脚，像遇到大兴安岭冬天起的白毛风，不久看到前面有了人影走过去，就看到老唐一边跺脚一边在吆喝什么，声音越来越大，似乎是在砸什么东西。

这里是冰窖的中段，我们走近，立即发现他们在干什么，他们正在冰面上砸坑。

几个小兵举着简易的工具，正卖力地砸冰，不过似乎效果不大，冰面上并没有出现很深的凹陷，只有大片被砸碎的冰末。

我感觉有点危险，下面是炸弹，也不知道老唐这么做是什么意图，就走到他边上，让他小心，又问他在干吗。

他冻得嘴唇都紫了，哆嗦着让我看冰面下，那里是一大片的影子，因为冰面已经被砸得坑坑洼洼，很难看清是什么，不过能肯定那不是弹头。这个弹头体积很大。

顺着影子走了一圈，我才认出来，不由得又吸了一口凉气——这影子的形状，好像一个巨大的回形针，但并不是实心的，回形针的四周可以看到很多的U形凸起。

我认得这形状，这是一条大型的发报天线。

虽然知道这东西肯定存在，但当时我还是蒙了，奇怪这玩意儿怎么会被冻在冰里。

我仔细一看发现还不只这些，天线的黑影外，竟然还有另外一个巨大的比较淡的影子，应该是埋在冰层更深处的东西。这个影子有那天线的三倍大小，看形状，是一个巨大的漏勺一样的圆盘。

"这是什么鬼东西？"我哆嗦着问老唐，"是你们在找的天线？怎么会在冰里？"

"这不是天线。"老唐指了指几个角上的U形凸起，"这东西有一个绰号，叫作'威尔兹堡巨人'。"

"什么？"我又冷又诧异，愣了一下，"什么巨人？"

老唐说和我解释这些有点困难，他很熟悉这些东西，但是要给我讲明白，得说到技术上去。反正往简单里说，"威尔兹堡巨人"是一个诨号，是日本人从德国进口的一种跟踪雷达，主要用来夜间防空的时候自动控制探照灯。日本人在中国不需要那么先进的夜间跟踪技术，所以这些雷达数量不多，大部分被布置在蒙古和太平洋战场。中华人民共和国成立初期尝试仿制过这种雷达，但是没有成功，后来这种技术被淘汰了。

在当时，这种雷达应该是最先进的追踪设备。

这是他们搭雷达站时普及的知识，后来雷达兵从工程兵团中独立出去，成立了一支专门的雷达部队。

老唐说他们是在搜索这片冰窖时发现这巨大的影子的，他吃了一惊，不过影子应该没有我们现在看上去的这么大，这种大小的错觉是因为盘子四周的冰和外环的冰密度不同造成的。

他们认为这台雷达应该是当时的备用导航雷达，确实，如此艰巨的飞行任务需要精密的导航。

我听了个大概，王四川问：“那你们想把它刨出来干什么呢？难道这和那电报有关系？”

老唐说倒不光是因为这个，说着从口袋里掏出一张纸，上面用铅笔很粗略地画着几个图形，说他们分了几个组分别搜索这里，一组由老猫带着，往吊装仓库的四周搜索，那里装配了如此巨大的一架“深山”，肯定有巨大的升降装置通往上面。他这组搜索这个冰窖，寻找我说的那些沉箱的制动装置，同时对冰窖的情况做一个初步了解。

几个图形就是他们画出的冰窖平面图，工程兵都有绘图能力，即使是寥寥几笔，也显示出他的专业来。四周的压缩机和线路图都标了出来，不过我更在意的是，他们绘出了冰下阴影的分布。

老唐用铅笔指着几个地方道：“你说的炮弹，分布在冰窖的四周，形成一个环，数量非常多，而在中心部分，就是我们发现的威尔兹堡巨人。你看这边非常淡的纹路，大概手臂粗细好像梯子一样的影子，是威尔兹堡巨人的滑动铁轨；同时我们在威尔兹堡巨人的边上又发现了四个解放卡车车头大小的黑斑，这应该是和威尔兹堡巨人配套的两组探照灯。”

我点头，他继续道：“你不觉得非常奇怪吗？在一堆炸弹的中间摆上了一套雷达导航系统，这意味着什么呢？”我已经被冻得完全无法思考，王四川打了个喷嚏，就道：“难道这是个套儿？”

当时王四川讲出这句话之后，我立即理解了他想说的意思。不过如果真是这样，这事情就更加匪夷所思了。

所谓的套儿，不用解释也能理解，就是一个放着吸引物的陷阱。王四川说，这情形不就和工程兵埋地雷差不多嘛，做一个假目标，四周埋上地雷，引敌人靠近。

这里的炮弹全都去掉了引信盖，处于激发状态，这确实有点像套儿——但中间的雷达有什么用处呢？难道这就是“饵”？我无法想象雷达能吸引来什么东西，这是导航雷达，难道他们最后想引自己的飞机撞向大坝，摧毁这个水利工程吗？

这就一点逻辑性都没有了，鬼子为什么要这么干？

实在太冷，我们坚持不下去了，老唐让我们回去，要是实在想帮忙可以帮老猫去。

我们回到休息地，喝了几口热水就哪里也不想去了，我越发感觉不安。

我忽然开始想日本人废弃这里的原因，是否真像我们想得这么简单？

整个地下工程的一切都没有任何军事破坏的迹象，显然他们是非常有秩序地撤退的，大量物资堆积在这里，没有爆破，甚至连文件都没有被焚烧的迹象。

我们在“深山”中看到了一具驾驶员的尸体，“深山”严重损毁，但是其他机组成员呢？那具尸体又为什么会被留在机舱里？

不知道是外面的寒冷透进了仓库内，还是我的想法让我不舒服，我继续打战，怎么也止不住。

那种感觉我到现在还记忆犹新，那不是害怕，而是之前无数发现给我带来的震惊，一起冒出来的战栗。

我脑子里闪过的是——难道“深山”回航的时候，这个基地已经被废弃了？

想到这个的时候，我脸上的表情一定非常古怪，使得王四川和裴青都抬头看我。王四川还以为我不舒服，问我是不是要再睡一会儿比较合适，身体是革命的本钱，不要硬熬。

我摇头，问他们道：“你们说，那架‘深山’在那深渊里，飞了多久才回来？”

王四川问我是什么意思，我说会不会有这么一种可能性，这架“深山”依靠飞行员的能力自己迫降，才会坠毁。所以飞行员的尸体才会被遗留在飞机残骸里，活下来的机组成员自己离去，不知去向。

我说的时候并不了解“深山”的巡航能力，事后查证：“深山”满速度飞行，可以巡航十到十四个小时。

如此巨大的地下要塞，完全撤离需要上百小时。“深山”回航的时候，他们再快也无法完全撤离，所以我的想法应该是不太可能的。不过谁也没想到这些细节。

王四川说“有道理”。裴青就对我说：“这里不像出现什么紧急情况的样子，他们连发报机都没有拆掉，密码本都在，这比迫降还从容。”

这感觉好像不是撤离，而是整个要塞的人突然就消失了一样。

老唐也提过这个概念，他们在来到这里的过程中发现过很多用帆布掩盖的文件，显然日本人没有想过从此不回来，好像只是在做一个临时交接准备而已。但显然，他们离开之后就没有再回来。

这里一定发生了什么我们无法想象的事情，这个地下要塞最后十几小时，绝对处在一种我们无法推测的状态。而这一切应该是“深山”飞入那片深渊之后发生的。

我越想越不明白，又站起来去看那张沙盘，想从中找点什么线索。这时候，王四川忽然“嗯”了一声，抬起头往四周去看。我也被他感染得抬头，却发现他不是在看，而是在听，在我们头顶相当遥远的地方，又响起防空警报声。在室内，这警报声听起来很沉闷，而且很轻，不仔细去听很容易将它和排风扇的声音混淆。

裴青看表，警报连续响了很长时间，又戛然而止。

他松了口气道：“三分钟长鸣，这是警报解除的频率。”

我心中一松，心想“阿弥陀佛，看来上面的情况有所好转”。我还没想完，四周的墙壁深处又传来机器运行的巨大动静，连绵起伏。

我们正在诧异发生了什么事，几个小兵兴冲冲地从仓库深处走出来，对我们道：“好消息，大坝泄洪结束了，因为上游下大雨而涨起的大水已经全部泄入那片深渊中，相信浓雾很快会退到警戒线下。我们可以想办法回去了。”

王四川刚想问他们是怎么知道的，另一边又出了状况，冰窖方向，老唐的几个小兵抬着什么东西进来，对我们大叫“帮忙”。

那东西看上去死沉死沉的，四个人抬着几乎只能在地上拖。我们立即上去，看到那是一块冰砣子，有棺材那么大。王四川大叫一声“我来”，上去咬牙往上托才把这东西抬离地面。我和裴青上去，那边小兵大叫：“不用不用，我们够了，后面还有！”

立即又有人从冰窖里抬出一块冰砣子，我招呼其他人咬牙上去托住，感觉还不是一般地沉，接着就看到冰里冻着一团东西。

将冰砣子抬到里面放下，感觉腿都被压短几分，我问他们挖出了什么东西，那几个兵翻转冰块让我看，我一下就看到，冰里冻的竟然是个死人。

冰中的死人抱着手臂，形容枯槁，眼睛紧闭着，看一眼就能知道是在低温下昏迷后死去的。在不规则的冰面下，面部有些扭曲，尸体的上身披着大衣，可以看得出这具尸体体形很小，似乎还未成年。

第四十六章 女尸

日本在战争后期兵员非常窘迫，最后派到内蒙古的新兵年纪都非常小。日本人个子普遍小，否则也不会叫他们小鬼子，这么看来这具尸体的身高也许还是正常的。

一个小兵道：“下面还有好几具，全挂在雷达上，哎呀我的妈呀，挖着挖着冰里出来一张黑脸，老吓人了，俺洋镐一下打在自己脑袋上了。”

我们都大笑，副班长过来“啧”了一声：“瞧你那熊样，还有脸说，还不快收拾一下，继续去帮忙！”

这兵大概是他带的，有点害怕他，立即不笑了，把冰砣子堆好，又跑了出去。我本来也想出去帮忙，但副班长说不用了，外面太冷了，他们也待不下去，搬完了就得回来。我们只好作罢。

很快老唐也回来了，把头发上的霜一抖，都整片整片掉下来，立即蹲到火堆边上取暖。他的脸都冻裂了。接着又有两三个冰砣子被抬了进来，之后，人员陆续回归，把冰窖的铁门关上，才明显感觉温度有所上升。老唐说还有几具尸体，实在挖不出来了，再弄下去他们要被冻死了。

外面的温度肯定还在下降，不知道是怎么回事。我们往火里丢东西，烧得更旺一点，那批小兵喝了好几碗温茶，才感觉缓过来。

有几个一边喝一边围着这些冰冻的尸体好奇地看着，裴青特别感兴趣，一具尸体一具尸体地翻，把他们的脸都露了出来，累得直喘粗气。

我在边上看着，不知道他想干什么，他翻过一具尸体后，忽然愣了一下，接着蹲了下来。

我端着茶杯走过去，问他有什么发现。他露出一个难以置信的表情："这是个女人。"

裴青刚说完，拥在一起的小兵本来闹闹嚷嚷的，一下全定住不说话了，都把头转向这边来。

气氛有点怪，我们互相看了看，工程兵的表情都很奇怪，其中一个站起来走过来，其他人也全围过来看。

当时感觉有点尴尬和古怪，后来想想觉得也是正常的。工程兵都在血气方刚的年纪，常年在深山老林中跋涉，铺线架桥。这种工作太艰苦，几乎不可能看到女人。所以任何一个看到女人的机会，对于他们来说都是难能可贵的。这个年纪对于异性又有着魔一般的憧憬，所以即使是一具女尸，也足够让他们面红耳赤了。

更何况在我们那代人的记忆里，对日本女兵的印象就一个，那就是川岛芳子，那几乎是一个妖艳淫秽的代称。这里不上纲上线地说，小兵们的躁动很正常。不是有一句俗话——"当兵三年，母猪不嫌"。

我也走到那具尸体边上，这里的温度仍然很低，冰砣子基本上没有融化，能够看到里面的尸体和其他几具穿着很相似，但是身材更小，能够让人一看就发现她是女人的元素，是她的发髻。

中国的女兵总是剪个学生头，或者干脆就是假小子，很少有看到留着发髻的，似乎日本女兵都会留发髻。

我们能看到的也只有这些，工程兵看了几分钟就发现和他们脑海中的川岛芳子完全是两回事，百无聊赖下都纷纷回去。只有裴青还盯着看，我叫了他一声，他抬头，有一丝很难察觉的奇怪表情闪过脸庞，但稍纵即逝。我感觉有点奇怪，他接着就叹了口气："还是个女娃子，这些鬼子也真狠得下心。"

一旁的王四川道："战争从不让女人走开，你知道她杀了多少中国人？有什么可怜的？”

裴青涩然笑笑，忽然对我道：“老吴，来帮个忙烧点开水，咱们把她融出来，我想看看她身上有些什么东西。”

我问道：“怎么？你又有什么想法？”

他解释道，这里出现女兵很不寻常。这些女兵一般在日本的特殊部队工作，要不就是佐官的秘书，别看都是年纪很小的女人，但军职都很高。他想看看这个女人来自哪里，身上是不是有什么可以当成线索的文件之类的东西。

老唐就道不能用开水融，这些冰的温度太低，开水一浇就会爆裂，到时候里面的尸体全毁了，等到融化就是一地的血水。抗美援朝的时候这种例子太多了，很多志愿军战士的遗体在雪地里被挖出来，没法入殓，最后都用热毛巾一点一点融掉。

我在大兴安岭待过一些时间，知道这种现象，那边的老乡说，冷得往冰上尿尿，冰就会炸开。

裴青没有办法，只好作罢。在这种温度下，要等这些冰自然融化，不知道得需要多长时间。他让我帮忙，把女尸推到靠近火堆的地方。

我心里对这个没兴趣，但他的理由正当，我也不好反驳，就帮了他这个忙。

冰砣子被砸出来的时候形状很不规则，我一推，尸体就滚了一下翻过去。裴青怒道：“你小心点。”他忙去翻过来。

我眉头一皱，当时觉得心里十分别扭。那时的感觉我到现在还记得清清楚楚，不过可惜并没有细想，随后注意力就被冰块里的东西吸引了过去。

在尸体的背面，可以看到尸体背着一个很大的、形状非常奇怪的铁盒子。这个盒子是圆形，简直有她半个身子大，整个东西给人的第一感觉是这尸体是一只铁做的蜗牛。

我一看到就愣住了，直觉告诉我这玩意儿不寻常。

我的第一感觉是这是什么地质仪器，或者某种地雷，我招呼老唐来看，老唐就道不是地雷，地雷有引信。他也没见过这种地质仪器，看着就是一个铁壳子。

我感觉这东西就是不正常，也不知道为什么会有这种直觉，反正好像在哪里见过。但就只有这种感觉，到底是哪里，我一点记忆也没有。

小兵们精力旺盛，又围过来看热闹。我让他们都看看，集思广益，到底什么盒子会是圆的，里面放的是什么东西。一小兵说“会不会是饼干”，又被副班长骂了一声。老唐说他：“吴工不是说集思广益吗？你这样带兵谁还敢提意见？”

上级压话副班长才没话说，不过也不太有好声气。我感觉这人就是太实在，凡事都是死心眼儿，所以才升不上去。我拍拍小兵说“别紧张，别把我当军官”。

马在海就道：“这种盘子像盒子，像咱们的电话布线盒啊。你看盒子的中间有一个凹陷，这是轴承的痕迹，电话线绕在上面，一边走一边放，这盒子肯定是个线盒，里面应该是卷着什么东西。”

另一个小兵道：“不对吧，机枪子弹也可以卷成这个样子，布线盒的话这种规格太大，会影响行动。”

我知道马在海说得没错，这玩意儿肯定是卷东西的，但绝对不会是电话线或者机枪子弹。那玩意儿太重了，其他人身上没背这东西，让一个女兵背，那是不符合逻辑的，这里面的东西应该不是太重。

这会是什么呢？

正琢磨着，王四川“啧”了一声，走过来道：“你们这些夫子少爷就该待在研究所里做学问，和一日本女鬼子客气什么？来砸成几块把那东西拿出来看不就得了？”说着掏出地质锤就过来了。

裴青立即站了起来，拦到他面前，冷冷道：“王四川，你还有没有纪律了？”

裴青在队伍里一直是个不阴不阳的人，既没见他和我们太熟络，也没见他太孤僻。平时我们商量事情，他也是有事说事，所以他这举动实在是让王四川纳闷。

王四川脾气也不好，裴青高调压过来，他最腻烦，立即就瞪着铜铃一样大的牛眼：“你干什么？踩到尾巴了你？你说说看我犯什么纪律了？”

裴青和他对视道：“一、你这是在亵渎尸体。二、冰中的尸体情况不明，万一有什么危险，是你负全责还是如何？”

王四川愣了一下，就笑了：“亵渎尸体？亵渎个屁，这人是你娘还是你媳妇儿？你小子该不是日本人的种吧？”

我一听蒙了，王四川这臭嘴，这玩笑有点过了。

一般我们开玩笑都很有分寸，王四川虽然是我们这些人中最大大咧咧的，但到底也是大学毕业来的，没听他说过太过分的话，但这一句话就超过了我们可以接受的玩笑的度了，也不知道他是怎么搞的。

果然裴青脸一下就阴了，跳起来：“贼你妈。”上去就是一脚，但他怎么可能是王四川的对手，一巴掌就被撂地上了，他又爬起来抄起边上一根砸冰的铁棍就上。我一看动真格的了，立即上去拉住裴青，老唐上去走到他们两个中间，开始骂人了。

我把裴青拉到一边，裴青逐渐冷静下来，把东西一扔，挣开我往仓库的一边走去。王四川的脸更黑，眼珠都红了，还想骂人，被老唐硬喝住了。

我回头看看老唐，心里直骂街，老唐给我使了个眼色，让我过去看看裴青，别走丢了。

我只好离开他们，远远地跟着裴青走，看他走到几堆物资中间坐了下来。我想让他冷静一下，没过去找他说话，就远远找了个地方看着，却见裴青把头埋到双膝间好像抽泣了起来。

看到这情形有点让我起鸡皮疙瘩，裴青的这种反应过激了，也许是他的童年对日本人有什么特别的记忆，也可能是因为这里实在太压抑，我们一路过来不知不觉中心理已经发生变化，到刚才那个临界点就爆了。这个我不便多问，也不可能去安慰他，只觉得看见一大男人哭浑身不自在。

好不容易他稍微缓下来，我才看他面无表情地走了出去。

我跟在后面回到休息的地方，气氛变得很尴尬，几个人都不说话，裴青拿了自己的东西，换了一个地方。原本他睡得离王四川很近，王四川张嘴就要骂，我忙踢了他一脚，喝道：“行了行了，同事一场你少说两句。”

王四川把话咽下去，转身去睡觉，不久就打起了呼噜，这气氛总算缓和了一点。

我看了看表，时间已经不早了，心里想到：老猫怎么还没回来？

我这才想起刚才回来的那两个兵，转头去找，找了一圈儿，却发现人群中没有他们。

我就纳闷了，刚才没看到有人走啊。难道他们回来转转又去找老猫了？

于是我抓住每一个人问，有没有看到老猫队里的人，他们都摇头，说一点印象也没有，全是老唐的兵。

事情有点不对了，我摇醒王四川，和他说了这事情，他转头往小兵堆里看了一圈，也认不出来。

我心说：难道是我们刚才弄错了？这些工程兵都穿着日本人的大衣，刚才和我们打招呼的两个不是老猫的人？

我们再问有没有人和我们说过大坝泄洪完成的事情，其他人还是摇头。

老唐看我们面色不对，问我们怎么了，我就把这事情和他说了一遍。在场的人都感觉到异样，虽然这事情不算多诡异，但是有两个工程兵突然出现，又悄无声息地消失了，这说起来总是有点问题。

副班长就道要么找找，也许俩人在我们忙的时候回去老猫那里了，人多眼杂，看不清楚。

我就点头道："说起来老猫怎么一点消息也没有？他们怎么也应该回来了。我们要不要过去看一看？"

说起这茬子我们才感到不对劲，老唐点了副班长，叫几个人往仓库里头找去。副班长立即就出发了。

这仓库的纵深相当大，堆满了物资，我们还没有往里面深入过。我看着黑黢黢一片，心里有点发怵。

副班长进去之后，不久我们听到他们的叫喊声，没听见老猫的回应，只听得叫喊声一路深入，显然没有进展。

老实说当时我有点神经紧张，老唐让我抽他的"铁鹰"，说没事，这地方能出的事情都出了，不会有什么，他们一定是走得太远了。

"铁鹰"是牌子很老的烟了，是中华人民共和国成立初期的国防烟厂最老的牌子，我都看呆了，心说：这年头居然还有人能搞到这烟。我抽了一口，味道不纯，但是带劲。我再转头往仓库里头看，这时连副班长的声音也听不到了。

我们也不知道仓库到底有多大，现在想来，那吊装仓库的结构之复杂，也很难用语言完全形容出来。不能用什么形状或者多少平方米来描绘，那是一个立体的相当不规整的空间，仓库的顶相当高，顶上还有一层一层堆着物资的铁栅栏板，有铁轨可以拉着活动，下面的物资也堆得很高。显然鬼子研究过大坝的形体，已经最大限度利用了这里的空间。

我们等了大概十分钟，副班长音讯全无，既没有回来，也没有任何的动静。老唐却还是让我们等着，说副班长带着枪呢，要真出事肯定会开枪。

我有些心神不宁，但是不能把这种情绪传染给别人，只好走开去看那些尸体。裴青就坐在那具女尸边上，一边看着上面的冰融化，一边发呆。

我递烟给他，他也没要，我越发郁闷起来，看工程兵们没注意，就问道："你到底怎么回事？"

裴青没理我，看了我一眼继续看着冰，似乎根本不想和我说话，我推了他几下他还拍开我的手。

我没办法，又去找王四川，他也不知道是真睡还是假睡，推他他也不醒。

我彻底没辙了，心说真是"皇帝不急太监急"，又安慰自己——老唐经验丰富，对副班长他们也很了解，他说没事应该没事，而且确实没有听到什么枪声，他们有什么重大发现暂时回不来，也是相当有可能的。我被这里的环境搞得过于紧张了。

于是我缩到火边，躺下来休息，看着仓库顶上杂乱的电缆和绞索想事情。火光照上去，那些电缆的影子不停地抖动，一会儿我又睡着了，这一睡又是六小时，再醒来的时候，副班长还是没有回来，连老唐也不在了，四周只剩下马在海和几个不熟悉的工程兵。

我的直觉告诉我事情坏了。

我问马在海："人呢？"他道老唐见副班长老不回来，自己也带人去找，这不两个小时了，也没有动静。他正不知道怎么办好了，也想跟进去看看。

我心说：这仓库会吃人还是怎的？

我心里就打起了鼓，推醒王四川，让他们收拾一下，我们必须干点什么。

王四川醒来也蒙了，不过很快就明白发生了什么事情，抽了一根烟说这事情恐怕糟了。老猫做事很精明，出去这么久，如果有什么事情耽误行程，肯定会派人回来报信。现在这个状况必然是出了事。

我说："这不是废话嘛，问题是现在怎么办？"

王四川挠头，说："要不我们也去找找？负重给养全在这里，他们如果没出事肯定得回来。要不我们就在这里干等？不过这是件没头的事情。"

这没什么可犹豫的，我看了看，裴青远远地睡了，留下的工程兵有三个，我让马在海跟着我们。这家伙机灵能办事，裴青就让他睡着，我们三个打着手电往仓库深处探去。

我原本没想过这种仓库能大到这种程度，还以为黑暗后面就应该是墙了，不过走了走就知道大坝坝基的空间是很大的，能够容纳非常多的物资。

王四川拿着他们砸冰的铁棍，四处敲那些物资，发出声音吸引别人的注意力。因为物资堆放得不规则，走不了多久，就看不到我们休息地方的火光了，气温骤降，地上都有冰花，相当滑，难走得要命。

我们小心地前进，地上也能看到其他人走过的痕迹。转了几道弯，几个人都一愣，发现前方到头了，前面出现一面混凝土墙，上面刷着标语。

第四十七章 仓库的尽头

标语写的什么我也不认识，可能是“安全生产”之类的话，当时也没有过多地注意。我心里吃惊的是，仓库竟然到头了，看来也没有大到我想象的程度。

更重要的是，如果仓库到这里就到头了，那么老猫他们到哪里去了？四周已经没有可以继续深入的地方，这么大的仓库，并不足以让人搜索十小时都不回来。

混凝土墙相当长，贴墙没有堆放物资，我们沿着墙壁走，一直走到尽头，仍旧没有什么发现，也没有了痕迹，这些人好像凭空消失了一样。

马在海有点犯嘀咕，王四川不信邪，又回去了一趟，就说不可能，人是活的，还真能变戏法变没了不成。

我知道这其中必有蹊跷，这时候就看到那些篷布遮起来的物资了，心说：难道这些篷布下面有其他的出口？

于是我们原路回去，注意边上的物资有没有什么痕迹，果然发现墙边的物资固定网全部被揭开过，边上的固定铆钉都松了，显然有人也像我们这么找过。我们开始挨个儿一块一块地翻，忽然马在海叫了一声，其中一块篷布下面的混凝土地面上有一道铁门，这道铁门和我们在洞穴里看到过的那一道有点相似，但是小了很多，没有被焊起来，上面有个褪了色的奇怪图形。

王四川想去开门，被马在海拦住了，对我们说道：“王工、吴工，还是我来，这是高压危险的记号。这下面可能是电缆层，这里的线路可能都在下面走。”说着，他让我们退后，自己用边上的篷布包着手，用了吃奶的力气把铁门翻上来。

铁门足有半米厚，他抬到一半就吃不消了，我们两个立即上去帮忙才把铁门推正，防止掉下来，另一半就算了。手电往里一照，我们发现马在海说得没错，下面全是碗口粗的电缆，而且温度非常低，电缆全被包在冰壳里，能看到一边的铁丝梯上冰已经被人砸掉了。

马在海道：“他们真的下去了？”

我问他道：“这地方能通到哪里？”

他道：“所有的地方，电缆坑是用来铺设电缆的，所有用电的地方它都会通到，这样便于检修。一般用在固定的工事里，临时工事都挂在坑道上，一颗手榴弹就全断电了。但是这儿不同，这个坑道有隐蔽需求，鬼子造大坝的时候显然预计这里要用到二十年以上。”

我点头，日本人没想到苏联人那么剽悍，更没想到原子弹，要真没有这两方面，他们确实至少还能再抵抗十年。

那么老猫他们从这里下去是正确的。王四川朝里面叫了几声，只有回声。我忽然明白了：“会不会他们在这些电缆道里迷路了？”

马在海说：“说不好，一般不会，因为里面结构不会太复杂，而且标识会比较清楚。”王四川爬了下去，说“看看就知道了”。

我们陆续下去，为了避免迷路，用地质锤敲掉墙壁上的冰做记号，然后往一个方向摸去。这里极难走，虽然不会碰头但脚下全是电缆，滑得要命。更要命的是，下面温度低得离谱，还有一阵一阵的风。

显然这里和那冰窖是通的，而且有排风扇往这里运送冷气。

我们裹紧大衣，还是不住地哆嗦，这风简直是无孔不入地往我领子里跑。王四川就问：“那冰窖到底是干什么用的？这种抽风式的通道，怎么好像是冷却装置？”马在海说有可能，不过他只是个小兵，这些都是技术兵的事情，他不懂，他只管拆和造。

王四川自言自语道："什么东西能用到这么牛的冷却装置？"就在这时候，我们忽然听到身后传来砰的一声闷响，好像是下来通过的铁门被关上了。我和王四川对视一眼，心说"糟糕了"，立即往回狂奔，连滚带爬地回到下来的地方，发现铁门果然被关上了。王四川爬上去用力推，但铁门纹丝不动，他就看了看我，面露惊恐和愤怒之色，立即大骂。

我几乎呆住了，一下就明白是怎么回事——外面有人把门关上了，而且锁上了。

敌特！真的有敌特，我们被暗算了！

我忽然就想抽自己一巴掌，他妈的怎么就这么大意？刚才也不想想这铁门为什么会被盖在篷布下面，显然是有人不想我们发现。

人总是有犯迷糊的时候，我一直认为自己还算是一个聪明人，那一天也不知道是怎么回事，可能是因为我发现铁门的时候，篷布已经被马在海翻开了，就没有往某些方面想，看来是脑子里事情太多了。

马在海跟上来，王四川拿过他的枪就想朝上打，我立即和马在海把枪抢过来。这铁门有半米厚，估计和之前在洞穴里看到的门一样，中间全是防爆材料，别说枪了，连手榴弹都没用。而且门上包着铁皮，子弹可能会弹回来，这么短的距离我们三个肯定串葫芦。

用力往上又推了两把，又大叫两声，我就知道老猫他们出什么事了。他们也被人暗算了，这里既然可以防爆，那么隔音措施必然非常好，我们在这里叫破了喉咙也不可能有人听到。

王四川不信邪，爬到铁丝梯上，用肩膀撞两下，差点扭了腰。这门本身就太重了，这种撞法基本不会对门闩造成损害。

王四川爬下来，又骂了一连串蒙古话。一阵风吹来，我打了一个寒战，形势急转直下，看来必须快点找路出去，否则会冻死在这里。此时我心中不由得担心，老猫他们被困起码十小时了，不知道有没有找到路出去。

又是一阵风吹来，吹得我喘不过气，鼻子都塞了。我们三个人知道再无选择，立即往背风的地方走去，一边的王四川开始大叫老猫和老唐。

我先来想想怎么称呼我们走的地方，这应该叫作电缆渠，现在城市里也有很多，经常积水，通信光缆都是往地下走。每一个枢纽分流的地方，有一口深井，井口有盖子通往地面。我们就是从其中一个井下来，然后走入渠道内。

刚开始的一段没有分流枢纽，所以我们一路向前，琢磨是否应该反向迎风去走，这样说不定能从冰窖里出去，不过想想觉得实在是吃不消，这儿的温度比起冰窖还算可以忍受。要是靠近冰窖，温度降低，风力还越来越大，我们肯定会出事，是人都不会选择这条路线的。

躲避寒冷寻找温暖是身体的本能，无法违抗。现在想来，当时的人身体其实都很好，即使像我这样的，在那么严酷的环境下也坚持下来了。

在冰渠里走大概半小时，我们遇到了第一个枢纽。王四川爬上去顶了几下铁门，纹丝不动，也锁着。

马在海道："一般情况下，怕打仗的时候这里被敌人利用，所有的口子都是规定要锁上的。"

王四川骂了一声："要是全锁着该怎么办？"

我拍了拍他道："放心，天无绝人之路。"

说这话的时候，我心里其实也没底。我们找了个方向，砸上几个记号，继续往前。我祈祷不管是如来还是长生天一定要保佑哪个日本人迷糊，有一道半道铁门没锁上。

长话短说，这电缆渠其实并不复杂，但长度极其长，看来确实是整座大坝的布线全都在这里走。我们每找到一口井起码要走半小时，走了三小时，只找到四道铁门，一道比一道锁得结实。前方的沟渠一片漆黑，也不知道通向哪里。

我们眉毛都冻成了一条，头发上都是冰屑，手脚都麻木了，意识到情形比我们想的要糟糕得多。这不是开玩笑的，如果再有十几小时蹲在这里，我们全部会得低体温症。王四川手里的铁棍没注意都粘在了他手上，一换手就撕下一层皮。

老猫他们肯定是和我们境遇一样，希望他们已经找到路出去了，否则恐怕已经凶多吉少。

在这里也没有过多的办法好想，一边是混凝土墙，别说打洞，磕出个印子来都困难，我们只有继续往前。

又走了几小时，终于有了转机，我们只见一边的混凝土墙上出现了好几个圆形的洞，半人高，没有电缆通向里面。

“通风口。”马在海道。我们往里看了看，尽头有光照出来。

第四十八章 外沿

灯光很暗淡，应该是之前看到的那种应急灯的灯光，不知道下面是什么地方。

现在只能死马当作活马医了，只要能离开这里，就算是龙潭虎穴我们也得去闯。

三个洞口显然通向同一个地方，无须多选，我们从中间那个钻进去，爬了有十几米就到了头。另一头是通风口的铁栅栏，冻得全是冰，栅栏之间冻堵实了，成了一块冰板子，光从后面透过来，但看不到具体情形。

马在海退下子弹，用枪托去砸铁栅栏的四角，这里非常狭窄，用不出力气，砸了半天才把栅栏砸下来，后面吹进来一阵狂风，刮得我几乎窒息。

我立即转头喘了几口气，然后用大衣蒙住口鼻，往外看去只看到一片黑暗，其他什么都没有。

我们三个人互相看了看，才明白是怎么回事。这洞外根本不是什么房间，竟然是大坝外，外面就是那片无尽的深渊，从这里看去，一片虚无，只有那让人眩晕的狂风直往这洞里灌来。

这通风管道是朝室外的，倒也合情合理。

外面的雾确实散了，手电照出去还是什么都看不到。马在海大叫着说他探头出去看看，我们就扯住他的大衣衣摆，他探头出去，一出去风把他的衣服全吹了起来，好像有人在往外扯他一样。

他大惊失色，我们立即把他扯住，他才没摔下去。王四川道："你快点，先扫一眼看看是什么情况。"

他趴在出口用手电吃力地照了一遍四周，然后被我们拉了回来，就道："这里是大坝的底了，我们下面十米左右就是山岩，边上有铁丝梯能爬下去。"

我问他有没有老猫他们的痕迹，他就说"怎么看得见"，上面能看到他之前打出的那个探照灯，但是距离相当远，显然这里确实是大坝的底部，全是混凝土和岩石的交错层，手电照不了多远，什么都看不清楚。

王四川问他能不能顺着铁丝梯爬上去，他就说有点悬，风太大了，而且这些铁丝梯已经腐朽了，如果爬到一半断裂，那后果连提都不用提。

不过我觉得这个险可以冒，主要是这里面的温度实在太低了，在这通风口上被狂风灌我都觉得比里面暖和。如果我们再在电缆渠内找下去，恐怕撑不了多久，这里至少还有一线生机。而且并不是所有的铁丝梯都不能负重，这种钢筋有大拇指粗细，非常结实，副班长那一次应该是意外。我们爬的时候只要小心一点，应该不至于出事。

三个人一合计，王四川说先别做决定，咱们先试试看，如果不行我们再回来。

于是马在海搓暖双手，第一个探身出去，单手抓着铁丝梯挂过去，大衣立即被吹了起来。他用力贴近大坝的混凝土面，对我们大叫，但就是这么点距离，我们就听不清楚了。他只好做手势让我们过去，自己往上爬。

我第二个爬，探出通风口的一刹那，确实有点恐惧，这外面就好比是宇宙空间一样，什么都没有。下面那个深渊，人摔下去不知道能不能见底，我能感觉到的只有狂风。我抓住铁丝梯，吊过去的一刹那人都飞了起来，但是随后就适应了，立即调整动作，贴在大坝外壁上，然后往上爬。

接着是王四川，我用手电照着看他爬出来，他体重大，比我稳多了。

全部站定之后，我开始观察四周，手电照去，一边就是大坝的外壁，能看到手电光在大坝表面滑过的长条光斑。长条光束只能照出一块表面，在远处逐渐融入黑暗，大坝的混凝土外墙非常粗糙，上面有一层发黑的物质，看上去和雾气的颜色有点像，铁丝梯上也有。我看了看自己的手，发现有薄薄的一层，像液体又不像液体，立即在自己的大衣上擦擦，然后翻起袖子保护手，心说鬼知道这些东西有没有毒。

另一边就不用说了，什么都没有。当时的感觉，就是我们趴在整个世界的边缘。

这时候我有点后悔了，从这里爬上去要在这种状态下坚持多久，实在无法估计，这绝对不会是美好的记忆。

铁丝梯可以往上也可以往下，用手电照出去可以看到远处也有，不止一排，但是两排之间相隔很远，中间有一种特殊的钢筋凸起，下面的钢筋可以踩脚，都打了钉子，钉子可以抓手。显然这些铁丝梯和钢筋组合成了在大坝外活动的构架。这是在施工或者检修时使用的预留路径。

这时我想到一点，这里已经是大坝的底部了，他们应该不需要检修什么东西，怎么会留着这些“通道”？

马在海看王四川也站稳了，就咬住手电，开始往上爬，我们立即跟了上去。

狂风中我们无法思考，连呼吸都要绞尽脑汁去找角度，爬了几步、走了多远都没有什么概念，那种感觉，根本无法形容。在那种情形下，你既无法冷静，也无法激动，心情非常奇怪。回头看看无尽的黑暗，我突然意识到，这种感觉可能就是“悟”。我的身体、我的灵魂似乎是领悟到了什么信息，一种来自神迹的信息。

我真怀疑如果那种状态继续下去，我可能会皈依了，不过，马在海的靴子把我的这种心境打断了。

我抬头看，原来他停止往上，我的头撞到了他的鞋跟。

我知道他必然发现了什么，转头去看，一下就看到我们左边的大坝外壁远处，“趴”着一个庞然大物。

那东西离我们大概二十米，由混凝土和钢筋浇注而成，呈现一个复杂的形状，看上去，好像是趴在大坝外壁的一只长满刺的刺猬，钢筋就是那些长刺。但是这个形状肯定是混凝土浇筑出来的，不是工程粗糙导致的。整个东西极大，好比一幢三层楼的房子。

与整座大坝比起来，它还没有下面凸出的岩石显眼，但在这个距离看起来，就是一个庞然大物。

从我们这里，有一条之前说的“通路”可以到达那里，扶着钢筋可以过去。

马在海望了一下，爬到那条通路上，开始往那个地方爬。我的原则是少生事端，所以我一看他爬过去就有点急，爬到他刚才站的地方，对他大叫“干什么”，他也朝我大叫，声音飘忽不定，说：“那就是天线！”

我对他大叫道：“你管它是什么，现在我们首要任务是离开这里！”但他好像有什么想法，让我待着别动，他要过去看看。

王四川在下面拍我脚，问我怎么回事。我心说：我怎么说啊？这个小兵也太无组织、无纪律了。

想了想，我也鬼使神差地跟了过去。

横着走受到风的阻力更大，几乎站立不住，好不容易看着马在海到了那边想跨过去，我却只爬了一半。忽然一阵大风吹来，把我压到大坝壁上，我闭着眼睛躲过去，再转头看马在海，却发现他不在了。

我心里惊了一下，以为他掉下去了，一晃眼却见他在下面六七米处的钢筋条上，显然刚才他确实出了事，可能是狂风来的时候脱手了，这小子太不小心了。

我对他做手势问他有没有受伤，但他没有用手来回应我，手脚并用吃力地拉住钢筋条往上爬，他的手可能受伤了，用不上力气，爬了几下直往下滑。

我立即靠过去，大叫“挺住”，摸到边上，把手伸过去才发现为什么他会掉下去。这一边到那水泥“刺猬”的钢筋刺上，距离很长，我能够到，但手已经绷直了，要挂过去需要相当大的臂力和勇气。我把手缩回来，调整了一下姿势，再伸过去觉得还是不对，我心里就骂小日本偷工减料，就这么一点距离都不肯多放几个。

王四川跟了过来，也是气急败坏。我往后缩了一下，深吸一口气然后用力一荡，一下就荡了过去，立即用力稳住身形，单手挂在半空。

这个过程对我来说十分勉强，我惊出了一身冷汗，心说：要是刚才再来一阵风我肯定要遭殃。

吊在那里移动双脚踩到另外的钢筋上，我稳住身子，然后爬了下去，拉住马在海就大骂：“你狗日的爬过来干什么？”他拉住我的手，用力爬了几步到能站稳的位置，就喘气道：“天线，这里就是天线。”

我看了看四周的钢筋，确实和一路爬过来看到的不同，这里的钢筋细，而且没有生锈。我有点吃惊，这玩意儿竟然这么大，分叉这么多，看来接收功率相当强悍。但这并不是他爬过来的理由。

我骂道：“天线就天线，你也不用爬过来啊。”

他朝我笑了笑，挠了挠头。我以为他不好意思，没想到他把枪从背后转了过来，拉上枪栓，对准我，对我道：“不好意思，吴工，要委屈你一下了。”

第四十九章 控制室

都是当兵的人，打靶前教官无数次提醒，枪口不能对着人，也都听说过走火打死人的事情，即使是空枪，里面的撞针如果弹出，也会有杀伤力。所以看着黑洞洞的枪口，我顿时觉得无比刺眼，立即用手去挡，同时喝他道："怎么回事？把枪放下去，别等下走火了把我崩了。"

他丝毫不以为意："没事，子弹我卸下来了，保险也扣上了。"说着就把枪头递给我。

我抓住枪头一看，子弹匣确实没了，心中觉得奇怪，心说：他什么时候卸掉的？动作这么快。

我就问他："帮什么忙？你到底想干什么？看到天线就不要命了？这玩意儿又不能带我们出去。"

他又解下自己的武装带，系到步枪的背带上，道："唐连长他们说下来就是为找这天线，如果跟我们走的是同一条路，他们也会发现这天线，肯定会爬过来查看的。如果他们不是和我们走的同一条路，我先查证一下，咱们找到他们后就可以直接回去，不用再来一次了。"

我心说"有道理"，他继续道："而且，我们是工程兵，论学问当然是你们好，但是有些工程架设上的细节，只有我们知道。等我看看这天线的布置，也许能猜出唐连长现在在哪儿。”

听他说得信誓旦旦，以及他以往机灵的表现，我感觉靠谱，这时候王四川也跳了过来，到我身边，问我干吗，老是节外生枝，这地方有啥好玩的。

我给他解释了一下，马在海已经把武装带的一段系到了自己的腰带上，然后让我抓着枪管，自己开始朝天线的凸起混凝土堆下方和大坝外墙的地方爬去。混凝土堆犹如一只不规则的碗扣在大坝垂直的壁上，天线刺出的角度随着弧度的延伸逐渐难以落脚，所以越到下面越难攀爬，到了一定角度后就等于半身要悬挂在空中。

还好马在海身手十分灵活，只有几个地方需要我抓住枪管提起他，让他借力荡过去，很快他就到达了我们看不到的位置。没多久他大叫了一声“有了”，接着传来什么东西敲击天线的声音。

敲了一会儿后，他让我们也爬下去，我拉了一下，另一头似乎被他固定住了，于是把枪卡在身边的天线上，顺着枪带和武装带也爬了下去。王四川紧随其后。

下去才十米左右就能看到潮湿的洞岩，被冲刷得好似打着蜡，我没空仔细观察，只看到在碗状混凝土包和大坝外墙的交接处，有一道一米长宽的正方形小窗。电缆从混凝土包里伸出，通到小窗内，一边的武装带被绑在电缆上。

马在海缩在小窗里，对我们道：“这后面是电报房。”

“电报房不是在老唐发现的那个山洞里吗？”王四川问。

“那机器我看了，太小了，肯定不是总发报机房的发报机，工程上不可能把发报机和天线架设得离那么远，一旦发生战斗，电缆很可能被切断。总发报机房一定会在天线附近。”他道，“在地下掩体的设计中，除了总机房外，还会架设小型电报机的都是临时指挥所，所以，唐连长他们找到的山洞应该是一处临时指挥所，只有这儿——大坝被攻克的时候才会使用，平时收发电报，应该都会在总发报机房内。”

“你小子，你刚才怎么不说？”王四川道。

“实话说了吧，唐连长说是要找天线，其实我感觉，他真正要找的就是这个总电报室，他比我经验丰富多了，根本不需要我提醒。”马在海往窗里面缩去，给我让出位置，我也爬了过去。

“已经找到一个电报室了，也证实了电报是从那台发报机里发出的，还要找这里干吗？”我问。

“我也不敢肯定，不过，一般情况下，总电报室其实就是总司令部。”他道，“可能和这个有关系。”

说话间我已经挤进了那小窗内，说是小窗，其实也不算小，只是里面的电缆非常多，不均匀地分布在狭长的空间内，于是显得局促。每条电缆都有手腕粗细，绞在一起，好比怪物的触须。王四川在外面大叫，叫我们小心，别触电了。

往里面爬五六米就到头了，尽头是一面墙，墙上有电缆孔，电缆从孔内穿入，间隙都被水泥封死了。马在海说，我们现在处在外部维修通道，里面是内部维修通道，这面墙是第一面密封墙，这么做应该是因为这儿外部空气有问题。

我说：“你别给我们上工程课，这里有面墙，我们是不是过不去了？”

马在海也不多说，拿起自己的水壶开始砸墙，很快墙竟然开裂了：“为了维修方便，这种隔离墙一般都是白灰浇的，看着很敦实，其实用指甲都能扒开，最多里面还隔一层铁网，直接剪开就行了。”说着，果然墙就被敲通了，“这儿连铁丝网都没有，要塞内一定没老鼠。”

我们花了十几分钟，把破口扩大到能通过的大小，继续深入，又如法炮制砸开了两面同样的隔离墙。在隔离墙之间有供通风用的散风口，防止毒气积压，与沉箱的一样，非常狭窄使人无法进入。

最后，我们进入了电缆通道的尽头，所有的电缆到这里后开始通入一个一个电缆铁盒内，然后变成细小的电线向下通出。马在海指了指身下的铁皮翻盖，抓住一边的电缆，用力踹几脚，铁盖就被撞开了。

我们翻下去后里面一片漆黑，用手电一照，发现我们是在某个房间的天花板内，下面有几张椅子和桌子，上面堆满了东西。

马在海跳了下去，照了一圈后没发现什么，我和王四川也跳了下去，环视一圈，这房间和一路过来看到的房间很不一样。

这是一个四方形的房间，大概有篮球场那么大，四面都摆着东西。

第一眼先看到一排古旧的巨大仪器，都是比人还高的铁箱子，上面全是红红绿绿的指示灯和电闸，非常敦实和巨大，靠四边墙壁摆放，铁皮都已经锈迹斑斑，但比起外面那些锈得掉渣的机械部件，这里的铁锈算是非常轻微的。显然这些铁箱仪器做过防锈处理。

其中一面墙上挂着巨大的铁板，上面用各种颜色的线条印着整座大坝的剖面图，不过很简略，在图上配合着图示以及很多指示灯。铁板下面的铁箱上，比其他的铁箱多了很多按钮，像是一个操控台。

房间的中间部分，陈列着四张长写字桌，上面整齐地摆着电话和一沓沓文件，覆盖着厚厚的灰。

我之所以觉得和一路看到的房间很不一样，是因为这里有精密的仪器，不像一路过来看到的都是大型机械和混凝土部件，不是冷库就是仓库、电缆渠，这里总算是像技术人员待的区域了。

我问马在海，这些东西都是干吗用的，马在海一一对我们解释。他说大型的铁箱仪器应该是控制大坝的设备，铁箱上全是日文，他不知道具体用处，但那里头肯定有压力监控、水位监控、控制大坝大闸的电路，以及每台发电机的控制机关。这一边的大坝剖面图，应该有大坝内部管道的控制。这些二极管都代表着管道关闭与开启，不过，整座大坝牵扯到的东西太多了，具体这些是什么管道，他也说不出来。

简而言之，就是他知道这些是什么东西，但不知道怎么用，可以肯定的是，这里是大坝的控制室，至少是控制室之一。

意外的是，我们没看到预想中的发报机，也没有发现这个房间有通往别处的门，竟好像是密封的。

马在海用手电照着天花板看电线的走向，从天花板看到墙上，然后从墙上看到地上，最后指着地上的一块带着手腕粗细插销的铁板，把它翻了起来。那铁板竟然是一道非常厚实的翻门，下面出现了一架垂直的梯子，似乎下头还有一个房间。

“隐藏式的翻门，即使攻克了这里，也要花很长的时间才能找到这个控制室。”马在海道，“日本的军事建筑都这样。”

下面的房间乍一看似乎没什么古怪，我心里还惦记着其他事情，准备速战速决，于是准备下去，一边的王四川拉住了我："等等，有情况。"

"什么情况？"我问。

一边的王四川对铁板上的大坝剖面图很有兴趣，指着问道："你看，这大坝两个角上，那两个竖的指示灯，是不是代表我们下来的沉箱？"

马在海顺势看去，那两个指示灯比其他的大，颜色也和其他的不同，他吸了口气，点了点头："对，应该是。"

"这么说，控制这沉箱的开关，也应该在这里？"他道。

我心里一激灵，知道他想到了什么。

王四川走了过去，用手电去照铁箱仪器上密密麻麻的按钮。每个按钮下方都有日语标签，但我知道他要看的不是这个。他靠近那些按钮后朝我招手，我凑过去一看，发现这些按钮上灰尘被擦掉的痕迹非常明显和新鲜，好像不久前有人使用过。

"有意思。"王四川道，"难道这儿还有日本人？"

王四川想到了我们在沉箱内发生的事，沉箱内没有任何操作装置，我们进入之后，是谁启动沉箱让我们降入大坝底部的？我不认为这是残留的日本兵干的。第一，我们一路过来没看到任何的生活痕迹；第二，这个地方到处是灰尘，之后这块操作面板上的灰尘被擦掉了，显然不是经常有人活动。

我对他解释道："看上去，好像是有一个人，在近段时间来到这里，然后按下按钮，操作了某些东西。"

我看了看地面，本来应该能看到脚印的，但现在我们到处乱走，已经无法分辨出什么。

王四川想了想，觉得有道理："那会是谁呢？他肯定比我们先到达，难道是上一批勘探队里那个我们还未找到的女人？"

"暂时只能假设是她。"我道，"实在想不出别的可能性。"

马在海道："不对啊，我们能从外面进来是因为砸掉了隔离墙，这儿除了电缆口就只有这道翻门可以进出，那么这个人应该是从下面一路找上来的，这样一来不太可能靠运气找到这儿，除非这个人事先知道这座大坝的结构。”

确实如此，我继续分析：“她到了这里后，可能靠这块铁板找到了控制仪器，并且扫去仪器面板上的灰尘，读了那些标签后找到控制沉箱的按钮。她知道铁板下的机器可以控制沉箱，所以没有一台一台找，而是扫掉灰尘寻找哪个按钮用来启动和关闭——这些细节告诉我们，她一定遵循了某种指引，目的性很明确，但对于细节不熟悉。”

“看来，不管这人是谁，背景肯定有点问题，说不定是日本人的特务。”我道，“第一支勘探队的人员中有人被枪杀，可能就是这个特务干的。他们勘探任务失败也可能有敌特破坏的原因。”

两个人都点头，王四川说：“这个女人踪迹不明，如今被我们发现了她活动的痕迹，说不定她就在附近，我们岂不是很容易就碰到她？”

马在海的枪还挂在外面，我说要不拿回来防身吧，马在海说咱们现在还不能确定下面能出去，万一走不出去，还是得从原路返回。如果把枪拿回来，我们就很难再爬回这里了，于是我只好作罢。王四川说“那么我们现在得加倍小心”。

继续往下搜索，马在海先从梯子上爬下去，确定下面没有人了，我们才下去。

下面是比上面几乎大两倍的一个房间，靠大坝外墙的方向放着六台发报机，机台上还凌乱地堆放着电报，其他地方都是铁做的桌子，到处是盖着灰的文件。

这应该是大坝的指挥中心，墙上挂着巨幅地下要塞平面图，和老唐缴获的那份如出一辙但是更大。在其中一张靠墙的长桌上，王四川还看到了一个麦克风，应该是广播台。

“当年日本天皇的投降书，应该就是在这儿朗读的，朗读完后就开始撤退了。”王四川道。马在海尝试着启动广播，但是调了半天，连电源灯都没亮，看来是完全损坏了。

下来之后，我特意让他们不要走动，果然就看到地上有凌乱的脚印通向两个方向，手电一照，一边是一道双开铁门，一边是一道暗绿色的木门。

双开铁门明显是防爆的密封门，出去应该通往其他地方，木门后不知道是哪里，难道是厕所？

我们走过去打开木门，里面竟然是一间办公室。

整间屋子都是灰，摆设、装饰都非常朴素，显然当时的日本兵也没心思打扮自己的办公室，墙上能看到原来挂饰的痕迹，也许是日本刀。在办公室的角落有一个衣架，上面是一件不知类型的军装，积满了灰尘。

灰尘中到处都是被翻动的痕迹，留下了手印，我们顺着它一路看去，除了大量的文件外，没有其他发现。

抗战历史学家或者懂日文的人也许能够在其中找到什么线索，无奈我们这两样都不是，只得作罢。不过根据到处都是的手印，这人应该在漫无目的地找什么东西。

我们又回到外面的指挥所，走向另一个方向的铁门。

我们推开双开铁门，不出所料，外面是一条长长的走廊，漆黑一片，手电照去，脚印一路过来又回去，显然这里有出口。当时也没多想什么，急着出去的我们顺着脚印进入黑暗之中。

不久后出现了几条岔路，而且都有脚印，拿捏不准的我们只得一条一条走。第一次选择是错误的，尽头是一间配电房，里面全是电闸。王四川说要不要试着拉几个，我说千万不要，要是关掉了什么重要的设备，比如说，冰窖的压缩机，鬼知道会有什么后果。

我们回到分岔路口走第二条岔路，很快就到了一道铁门前，同样是一道三防门，厚得要命。这里的每一个空间在战斗的时候都能变成很难攻克的掩体。

王四川将铁门推开，里面是一个独立的大厅，照例用手电一扫，我们都发出了一声惊讶的叹气。

我之所以不厌其烦地解释这一段我们找到正确房间的过程，是因为它实在太关键了，最后总结的时候还有些后怕——如果当时在三岔路口就选对了正确的路，那么，这座埋在地下的巨大掩体所隐藏的真实面貌，就可能永远无法为世人所知。

很多时候，一次选择可以改变很多东西。

那道铁门之后，我们看到了一个奇怪的房间，我感觉它非常熟悉，好像不久前才看到过，但毫无印象。

在房间正前方的墙上，挂着一块大概 5 米乘 5 米的幕布，房间里有很多低矮的座位，在房间后方，有一台奇怪的机器架在那里。

一直走到机器面前，我才意识到那是什么，这是一台小型胶片放映机——这里竟然是一个胶片放映室。

我是在地面上的帐篷里开会看《零号片》时，才知道世界上竟然有这么小的胶片放映机，这里难道是这个地下基地的电影院，日本兵平时在这里进行娱乐活动？

现在看来，也许是真的，但是当时那个年代，日本人在我们的意识里是不可能有这种正当娱乐活动的，这里肯定是对日本军人强化军国主义思想的地方。

我对这种小型放映机非常好奇，仔细看发现上面被擦拭的痕迹很重，显然那个先于我们进来的人对这台机器也十分在意。我上下左右仔细观察，忽然就发现不对。

放映机上有一个凹槽，似乎可以卡什么东西，我总觉得这个凹槽非常面熟，这不同于刚才的似曾相识感，而是让我有一种必须想起在什么地方见过的紧张，感觉非常关键。

叫了王四川过来，他比画了一下，三个人一起回忆，马在海立即想了起来："铁盒子！是在那具日本女兵的尸体上发现的铁壳盒子！"

这还是不久前发生的事情，我记得那是一个有点像蜗牛壳的铁盒子，再一比画，发现果然是，茅塞顿开。

不会吧，这么说，那铁盒子是卡在这里的，难道，那竟然是放映机的零件？我愣了愣，忽然意识到不是，不对，老天，那个铁盒子，是摄像机的胶卷盒！

第五十章 胶卷盒

我们三个人面面相觑，都感觉忽然受到些启发。我坐下来，逼迫自己冷静思考，各种线索因为有了这个铁盒子而被汇合，我逐渐明白了一些东西。

难道，事情是这样的？

前面的事情已经非常清楚了，日本人建立这个基地，并且运入一架巨型轰炸机的目的，就是查探那个巨大的虚空深渊。

我们不知道他们是怎么发现这里的，也许是在勘探石油和煤矿时，发现了这个巨大的空间，或者仅仅出于好奇心，在探索这条暗河时，发现了暗河尽头的巨大虚无空间。是出于什么动机都不重要，显然他们最后非常坚决地想要知道，这片中国大地之下，犹如宇宙般的黑暗中，到底有些什么。

而要达到目的，他们选择使用“深山”轰炸机。他们自然不可能用肉眼来记录观测的结果，在“深山”轰炸机上，肯定装有侦察机用的航拍设备，其中很可能有当时最先进的航拍摄像机。

然而，飞机起飞后，整个基地出于某种原因，忽然就被抛弃了。当“深山”飞回大坝内，因为没有导航，坠毁在了地下河内。当时河内铺满了用中国人尸体做成的缓冲包，所以飞机没有完全损毁，可能有人受伤，但死亡的只有一个驾驶人员，就是我们在飞机残骸中看到的那具奇怪的尸体。其他人可能活了下来。

那胶卷盒我们是从冰层中的尸体上发现的，那么，冰层中的尸体可能就是当时的机组成员？他们迫降后幸存了下来，拿下胶卷，但之后又不知道出于什么原因被冻死在冰窖里了？

是不是在飞机坠毁之后，他们还发生了一些事情？这些飞行员没有离开，反而到了大坝底层，在那台雷达附近堆砌弹头，最后因为某种事故，被冻死在那里。

而雷达和弹头排成的形状，正如王四川说的那样，很像一个套，一个陷阱。

是出于什么原因呢？难道是因为他们在深渊中看到了什么，或者说，他们认为，深渊中有某种东西，被“深山”吸引了过来？

想到这里，我的背脊开始发凉，有点起鸡皮疙瘩。

接下来的事情很简单，在这些人被冻死几十年后，我们的地质勘探队也发现了这个空洞。于是，我们来了。

我们不知道第一支勘探队发生了什么事情，假设一切都是那个敌特在搞鬼。显然这个敌特来自日本，知道下面的一切，也知道中国人发现了这里，于是混在第一支勘探队里，杀害队员破坏了任务。

从他在这里留下的痕迹来看，他是在寻找什么东西，很可能，就是那个胶卷盒。但是他不知道胶卷竟然被冻在了冰里，所以一直到我们进来也没有找到。为了拖延时间，他把我们降入冰窖，想冻死我们。可惜，他没想到第一支勘探队里有人竟然没死，还利用电话线设置了发报机，使得老唐他们拿到了要塞平面图并且找到了冰窖。

几乎是直线，我把推测和王四川一说，三个人想的都差不多。

“如此说来，这敌特居心叵测，十分厉害，竟然把我们这么多人玩弄于股掌之中。”王四川道，“他把我们降到冰窖之后，竟然还想杀掉落单的你，但是明明第一支勘探队是个女人失踪，为什么你感觉杀你的是个男人？”

我咬了咬下唇，就道：“很明显，有两种可能性：一是我弄错了；二是那人男扮女装，日本人身材不高，所以不是没有可能；还有就是，这个人混在我们的队伍里进来了。”说到这里，我又想到了那几张字条。

这个人，他在冰窖中想把我活埋，也是他关上了电缆渠的铁门，想把我们困在这里。

“你觉得，这个人是谁？”我问王四川。

他摇头，这些工程兵我们都不了解，说实在的，谁都有可能。

“要我说，要么是陈落户，要么是裴青，这两个人最可疑。”他道，“我看八成是裴青。”

王四川对裴青有情绪不假，不过我现在心里也有些怀疑裴青，只是不想说出来。

沉默了一会儿，马在海问：“那现在怎么办？敌在暗，我们在明。”

“我没有反特的经验，咱们三个都曾被困，显然咱们三个应该是清白的。”我道，“我们现在继续和他们周旋，恐怕胜算不大，既然已经知道那盒胶卷是他们的目标，为了谨慎起见，我们应该先找到胶卷，然后离开这里，到地面上，让组织上决定下一步的行动。”

当时我们个人利益和组织利益乃至国家利益高度统一，所以这个提议立即被一致通过。

王四川道：“不过，如果真是我们想的那样，现在仓库里人那么少，可能那家伙已经得手，胶卷已经被抢去了。”

我知道也有这个可能性，但事实是怎样不能靠推测，我们无论如何必须想办法先回仓库。

另外，老唐他们肯定也在找路回仓库，我们也有义务在仓库留下信息，告诉他们我们的去向和敌特的事情，否则他们很可能还会找我们，旁生出许多枝节来。要是因此导致更多的人员伤亡，我们的罪过就大了。

最合适的做法，应该是我们中有一人留下，两个人拿到胶卷后离开，留下的人负责传递情报，但这时候谁留下都是个敏感问题，所以我一时间也没说什么。

总之，仓库是第一站，必须先回去。

一共三条岔路，两条已经知道是错误的，那最后的那条肯定就是出路。

接下来的事情非常枯燥，这块区域应该是大坝的核心所在，大坝成员的宿舍、食堂、武器库，都在这层，包括无数的控制室、小型办公场所、厕所，我们在其中穿行了两个多小时，绕了无数的弯路，最后终于找到了一条楼梯。

这是一条应急楼梯，应该是沉箱无法使用的时候撤离用的，非常狭窄，我们往上走二十级后听到了风声，又走十级，推开一道铁丝门，终于回到了大坝顶部。

我们一爬出来，强风直灌入口鼻，那个孤零零的探照灯还在，另一边的虚无深远而又宁静。经历了那么多，再次看到这片深渊，我们感受更加复杂。

另一边，水位已经下降，原本淹没在水面下的东西全部露了出来，我们看到了小山一样高的尸体袋，巨大的“深山”折戟其中，能清晰地看到飞机坠毁划过的痕迹。同时，更多的水下建筑露了出来，几处地方甚至还有灯亮着，应该是马在海打开探照灯的同时打开了这些。

地下河并未完全干涸，水位降得非常低而且能听见水流的声音，大坝的闸门关上了，这里开始蓄水，过不了多久，这些水流会使得水位重新上升。

马在海指了指一个方向，那边一片漆黑什么也看不清楚：“那儿就是过滤闸，我们的艇就在那儿，应该还在。”

“如果我们靠这艇出去了，那你当班长的心愿肯定能了了。”我道，心说：即使没有艇，蹚水我也要蹚出去，哪怕几乎等于送死。

没有时间过于关注这些，我们商量了一下如何找到仓库，想沿着大坝的外沿爬下去，在刚才我们绕弯的地方再找找看。

正要行动，马在海忽然“嘘”了一声：“你们快看！”

我转头，看他正望向大坝的内侧，立即凑过去：“干吗？”

“有人！”

顺着他手指的方向，大坝内侧的黑暗处，一道手电光正在快速移动，有人想在那些铁丝板上行走。

“是谁？”王四川道。

马在海看着，脸色焦虑：“不知道，不过他在朝我系皮筏艇的地方去。”

“糟了。”三个人顿时意识到不好，只有一个手电，孤身一人，难道是那个敌特？他往皮筏艇的方向跑，难道是他得手了，准备偷偷离开？

这时候根本没办法细想，不管这人是敌是友，我们必须抓住他。还没等我说话，马在海和王四川已经冲了出去，开始攀爬铁丝梯。

大坝的另一边，没有强风，下面也不是万丈深渊，我们爬得飞快——如果我们抢不到前头，很可能就出不去了。

走运的是，我们很快就爬下了大坝，地上铁丝板搭建的通道四通八达，不过视野不太开阔，一时间看不见那人在什么方向。

我正在犹豫，王四川眼尖，他说前面有手电光，离我们五六百米。

“追！”我叫道。

他立即把我拉住了：“我们没枪，万一是敌特，他背的是自动步枪，我们怎么说都不是他的对手。”

“那怎么办？”我急道。

“我们得一击制敌。”王四川很沉着，“听着，这不是开玩笑的，对方可是杀人不眨眼的特务。这儿你是技术兵，小马是工程兵，都没正儿八经打过仗，绝对不能莽撞。”

我怒道：“你就打过仗了？！”

“老子虽然没打过仗，但是五岁起就跟我爹骑马，十五岁能结伴上山打狼，我们蒙古族的小孩子玩儿什么都拼命，怎么也比你们强点。”他看着那电光道，“我们现在和打猎差不多，唯一的优势就是人多，我们三个人必须有分工，一个人分散他的注意力，一个人打掉他的枪，还有一个人在这个间隙制伏他。我负责打落他的枪，老吴你身体最单薄，负责吸引他的注意力，小马，你在一刹那偷袭他。”

我说：“你又没枪，拿什么打落他的枪？”

王四川四处寻找，想找称手的玩意儿，但这里是铁丝板做的通道，什么都没有堆积。他最后探出去，从手里的麻袋中拽出去一根大腿骨，道：“草原上也是什么都没有，只要手艺精湛，任何东西在我们手里都是武器。”

我看着他拿着腿骨的姿势，就明白他是准备投布鲁，问道：“你为什么不直接打他的脑袋将他打倒？”

王四川说：“这是不可能的，你自己看就知道了。”

我往那边看过去，明白了他的意思。这里照明不足，那个人只有手电的部分能够看清，其他部分随着他的动作若隐若现。

“如果他把手电放在船上，那么我连他的上半身都看不到，所以你必须让他开枪，我才能知道他枪的位置。”

平时我对他的技术倒有信心，但这次是这么关键的时候，绝对不容许失误，我道：“不成，单纯押宝在你的布鲁上，要是打不中怎么办？”

王四川道：“你哪儿那么多废话？再犹豫这家伙就跑了，咱们可能要在这儿待一辈子。”

我抬头一看，光点已经停了下来，不知道在干什么，王四川的话让我毛骨悚然，明白此时只能赌一把了，于是点头。

三个人关掉手电，继续小心翼翼往前，利用很多东西做掩护，迅速朝手电靠近，前面的人也清晰了起来。

最后离他只剩下大概十米，我们看到一个穿着日本军装的人，正在往皮筏艇上搬东西，不时警惕地看四周。接着，我们看到了那个胶卷盒，已经被搬到了皮筏艇上。

我缩在几只麻袋后面，只露出半个脑袋观察，那人竟然戴着防毒面具——妈的，都到这时候了，还不露出庐山真面目。

王四川给我使了个眼色，悄悄做了几个手势，让我吸引对方的注意力，马在海潜水，他准备投掷布鲁。

我一旦发出动静，对方立即会警觉，然后开枪。他在对方把注意力放在我身上的时候，甩出布鲁打掉他的枪。然后马在海突然出水，把对方拽到水里，我们三个再一拥而上。

我把过程想了一遍，觉得没问题，就点头。王四川刚想动手，忽然，对面那人停下手中的动作，警惕地看着四周，好像察觉到了什么。

我和王四川立即缩回头，心说“真他妈警觉，果然是专业特务”。等了很长一段时间，我们再次探头出去，对方手上加快了速度，显然有些害怕。

王四川不再和我商量，使了个眼色，马在海倒是非常沉着，立即潜水而去。

我穷尽目力看着，一直看他到皮筏艇下方，做好准备。

王四川对我点了一下头，我深吸一口气，心里念叨了一句“阿弥陀佛”，接着，猛地狂奔起来，大吼道：“不许动！”

手电光迅速朝我这里照来，我跑了两步之后，对方开枪了，子弹呼啸着从我脑后飞了过去。

我顿感不妙，因为子弹贴我脑后的距离太近了，这家伙射击的技巧显然非常高超，可能根本看不到我，只是听着声音就能大概判断我的位置，而且开枪的速度太快了。几乎是本能，一下滚倒，之后，我看到两道火光掠过我刚才站的地方，再晚一秒我就没命了。

好在王四川那边也不慢，我卧倒之后听到了布鲁破空特有的声响，那肯定是王四川说的最凶狠的用来击倒野牛的投法，然后是一连串猛动和落水声。

我知道我们成功了，马上跳起来往水声传来的地方跑去。

王四川比我更快，我看到水中水花四溅，刚想跳下去，却看到皮筏艇上赫然放着那个黑色的铁皮胶卷盒。

我上去抱住它，抬起掉在另一边的步枪，对准了水里。

两个打一个，而且其中一个是王四川，应该不需要我了，我还是先保护重要的资料比较靠谱。

在水里扑腾了半晌，先是马在海探出了头又沉下去，我端起枪瞄准水里，大家绞在一起，根本分不清谁是谁，也不敢贸然开枪。

也不知道折腾了多久，忽然平静了，一个扑腾，马在海先爬上皮筏艇，大口喘气。

我差点就一枪托砸下去，看到是他才收手，问怎么样了，他根本说不出话，拼命地喘气，连我去拉他，他的手都没力气接。

几秒后，王四川也出水了，他肺活量大，没有那么喘气，在水里划着四处看。

四周的水面非常平静，我用手电扫过，看不出一丝异样。

“妈的，他跑了！”王四川骂道，“东西拿到了吗？”

我扬了扬铁盒子，他摇了摇头，爬上皮筏艇拉起马在海：“功亏一篑，本来咱们肯定都是一等功。”说着爬起来。

我看着漆黑一片的水面，知道肯定有一双眼睛在看着我们，再看马在海的神情，显然很想离开了，他问：“现在怎么办？要么直接上路？”

说实话，我看到这皮筏艇，只剩下立即离开的欲望了，几乎不容我思考，立即点头。“不管了，为了胶卷的安全，我觉得我们应该马上离开。”

马在海大喜，开始解缆绳，我看向王四川，认为他肯定和我想法一致。

没想到他没有动。

我心中咯噔一下，看着他，问他干吗，难道还想等老唐出现，现在形势有变，应该随机应变了。

当时也知道，就这么出去了对老唐他们是不负责任，但是由于有一个巨大的借口在手上，我完全管不了那么多，王四川的正义感非常强，我很怕他在这个时候钻牛角尖。

他看着我，表情有点奇怪，犹豫了一下，才道：“不是，我想，我们是否应该先回放映厅？”

“放映厅？”马在海也惊讶，“回那儿干啥？”

王四川拍了拍铁盒子：“如果把这东西就这么交上去，我们可能这辈子都不知道里面拍的是什么。”

他看着我，我看着他，立即明白了。

“你说，等我们三十年、四十年之后，我们会不会后悔当时没有耽搁这几个小时的时间？也许，几个小时后，我们会看到人类历史上最不可思议的东西？”

尾声

在那一年的那一时刻，我点头答应了王四川的想法。

我们两个小时后回到了放映厅，在马在海的帮助下，启动了放映机。随着胶卷的转动，屏幕上开始出现图像。

事实上，直到现在，我还不知道这个决定是否正确。我只知道，若干年后，我想起当时看到的东西，还是感觉毛骨悚然。

图书在版编目（CIP）数据

深渊笔记 / 南派三叔著. -- 北京：北京联合出版公司, 2021.12（2024.8重印）
ISBN 978-7-5596-5685-8

Ⅰ. ①深… Ⅱ. ①南… Ⅲ. ①长篇小说－中国－当代
Ⅳ. ①I247.5

中国版本图书馆CIP数据核字(2021)第220102号

深渊笔记

作　　者：南派三叔
出 品 人：赵红仕
责任编辑：王　巍
封面设计：TOPIC DESIGN
内文排版：刘珍珍

北京联合出版公司出版
（北京市西城区德外大街83号楼9层　100088）
河北鹏润印刷有限公司印刷　新华书店经销
字数260千字　700毫米×980毫米　1/16　印张17
2021年12月第1版　2024年8月第10次印刷
ISBN 978-7-5596-5685-8
定价：49.80元

图书在版编目（CIP）数据

深渊笔记 / 南派三叔著. -- 北京 : 北京联合出版公司, 2021.12（2024.8重印）
ISBN 978-7-5596-5685-8

Ⅰ. ①深… Ⅱ. ①南… Ⅲ. ①长篇小说—中国—当代 Ⅳ. ①I247.5

中国版本图书馆CIP数据核字(2021)第220102号

深渊笔记

作　　者：南派三叔
出 品 人：赵红仕
责任编辑：王　巍
封面设计：TOPIC DESIGN
内文排版：刘珍珍

北京联合出版公司出版
（北京市西城区德外大街83号楼9层　100088）
河北鹏润印刷有限公司印刷　新华书店经销
字数260千字　700毫米×980毫米　1/16　印张17
2021年12月第1版　2024年8月第10次印刷
ISBN 978-7-5596-5685-8
定价：49.80元
